HENRIETTA
HAMILTON

MORD AUF WESTWATER MANOR

*EIN FALL FÜR
SALLY UND JOHNNY*

Aus dem Englischen
von Dorothee Merkel

KLETT-COTTA

Für DMM

Klett-Cotta
www.klett-cotta.de
J. G. Cotta'sche Buchhandlung Nachfolger GmbH
Rotebühlstr. 77, 70178 Stuttgart
Fragen zur Produktsicherheit:
produktsicherheit@klett-cotta.de

Die Originalausgabe erschien unter dem Titel
»Death at One Blow« im Verlag Hodder & Stoughton, London
© The Estate of Hester Denne Shepherd, 1957
Für die deutsche Ausgabe
© 2025 by J. G. Cotta'sche Buchhandlung Nachfolger GmbH,
gegr. 1659, Stuttgart
Alle deutschsprachigen Rechte sowie die Nutzung des Werkes
für Text und Data Mining i.S.v. § 44b UrhG vorbehalten
Cover: Anzinger und Rasp Kommunikation GmbH, München
unter Verwendung einer Illustration von © Milan Jovanovic,
CHAMELEON Studio
Gesetzt von Dörlemann Satz, Lemförde
Gedruckt und gebunden von GGP Media GmbH, Pößneck
ISBN 978-3-608-96616-9
E-Book ISBN 978-3-608-12405-7

»Meine Erfahrung, Watson, hat mich gelehrt, dass sich selbst in den abscheulichsten Gassen Londons kein schlimmerer Sündenpfuhl findet als auf dem heiteren, lieblichen Lande.«

Sir Arthur Conan Doyle, *Die Blutbuchen*

PROLOG

Sally Heldar schaute auf die Uhr. Es war fünf Minuten vor sechs. Johnny würde jeden Moment nach Hause kommen. Nach einem Tag wie heute würde er den Laden bestimmt so früh wie möglich verlassen. In ihrer gemeinsamen Wohnung war es den ganzen Tag lang schon sehr heiß gewesen, aber in seinem engen Büro im zweiten Stock, von dem man auf den Verkehr der Charing Cross Road hinausschaute, musste die Hitze nahezu unerträglich sein. Wie schön wäre es doch gewesen, wenn sie aufs Land hätten hinausfahren können, aber nachdem sie bereits im März und April einen Monat auf Hochzeitsreise gewesen waren, konnte Johnny vor Herbstbeginn unmöglich noch einmal wegfahren.

Sie ging in die Küche und öffnete den Kühlschrank. Johnny würde heute Abend bestimmt ein Bier trinken wollen, und sie selbst konnte durchaus auch eins gebrauchen. Sie nahm zwei Flaschen und zwei Gläser, ging zurück ins Wohnzimmer und stellte das Tablett auf den Tisch aus Palisanderholz, den Onkel Charles Heldar ihnen zur Hochzeit geschenkt hatte. Kurz darauf hörte sie Johnnys Schlüssel in der Wohnungstür.

Johnny war sehr groß, mit breiten Schultern, dichten braunen Haaren und ausgeprägten Gesichtszügen. Sally hatte sich eigentlich nie gefragt, ob er nun gut aussah oder nicht, und soweit sie das beurteilen konnte, tat das auch sonst niemand. Es gab etwas in seinen Augen, bei dem man solche Erwägungen sofort vergaß: Sie strahlten Autorität, Humor und Güte aus, und wenn man genauer hinsah, konnte man darin die Anzeichen für zahlreiche weitere wertvolle Eigenschaften erkennen. Jeder, der Johnny begegnete, merkte sofort, dass er hier einem Mann von großer Kraft und zugleich großem Sanftmut gegenüberstand.

Er schloss sie in die Arme, kaum, dass er den Raum betreten hatte, und hielt sie eine Weile eng umschlungen, so wie er es immer tat – als hätte er Sorge gehabt, sie könnte während seiner Abwesenheit plötzlich verschwunden sein. Aber sein Kuss war fest und entschlossen. Für einige Augenblicke dachte keiner von ihnen mehr an die Hitze. Dann fragte Sally: »Ein Bier und dann ein kaltes Bad, oder erst ein kaltes Bad und dann ein Bier?«

»Zuerst das Bier, denke ich«, antwortete Johnny. »Vielleicht habe ich ja danach genug Energie, um in die Badewanne zu steigen.« Er zog sein Jackett aus und hängte es über eine Stuhllehne.

Als sie zusammen auf dem Sofa saßen, nahm er einen tiefen Schluck aus seinem Glas und seufzte. Dann sah er sie an und fragte: »Was hältst du davon, wenn wir für zwei Wochen oder so die Stadt verlassen?«

»Was – jetzt?«

»Ja. Nicht für einen Urlaub, auch wenn das eine nette Abwechslung wäre. Nein, für einen Auftrag – einen dringlichen Auftrag.«

Sally begriff sofort, was er meinte. »Eine Privatbibliothek?«

Johnny nickte und nahm einen weiteren tiefen Schluck. »Es ist eine unglaublich komplizierte Geschichte, und ich bin gerade geistig nicht mehr so ganz auf der Höhe. Aber ich werde mein Bestes versuchen. Erinnerst du dich an den alten Mercator?«

Sally erinnerte sich sogar sehr gut an Sir Mark. Er besaß eine ausgezeichnete Bibliothek, und weil er Teilhaber einer der größten Handelsbanken Europas war, verfügte er auch über die Mittel, diese stetig zu vergrößern. Er gehörte schon seit vielen Jahren zu den Stammkunden der Gebrüder Heldar und war auch häufig persönlich in den Laden gekommen. Zu der Zeit, als sie noch dort gearbeitet hatte, war er jedes Mal überaus charmant und höflich zu ihr gewesen. Darüber hinaus war er Johnny sehr zugetan, und nachdem die Bekanntgabe ihrer Verlobung in der *Times* erschienen war, hatte er eigens einen Besuch im Laden abgestattet, um ihnen zu gratulieren. Zu dem Anlass hatte er sie zu einem Diner ins Savoy eingeladen. Und zu ihrer Hochzeit hatte er ihnen zwei prächtige Kerzenleuchter aus der Queen-Anne-Epoche geschickt und war bei den Hochzeitsfeierlichkeiten selbst ein äußerst willkommener Gast gewesen.

Johnny fuhr mit seinem Bericht fort: »Ich bin mir nicht sicher, ob du wusstest, dass seine Frau eine Thaxton war – eine von den Hampshire-Thaxtons, genauer gesagt. Er hat ihr irgendwann während der Anfangsjahre dieses Jahrhunderts den Hof gemacht, und obwohl Geld und persönlicher Reichtum damals allmählich eine ähnliche Bedeutung erlangten, wie sie es heutzutage haben, bestand bei den Thaxtons kein Bedarf danach, und ihr Vater rümpfte seine aristokratische Nase bei der Vorstellung, sie könnte einen Juden heiraten. Mercator hat sich damals äußerst geschickt verhalten. Das hat jedenfalls Großvater erzählt, von dem ich diesen Klatsch und Tratsch heute Nachmittag erfahren habe. Anscheinend hat sich Mercator zunächst ein ganzes Jahr lang unendlich geduldig bemüht, den alten Herrn umzustimmen. Aber als das nichts fruchtete, hat er jeden Versuch in dieser Richtung aufgegeben und ist mit ihr durchgebrannt – wenn auch so nüchtern und respektabel wie irgend möglich. Die Ehe wurde zu einem vollen Erfolg, und beide Ehepartner waren so beliebt, dass ihnen aus dieser Geschichte keinerlei gesellschaftlicher Nachteil entstanden ist. Sie hatten keinen Sohn, nur eine Tochter, die ein tragisches Ende gefunden hat. Sie hat einen deutschen Grafen geheiratet und ist dann in einem Konzentrationslager ums Leben gekommen. Der Graf wollte das nicht hinnehmen und ist daraufhin ebenfalls verschwunden. Die beiden hatten zum Glück keine Kinder. Zahlreichen anderen Mitgliedern aus der Mercator-Verwandtschaft ist ein ähnliches Schicksal widerfahren, bis Sir Mark schließlich nur noch ein einziger Verwandter blieb: Richard Thaxton, der Großneffe seiner verstorbenen Frau.«

»Richard Thaxton«, wiederholte Sally. »Diesen Namen habe ich irgendwo schon einmal gesehen. Gibt es nicht eine Thaxton-Bibliothek? Aber es ist gar nicht lange her, dass ich den Namen ›Richard Thaxton‹ gelesen habe.«

»Das glaube ich gern. Dazu komme ich gleich noch. Richard muss jetzt so um die dreißig sein. Ich habe ihn nie persönlich kennengelernt, aber er galt als Verschwender, und man erzählt sich, dass er nur sehr schlecht, um nicht zu sagen überhaupt nicht mit seinem Vater ausgekommen ist. Jedenfalls ist er nach dem Krieg bei der Royal Air Force geblieben und befand sich gerade in Korea, zusammen mit einer der Sunderland-Flugboot-Staffeln, als sein alter Herr sich bezeichnenderweise beim Jagdreiten das Genick brach. Nur wenige Monate darauf wurde Richard abgeschossen. Dabei muss einiges an Pech im Spiel gewesen sein, denn es ist keineswegs leicht, ein Sunderland-Flugboot abzuschießen. Jedenfalls stürzte er ab und wurde als gefallen gemeldet. Er war damals bereits zum stellvertretenden Staffelkapitän aufgestiegen, muss sich also sehr gut geschlagen haben. Er hatte keinen Sohn und hat alles, was er besaß – einschließlich des Familiensitzes – seiner Verlobten hinterlassen. Ich habe keine Ahnung, um wen es sich dabei handelt.

Aber weil es innerhalb sehr kurzer Zeit drei Tode gegeben hatte – Richards Großvater, der ebenfalls Richard hieß, starb 1948 in recht hohem Alter – sah sich die Verlobte gezwungen, den Familiensitz zu verkaufen, um die Erbschaftssteuern bezahlen zu können. Das war der Moment, in dem Mercator eingriff. Er erzählte meinem Großvater, dass der Familiensitz ihm schon immer gefallen habe – es handelt sich dabei um Westwater Manor in der Nähe von Fanchester – und dass er sich ohnehin aus dem Geschäftsleben zurückziehen wolle und sich daher nach einem Haus auf dem Lande umsehen würde. Außerdem wollte er dafür sorgen, dass Westwater wenn möglich im Familienbesitz verblieb. Vermutlich wollte er darüber hinaus auch Richards Verlobten unter die Arme greifen. Also hat er das Haus gekauft, zusammen mit allem, was sich darin befand, wozu, glaube ich, auch einige sehr kostbare Möbelstücke gehören. Und natürlich gibt es da auch die Thaxton-Bibliothek, für deren Zusammenstellung hauptsächlich Richards Großvater verantwortlich war. Es handelt sich dabei um eine wirklich hervorragende Sammlung, wie du sicherlich weißt. Sie enthält unter anderem einen Flambury von 1510 und eine Erstausgabe von Percival.

Jedenfalls hat Mercator nach diesem Kauf sowohl sich selbst als auch sein Hab und Gut nach und nach von London nach Westwater Manor verfrachtet. Er hat sehr viel Geld in das Haus und das Grundstück gesteckt und zahlreiche Verbesserungen vorgenommen. Natürlich hat er auch seine eigene Bibliothek mitgenommen und diese mit der Thaxton-Sammlung verschmolzen. Er wollte unter anderem auch deshalb sämtliche Bücher beisammenhaben, weil er, sobald er sich eingelebt hatte, für die Versicherung ihren Wert bestimmen lassen wollte. Vor einem Monat hat er sein Haus in Hampstead verkauft und ist nach Westwater gezogen – endgültig, wie er glaubte. Vor zwei Tagen hat die chinesische Regierung bekanntgegeben, dass sie großzügigerweise vier Piloten der Royal Air Force freilassen werde, die, wie sie behauptete, über chinesischem Staatsgebiet abgeschossen worden seien, während sie dort Krankheitserreger abwarfen. Eine hübsche Geste, natürlich, in Anbetracht der bevorstehenden Außenministerkonferenz. Und einer dieser Piloten ist, wie du sicherlich bereits erraten hast, Richard Thaxton.«

Sally griff sich mit beiden Händen an den Kopf. »Wie wollen sie dieses Problem denn jemals gelöst bekommen?«, fragte sie dann.

»Ich bin kein Rechtsanwalt«, sagte Johnny. »Gott sei Dank. Ich habe keine Ahnung, was geschehen wird, aber ich kann mir vorstellen, dass es eine unfassbar komplizierte Angelegenheit ist. Glücklicherweise bleibt sie in der Familie, sozusagen. Mercator ist fest entschlossen, Richard wieder zu seinem Besitz zu verhelfen. Er meint, Westwater Manor sei selbstverständlich Richards Zuhause, sobald er in England eintrifft, wahrscheinlich in zwei oder drei Wochen. Und hier kommen wir ins Spiel. Mercator möchte die beiden Bibliotheken wieder auseinanderdividieren, und das ist mehr oder weniger eine Aufgabe für einen Fachmann. Er selbst hat nie ein Exlibris benutzt, und das Gleiche gilt für die Thaxton-Sammlung. Deshalb gibt es auch keine einfache Methode, mit der man die Bücher voneinander unterscheiden könnte. Man muss dazu die Kataloge zu Rate ziehen, und das dürfte hier und da ein bisschen knifflig werden. Mercator könnte das zwar selbst übernehmen, aber sein Sehvermögen ist nicht mehr so gut. Und außerdem hat er genug um die Ohren, weil er ja recht dringlich mit den Rechtsanwälten verhandeln und gleichzeitig versuchen muss, sich mit Richard auszutauschen. Also sollen wir die Sache übernehmen. Darüber hinaus möchte er, wo man schon einmal dabei ist, zu Versicherungszwecken den Wert beider Sammlungen bestimmen lassen. Er hatte sich Richards Erlaubnis eingeholt, die Thaxton-Sammlung neu bewerten zu lassen, noch bevor Richard abgeschossen wurde. Alles soll möglichst noch vor Richards Rückkehr erledigt sein. Das ist nur allzu verständlich. Schließlich möchte man zu einer solchen Zeit keine Fremden im Haus haben.

Hätte es sich um irgendeine andere Person gehandelt, hätten wir gesagt, dass wir diese Aufgabe unmöglich so kurzfristig übernehmen können, und das auch noch mitten in der Ferienzeit. Aber Mercator ist ein so guter und geschätzter Kunde und auch ein so alter Freund, dass wir ihm diesen Gefallen nicht abschlagen wollten. Großvater kann nicht weg von hier, und Onkel Charles ist in Cornwall, also muss ich die Sache übernehmen. Aber ich brauche Hilfe, um das in der kurzen Zeit zu schaffen – es ist wirklich sehr viel Arbeit. Wir haben das mit Mercator durchgesprochen und sind schließlich übereingekommen, dass wir dich bitten, mich dorthin zu begleiten. Mercator hat uns beide als seine persönlichen Gäste eingeladen, und ich glaube, die Sache könnte uns großen Spaß machen. Wäre das für dich in Ordnung?«

»Mehr als in Ordnung. Ich freue mich!«, antwortete Sally. »Aber ist es denn auch wirklich kein Problem für die Firma? Schließlich gehöre ich nicht mehr zur Belegschaft.«

»Wäre es dir lieber, ich würde Miss Jennings mitnehmen?«, fragte Johnny mit ernster Miene.

»Würdest du Miss Jennings denn gerne mitnehmen, Darling?«

Johnny zuckte mit den Schultern. »Naja, das wäre mal was Neues, oder?«

»Du Unhold!«, sagte Sally.

Johnny grinste. »Ich könnte sie mitnehmen, aber sie wäre längst nicht so gut wie du. In jeglicher Hinsicht. Also solltest du doch besser selbst mitkommen, finde ich. Du bekommst übrigens auch dein altes Gehalt.«

»Dafür, dass ich im Luxus bade und ... und mit dir zusammenarbeiten kann?«

»Du hast bisher noch nie mit mir zusammengearbeitet. Vielleicht findest du es ja absolut unerträglich.«

»Das ist natürlich gut möglich«, meinte Sally.

ERSTES KAPITEL

Zwei Tage später brachen sie nach Westwater auf. Das Wetter ließ keine Anzeichen für einen baldigen Umschwung erkennen, und so war es eine gewaltige Erleichterung, aus der Stadt herauszukommen. Johnny fuhr so schnell, wie es der sonntägliche Verkehr erlaubte, und zum ersten Mal seit fast drei Wochen konnten sie ein wenig kühlere Luft genießen.

Gegen kurz nach halb vier erreichten sie eine recht hohe, kahle Hügelkuppe, von der aus sie ein kleines Tal unter sich liegen sahen, das sich als tiefgrüner Einschnitt durch die sonnenverbrannten Hügel zog. Der gesamte Talgrund wurde von einer oval angelegten Parklandschaft eingenommen. Im östlichen, weiter von ihnen entfernt gelegenen Teil wand sich silbrig glitzernd ein kleiner Fluss. In der Ferne konnten sie auch ein winziges Dorf erkennen, von dem Johnny meinte, dass es sich dabei um Danesfield handeln müsse. Fast genau in der Mitte des Parks ragte ein gewaltiger, in einer warmen Farbe schimmernder Backsteinbau auf, hinter dem man gerade noch einen Teil der dazugehörigen Gärten sehen konnte.

Von der Hügelkuppe aus nahmen sie eine Seitenstraße, die steil den Hang hinunterführte, und erreichten schließlich das offenstehende Parktor, dessen hochaufragende graue Pfeiler zwei liegende Löwen aus Stein trugen. Das Pförtnerhaus war ein kleines, quadratisches Gebäude aus dem achtzehnten Jahrhundert, in dessen Garten üppig Levkojen und späte Rosen blühten. Jenseits des Tors gelangte man auf eine lange, sorgfältig gepflegte Buchenallee, die von sonnendurchfluteten Parkflächen gesäumt wurde.

Sie sahen das Haus erst, nachdem sie die letzte Kurve durchfahren hatten. Wie sie später entdeckten, war die Südfassade noch sehr viel beeindruckender, aber auch wenn man es aus nördlicher Richtung betrachtete, also von der Seite, von der sie sich gerade dem Haus näherten, bot es einen außergewöhnlich schönen Anblick. Es war um drei Seiten eines Innenhofs gebaut, in den man von dieser Stelle aus Einsicht nehmen konnte. Die beiden Seitenflügel waren, wie sie wussten, im neunzehnten Jahrhundert hinzugefügt worden, doch diese Vergrößerung war so hervorragend ausgeführt worden, und die neuen Gebäudeteile fügten sich so nahtlos an den ursprünglichen georgianischen Bau an, dass sich die eine architektonische Epoche so gut wie überhaupt nicht von der anderen unterscheiden ließ. Auch nach diesen Baumaßnahmen wirkten die Proportionen absolut ausgewogen. Die stille Würde des säulengetragenen Vorbaus war unbeeinträchtigt geblieben, und der mit Steinplatten belegte Hof erweckte nach wie vor einen geräumigen, weitläufigen Eindruck. In der Mitte des Innenhofs ragte ein Maulbeerbaum auf, der sicherlich so alt war wie der georgianische Teil des Gebäudes.

Johnny war kurz langsamer gefahren, damit sie in Ruhe ihren Blick schweifen lassen konnten, und fuhr nun weiter, zwischen den breiten grünen Rasenflächen hindurch. Auf der Vorderseite des Hauses gab es eine breite, bogenförmige Kiesauffahrt, in die die beiden Zufahrtswege mündeten, die an der rechten und linken Seite des Hauses entlangführten. Über die Kiesauffahrt gelangten sie in den steingepflasterten Innenhof, auf dem Johnny den Wagen schließlich vor der gewaltigen Eingangstür anhielt.

Noch während sie aus dem Auto ausstiegen, erschien ein imposanter Butler in der geöffneten Tür. Er schickte sich gerade an, sie die Treppe hinauf ins Haus zu führen, als von oben eine dünne, freundliche Stimme ertönte: »Da sind Sie ja!«

Mercator stieg die Treppe hinunter – eine kleine, schlanke, weißhaarige, von oben bis unten in Flanell gekleidete Gestalt, die eine große Würde und Autorität ausstrahlte. Man fragte sich immer ein bisschen, warum man eigentlich diesen Eindruck hatte, bis er dann zu reden anfing. Als Sally ihn das letzte Mal gesehen hatte, war seine Gesichtsfarbe noch von der typischen Blässe eines Stadtbewohners geprägt gewesen, doch jetzt hatte ihn die Sonne bereits ein wenig gebräunt, und diese Farbe stand seinen feinen Gesichtszügen mit der zierlichen Nase ausgezeichnet. Seine dunklen, von einer Brille bedeckten Augen leuchteten.

»Meine liebe Mrs Heldar, wie freue ich mich, Sie zu sehen!« Er war in England geboren und aufgewachsen, und seine klare, präzise Aussprache wies nicht die geringste Spur eines Akzents auf. »Heldar, schön, dass Sie da sind. Es ist äußerst nett von Ihnen beiden, dass Sie gekommen sind!« Er reichte ihnen beiden abwechselnd seine schmale, dünne Hand. »Was für ein Wetter! Wir könnten genauso gut in Süditalien sein. Kommen Sie doch herein. Sie möchten sicher erst einmal auf Ihr Zimmer gehen. Sobald Sie sich dort ein bisschen frisch gemacht haben, trinken wir Tee im

Salon. Draußen auf der Terrasse ist es nachmittags einfach zu heiß.«

Er führte sie durch ein mit einem Marmorfußboden ausgestattetes Vestibül, das zu beiden Seiten von zwei reich geschnitzten, offenbar aus einem Chorgestühl stammenden Bänken gesäumt wurde. Von dort gelangten sie in eine gewaltige Halle, in der ihnen gegenüber eine doppelläufige Treppe zu zwei langgestreckten Emporen hinaufführte, über denen wiederum ein großes, hohes Fenster aufragte. Sally vergaß, Mercator zuzuhören, und kam erst wieder zu sich, als plötzlich vollständige Stille herrschte.

»Es tut mir leid, Sir Mark«, sagte sie hastig. »Ich musste einfach staunen.«

Mercator lächelte. »Ja«, sagte er. »Ich hatte die Gelegenheit, recht viele der großen Herrenhäuser Englands zu besichtigen und war immer schon davon überzeugt, dass dieses hier von allen das schönste ist. Es hätte mich ein wenig verletzt, wenn Sie nicht gestaunt hätten.«

Er führte sie einen der beiden prächtigen, geschwungenen Treppenläufe hinauf und über eine der Emporen zu einem Flur, der sich an der Hofseite des Hauses entlangzog. Von dort aus betraten sie ein großes, sonnendurchflutetes Schlafzimmer mit zwei hohen Fenstern. Die Wände waren mit altweißem Brokatstoff beschlagen, und an den Fenstern hingen taubenblaue Vorhänge.

»Ich hoffe, Sie werden es in diesem Raum bequem haben«, sagte er. »Und hier sind auch schon Emmanuel und Annie, die sich um Sie kümmern werden.«

Emmanuel, der in der Tür zum Ankleidezimmer stand, war ein kleiner, schon etwas älterer Kammerdiener mit olivfarbener Haut, während es sich bei Annie um eine recht mollige Frau vom Lande mit frischem Gesicht handelte. Sie war unverkennbar eine gut ausgebildete und erfahrene Bedienstete, wirkte dabei jedoch gleichzeitig so freundlich und hausbacken, dass sich Sally – die bisher nur selten mit Zofen zu tun gehabt hatte – keine Sorgen machte, sie könne womöglich nicht mit ihr zurechtkommen. Stattdessen betrachtete sie begeistert den wunderschönen Raum mit seinen antiken Möbeln aus Nussbaum und den symmetrisch angelegten Garten mit seinen Rosen und Veilchen, der durch die Fenster zu sehen war. Nachdem sie sich ein wenig frisch gemacht hatten, begaben sie sich wieder nach unten.

Mercator wartete in der Halle auf sie und führte sie von dort aus durch einen Flur zum Salon. Dabei handelte es sich um einen langgestreckten, hohen Raum in einer der Ecken des Hauses, dessen Fenster sich auf die im Süden gelegene Terrasse öffneten. Jenseits der Terrasse breiteten sich weiträumige Rasenflächen aus, die von einem der beiden Zufahrtswege – in diesem Fall dem westlichen – in zwei Hälften unterteilt wurden. An den Wänden des Salons hingen elfenbeinfarbene Tapeten, und die Vorhänge waren in einem derart hellen Gelb gehalten, dass sie fast weiß wirkten. Auch die mit Brokat ausgeschlagenen Sitzmöbel waren elfenbeinfarben. Hier und da waren Kissen im Raum verteilt, die einen etwas lebhafteren Farbton setzten, und überall standen als zusätzliche Farbtupfer Vasen mit Blumen. Es war ein wunderschöner, exquisiter Raum, dessen Gestaltung von einem geradezu weiblichen Geschmack zu zeugen schien, wobei das Ergebnis jedoch keineswegs feminin wirkte. Sally, die erneut ins Staunen geraten war, fand, dass diese Beschreibung ziemlich genau auch auf Mercator selbst passte: ein ruhiger, den Traditionen verpflichteter, konventioneller Hintergrund, vor dem hier und da exzentrische Blitze aufleuchten – Blitze, die leicht Gefahr hätten laufen können, sich als die schlimmste Form kostspieliger Geschmacksverirrung zu erweisen, die in Wirklichkeit jedoch bezaubernd waren. Ihr fiel auch noch etwas anderes auf: Der Raum hätte ebenso gut wie ein Ausstellungsraum wirken können, der vor hundertfünfzig Jahren in einen Dornröschenschlaf gefallen war und bei dem jetzt nur noch die roten Samtkordeln fehlten, die die Besucher daran hinderten, die herrlichen Möbelstücke zu berühren. Aber diesen Eindruck erweckte er keineswegs. Der Raum war zum Bewohnen gedacht und hatte eine freundliche, einladende und gemütliche Atmosphäre.

Sie setzten sich vor den weißen Kamin im Adam-Stil. Über dem Kamin hing ein von Thomas Lawrence gemaltes Portrait von Elizabeth Thaxton, jener berühmten Schönheit des Regency, und in dem gefliesten Kamin stand eine gigantische Vase mit karmesinroten Gladiolen. Sally war gerade in den Anblick der faszinierenden Elizabeth versunken, als sich die Tür öffnete und ein junger Mann den Raum betrat. Er war die erste Person, die ihr hier begegnete, die ganz und gar nicht in dieses Haus passte.

Er war relativ hochgewachsen, aber da er seine schmalen Schultern gebeugt hielt, wirkte er kleiner. Seine Bewegungen hatten etwas Eckiges, Ungelenkes, und seine zerknitterte Flanellhose schien ihm nicht recht zu passen. Seine schwarzen Haare waren strähnig und ein wenig unordentlich, und sein bleiches Gesicht wurde von einer Hornbrille mit unglaublich dicken Gläsern entstellt. Er sah aus wie ein Student irgendeiner Provinzuniversität, doch kaum war Sally dieser Gedanke durch den Kopf gegangen, schämte sie sich für ihren Snobismus. Der junge Mann hatte etwas Mitleiderregendes.

Mercator stellte ihn ihr vor. »Mrs Heldar, dies ist Cecil Deane, mein Sekretär.«

Deane schüttelte ihr schlaff die Hand und murmelte etwas, das nur halb verständlich war. Dann begrüßte er Johnny, stolperte über eine Fußbank und setzte sich schließlich ungelenk auf einen der brokatbespannten Sessel.

Der Butler brachte den Tee, und Mercator bat Sally, ihnen einzuschenken. Die georgianische Teekanne war aus Silber und das Geschirr aus Coalport-Porzellan. Deane erhob sich, um die Tassen und Teller zu verteilen, und Sally erwischte sich dabei, wie sie ein stummes Gebet gen Himmel schickte, er möge keines dieser kostbaren Stücke fallen lassen. Aber obwohl sie auf diese Weise sowohl mit der Bewunderung ihrer Umgebung beschäftigt war als auch mit der Angst, es könnte etwas zu Bruch gehen, merkte sie doch, dass Mercator sie unverwandt betrachtete, während sie dort jenseits des Tabletts mit Teegeschirr saß. Sie empfand diese stille Beobachtung als ein wenig verwirrend, doch sie war sich sicher, dass er es im Wesentlichen freundlich meinte.

Nachdem er eine oder zwei Minuten auf diese Weise hatte verstreichen lassen, ergriff er wieder das Wort. Sein Beitrag zu ihrem Tischgespräch war unbeschwert, charmant und geistreich zugleich, und er achtete stets darauf, dass er das Gespräch nicht an sich riss. Johnny und Sally fiel es daher nicht schwer, sich lebhaft an der Unterhaltung zu beteiligen. Deane hingegen sagte so gut wie kein Wort, trotz aller Versuche, ihn aus der Reserve zu locken. Er war in diesem Umfeld ganz offenbar fehl am Platze und war sich dessen vielleicht auch schmerzlich bewusst, dachte

Sally. Sie vermutete zunächst, dass er noch nicht lange für Mercator arbeitete, denn es war ja gut möglich, dass dieser erst, nachdem er sich zur Ruhe gesetzt hatte, einen Privatsekretär eingestellt hatte. Doch dann erfuhr sie zu ihrer Überraschung, dass er bereits seit drei Jahren für Sir Mark arbeitete. Aber vielleicht stellte Westwater Manor ja eine vollkommen andere Herausforderung für ihn dar, als es das Haus in Hampstead gewesen war. Kaum war die Mahlzeit beendet, murmelte er eine Entschuldigung und verließ den Salon.

Bald darauf meinte Mercator, er würde den Heldars gerne das Haus zeigen, und sie traten auf den Flur hinaus.

Die Haupträume lagen alle im mittleren Teil des Gebäudes, der auf die Terrasse hinausging. Unmittelbar neben dem Salon befand sich die Bibliothek, ein großer, quadratischer Raum, dessen vollgepackte Bücherregale bis knapp einen Meter unterhalb der hohen Decke reichten. Sally war ein wenig entsetzt über das gewaltige Ausmaß der Aufgabe, die sie hier erwartete, aber Johnny schien den Anblick recht entspannt aufzunehmen. Neben der Bibliothek lag die große Halle und am anderen Ende des Flurs war Mercators Arbeitszimmer – ein freundlicher Raum, der zwar ganz offenbar der Arbeit diente, aber durchaus nicht rein funktional wirkte. Die Einrichtung bestand aus einem massiven Schreibtisch und einigen alten Ohrensesseln, und über dem Kaminsims hing das Portrait eines jungen Mädchens. Ihr Gesicht, das vor einem dunklen Hintergrund schwebte, war ein klar umrissenes Oval mit feinen Gesichtszügen und einer fast durchsichtigen, blassen Haut. Ihre sanften, blauen Augen waren von Lachen erfüllt, und ihre Haare leuchteten so rotbraun wie herbstliches Buchenlaub. Es war eine flüchtige Ähnlichkeit zu Mercator selbst zu erkennen, und Sally erriet die Identität des Mädchens just in dem Augenblick, als Mercator sagte: »Das ist meine Tochter. Ein Portrait von Sargent.«

»Sie ist wunderschön«, sagte Sally. Es schien ihr, als wäre das der einzig angemessene Kommentar.

Mercator lächelte und sah Johnny an. »Ja. Sie ist wunderschön«, sagte er.

Hinter dem Arbeitszimmer, in der südöstlichen Ecke des Hauses, war der Speisesaal und nebenan, im Ostflügel des Hauses, das Frühstückszimmer. Der Rest des Ostflügels war den Unterkünften der Dienstboten vorbehalten. Mercator erklärte ihnen, dass er keine Haushälterin habe, da er es vorziehe, seine Mahlzeiten selbst zusammenzustellen, weshalb er auch in der Küche umherwandern könne, wie es ihm gerade beliebte. Und gerade in der Küche waren die von ihm vorgenommenen Neuerungen am deutlichsten zu erkennen. Es war für jede nur denkbare moderne Annehmlichkeit gesorgt worden, die seinen Dienstboten das Leben erleichtern sollte, und es war nicht zu verkennen, dass sie dies zu schätzen wussten. Selbst der französische Koch, der gerade vor dem großen elektrischen Herd stand, irgendeine geheimnisvolle Sauce umrührte und dabei vor sich hin murmelte, war es ganz offenbar nicht nur gewohnt, seinen Arbeitgeber in der Küche zu begrüßen, sondern zeigte sich sogar hocherfreut.

Sie schauten sich auch den Westflügel an, in dem sich das Büro des Verwalters, ein Rauchsalon aus dem neunzehnten Jahrhundert und die Waffenkammer befanden. Dann gingen sie ins obere Stockwerk, wo sie sich die Bildergalerie und noch einige andere Räume anschauten. Zum Schluss brachte Mercator sie noch zu den Stallungen, die auf der Ostseite des Hauses gelegen waren, und zeigte ihnen die Veränderungen, die er dort vorgenommen hatte. Als sie ins Haus zurückkehrten, ertönte bereits der Gong, der das Zeichen zum Umkleiden gab.

Sally schminkte sich gerade, als Johnny aus ihrem privaten Bad zurück ins Zimmer kam. Er schlenderte zu ihr hinüber, stellte sich hinter sie, und sie lächelten sich im Spiegel an.

»Sehr schön«, sagte er. »Aber nicht ganz so gemütlich wie unsere Wohnung.«

»Nein«, stimmte Sally ihm feierlich zu.

Johnny fragte unvermittelt: »Macht es dir was aus, dass ich dir so etwas wie das hier nicht bieten kann?«

»Ob es mir was ausmacht? Was ausmacht?«

»Schon gut«, sagte Johnny und klang dabei geradezu absurd erleichtert. »Ich wollte nur sichergehen.«

* * *

Gelegentlich gönnten sich die Heldars einen besonderen Abend, an dem sie ausgingen und in einem Restaurant dinierten, aber nach dem Essen, das ihnen bei Mercator serviert wurde, waren sich beide einig, dass sie noch nie eine bessere Mahlzeit zu sich genommen hatten. Ganz offenbar gehörte der französische Koch zu Mercators kostbarsten Schätzen. Das Gleiche ließ sich jedoch auch über seinen Burgunderwein sagen. Der Speisesaal von Westwater Manor gab eine würdige Umgebung für das Mahl ab, und Mercator selbst zeigte sich von seiner geistreichsten und charmantesten Seite. Das Einzige, was Sally an dem Abend auszusetzen hatte, war der Umstand, dass Mercators Vorbild bei Deane keinerlei Spuren zu hinterlassen schien. Er war genauso schweigsam, wie er es beim Tee gewesen war, und sie hatten kaum Antoines exquisiten Kaffee und Mercators hervorragenden Cognac getrunken, da murmelte er auch schon wieder eine Entschuldigung, wünschte ihnen gute Nacht und verschwand.

Mercator nahm die Heldars für einen kurzen Spaziergang durch den Garten mit nach draußen, und dann brachte er sie, da er im Verlauf des Abends entdeckt hatte, dass sie sein Interesse an der Musik teilten, wieder in den Salon zurück und öffnete einen großen Sheraton-Schrank, der Grammophonplatten enthielt.

»Vielleicht mögen Sie ja etwas auswählen«, sagte er. »Meine Augen sind nicht mehr so gut wie früher.«

Nachdem sie ein wenig hin und her diskutiert hatten, entschied Johnny sich für Brahms' Variationen über ein Thema von Haydn, legte die Platte in die große Musiktruhe, und sie setzten sich, um zuzuhören.

Sie hatten der Musik gerade mal fünf Minuten gelauscht, als ihr Hörgenuss unsanft unterbrochen wurde. Auf der Terrasse waren schwere Schritte zu hören, und als Sally aufblickte, sah sie, wie ein kleiner, beleibter, in einen Smoking gekleideter Herr mit backsteinrotem Gesicht an der offenstehenden Terrassentür auftauchte. Im nächsten Moment kam er wie ein wütender Stier in den Raum gestürmt.

»Aha!«, rief er. »Also hier sind Sie, Mercator! Haben Sie meinen Brief bekommen?«

»Ja, das habe ich«, antwortete Mercator freundlich. »Kommen Sie doch herein, mein Freund, kommen Sie! Ich freue mich, Sie zu sehen.«

Diese Einladung schien den Besucher noch mehr aufzuregen. Sein Gesicht nahm eine dunkelrote Farbe an. »Also?«, fragte er trotzig. Dann folgte er Mercators vorwurfsvollem Blick, entdeckte Sally und machte eine kleine Verbeugung. »Verzeihen Sie, Madam.«

Mercators Augen funkelten amüsiert. »Mrs Heldar, erlauben Sie, dass ich Ihnen Colonel Danby vorstelle, meinen Nachbarn – auch wenn er dies, leider Gottes, nicht mehr lange bleiben wird!«

»Aber das ist es ja gerade!«, brüllte der Colonel triumphal. Dann erinnerte er sich an Sallys Gegenwart, senkte hastig die Stimme und murmelte ein Wort der Begrüßung. Johnny, der sich erhoben hatte, wurde nun ebenfalls vorgestellt. Der Colonel widmete ihm gerade so viel Zeit, wie es die Höflichkeit erforderte, und wandte sich dann wieder an Mercator.

»Ah, ja, mein lieber Freund«, sagte Mercator daraufhin. »Ihr Brief –«

Sally murmelte: »Wenn Sie geschäftliche Dinge besprechen möchten, Sir Mark, dann sollten Johnny und ich uns vielleicht einmal in der Bibliothek umsehen.«

»Nein, nein!«, sagte Mercator. »Auf keinen Fall, meine liebe Mrs Heldar. Sie und Ihr Mann bleiben hier und sorgen für Fairplay, wie es die Engländer so schön sagen.«

Sally fand ihren ursprünglichen Verdacht, dass er ein Spiel mit dem Colonel spielte, bestätigt, und setzte sich wieder. Sie warf Johnny einen Blick zu. Der feierliche Gesichtsausdruck, mit dem er ihren Blick erwiderte, hatte den gleichen Effekt, als würde er ihr zuzwinkern.

»Tja, wenn Sie darauf bestehen«, brummte der Colonel beleidigt.

»Aber ich stehe Ihnen natürlich voll und ganz zu Diensten. Setzen Sie sich, kommen Sie, setzen Sie sich doch! Entschuldigen Sie mich einen Moment, ich muss das Grammophon ausschalten. Ich weiß, dass Ihnen an Musik nichts liegt.«

Nachdem er das erledigt hatte, kehrte er wieder zu seinem Sessel zurück, setzte sich und lächelte den Colonel mit liebenswürdiger Aufmerksamkeit an.

»Nun?«, fragte Danby. »Was werden Sie dagegen unternehmen?« Der triumphierende Klang war in seine Stimme zurückgekehrt.

Mercator zuckte die Achseln und breitete seine Hände aus. Die Geste hatte den erwünschten Erfolg.

»Verdammt nochmal, Sir!«, brüllte der Colonel. Dann drehte er sich hastig zu Sally um. »Verzeihen Sie, Mrs Heldar.« Als er weitersprach, bemühte er sich leiser zu sprechen, was ihm jedoch eine geradezu qualvolle Mühe zu bereiten schien. »Es bleibt Ihnen nur eins übrig. Das habe ich Ihnen schon in meinem Brief erklärt. Wenn ich nicht gerade oben in Schottland gewesen wäre, dann wäre ich sofort hergekommen, als ich das mit Richard gehört habe. Stoppen Sie den Bau Ihrer verdamm – Ihrer schrecklichen Farm! Sie können nicht auf einem Stück Land bauen, das Ihnen nicht gehört, Sir! Und wenn Sie es doch versuchen sollten, werde ich Maßnahmen ergreifen! Jetzt, da Richard am Leben ist, sieht die Sache schließlich ganz anders aus.« Er rieb sich befriedigt die feisten Hände.

»Ach, meinen Sie?«, fragte Mercator geringschätzig.

»Das meine ich nicht nur, das weiß ich, Sir! Ich bin hier in der Gegend schließlich der Friedensrichter. Sie müssen den Bau stoppen. Und sobald Richard wieder hier ist, wird er

Ihre scheußliche Konstruktion einreißen lassen. Das Ding verdirbt kilometerweit die Aussicht und ruiniert mir den Fluss. Die Fische kommen da überhaupt nicht mehr hoch, seit Sie dieses Ungeheuer von einem Damm ins Wasser gebaut haben. Richard wird das nie im Leben zulassen. Dafür liegt ihm die Landschaft viel zu sehr am Herzen. Und außerdem nimmt er im Gegensatz zu Ihnen Rücksicht auf seine Nachbarn.«

»Aber das wäre doch unendlich schade!«, rief Mercator. »Meine schönen Gebäude – sie sind fast fertig. Ich werde Richard auf jeden Fall raten, sie zu behalten. Wenn er für einen ordentlichen Betrieb sorgt, wird die Farm ihm sehr viel Geld einbringen.«

Nach diesen Worten vergaß der Colonel Sallys und Johnnys Anwesenheit vollkommen und brüllte mit seiner Kasernenhofstimme derartig laut los, dass die Porzellanfiguren auf dem Kaminsims erzitterten. Dabei erging er sich in einer wirren, zornentbrannten Tirade über ländliche Lebensqualität und die Rechte von Uferanliegern. Mercator hörte ihm eine Weile zu, um schließlich selbst in einen erbitterten Wutanfall auszubrechen. Er kramte aus seinem Repertoire die unterschiedlichsten Zornesgesten und empörten Gebärden hervor und schleuderte seinem Gegenüber in mehreren Sprachen Beleidigungen an den Kopf. Sally fiel jedoch auf, dass Mercators Beleidigungen eher malerischer Natur waren, statt wirklich verletzend gemeint zu sein, auch wenn sie nicht ganz sicher war, ob das dem Colonel ebenfalls klar war. Jedenfalls war sie davon nicht im Geringsten peinlich berührt. Es machte ihr sogar Spaß, bis zu dem Moment, als der Colonel und Mercator von ihren Stühlen hochfuhren, und das Gesicht des Colonels einen bedrohlichen Ausdruck annahm. Als sie daraufhin erneut Johnny ansah, stellte sie fest, dass er sich ebenfalls erhoben hatte.

»Meine Herren, bitte!«, sagte er beschwichtigend. Sally glaubte, er würde sie nun daran erinnern, dass eine Dame anwesend war, aber offenbar scheute er davor dann doch zurück. Es war auch gar nicht notwendig. Mercators Wut verpuffte sofort. Der Colonel hingegen wandte Johnny sein zorniges Gesicht zu und öffnete den Mund, um ihn anzubrüllen, schloss ihn dann jedoch sofort wieder.

»Verzeihen Sie«, sagte er brüsk. »Sie haben ja recht, mein Junge.« Er wandte sich erneut an Sally. »Bitte verzeihen Sie, Mrs Heldar. Das war unentschuldbar. Ich hoffe, wir haben Ihnen keine Angst eingejagt.«

Sally neigte den Kopf. Daraufhin wandte er sich Mercator zu, nickte steif und sagte: »Wir besprechen die Sache ein anderes Mal. Gute Nacht.« Dann drehte er sich um, marschierte zur Terrassentür hinaus, und sie hörten, wie sich seine Schritte entfernten.

»Mrs Heldar«, sagte Mercator. »Ich muss mich ebenfalls bei Ihnen entschuldigen, auch wenn ich Sie nicht fragen werde, ob wir Ihnen Angst eingejagt haben. Aber ich kann Danby einfach nicht widerstehen. Er liebt es, wenn man sich so richtig in die Haare gerät.«

»Fast ebenso sehr wie Sie«, sagte Sally und lächelte ihn an.

Er schenkte ihr im Gegenzug ein amüsiertes Lächeln, das fast schon liebevoll war. »Wie recht Sie haben, meine Liebe!«, sagte er. »Und wie umsichtig Ihr Gatte eingeschritten ist, gerade zur rechten Zeit!« Er seufzte. »Ich glaube nicht, dass der Colonel von seinem Haus aus mehr als nur eine Giebelspitze von meiner Farm sehen kann, und ich glaube auch nicht, dass die Farm auch nur im Geringsten Anstoß erregen wird – das heißt, gesetzt den Fall, Richard entscheidet sich dafür, sie fertigzustellen. Und ich habe sogar einen kleinen Seitenarm für die Fische angelegt, über den sie hochschwimmen können. Ich habe mich von allen möglichen Experten beraten lassen, und die Pläne sind genehmigt worden, also weiß ich verdammt nochmal – oh, entschuldigen Sie bitte, Mrs Heldar, ich habe diesen Fluch hauptsächlich wegen des netten Wortspiels benutzt – dass mein Damm die Anglerfreuden des Colonels in keiner Weise beeinträchtigen wird. Aber er will das einfach nicht glauben, und es wäre natürlich auch sehr langweilig, wenn er es täte. Schön, dann lassen Sie uns weiter der Musik zuhören, ja?«

Als der Brahms zu Ende war, legte Johnny Bachs Arie »Schafe können sicher weiden« auf. Der Friede war in das wunderschöne Zimmer zurückgekehrt. Sally lehnte sich in ihrem Sessel zurück, sah zu Johnny hinüber, der auf dem Sofa saß, und stellte fest, dass er sie ebenfalls ansah. Im nächsten Moment wurde der Friede erneut zerschlagen, diesmal jedoch nahezu geräuschlos.

Sally wurde sich der Gegenwart einer weiteren Person im Raum bewusst und als sie aufschaute, sah sie einen jungen Mann in einer der Terrassentüren stehen. Einen Moment lang verharrte er derart bewegungslos an Ort und Stelle, dass sie sich fragte, ob auf Westwater Manor ein Geist spukte. Aber er war kein Thaxton, falls man die Familienportraits als Orientierung heranziehen konnte. Er hatte weder den obligatorischen Rotschopf der Thaxtons – denn er war blond – noch hatte er jemals über deren vollendete

Schönheit verfügt, auch wenn er früher einmal gut ausgesehen haben mochte. Sein Gesicht war blass und wirkte merkwürdig ausgezehrt, und Sally fragte sich, ob er krank war. Doch dann sagte er etwas, und seine belegte, schleppende Stimme ließ erkennen, was tatsächlich mit ihm nicht stimmte: Wenn er krank war, dann wegen langjähriger Trinkerei.

»Also hier sind Sie.« Er sprach sehr leise, doch dieser leise Ton war wesentlich verstörender, als es das Gebrüll des Colonels gewesen war.

Mercator stand auf. »Verzeihen Sie, Mrs Heldar«, sagte er. »Ja, hier bin ich, Willesdon. Wenn Sie mit mir reden möchten, sollten wir besser in mein Arbeitszimmer gehen.«

»O nein!« Die Stimme klang zwar immer noch leise, aber der junge Mann war mittlerweile ein paar Schritte weit in den Raum hineingetreten. Er torkelte ein wenig. »O nein. Wir werden diese Auseinandersetzung vor Zeugen führen.«

»Ich habe Sie gebeten, in mein Arbeitszimmer zu kommen«, entgegnete Mercator ruhig.

»Als wäre ich ein ungezogener Junge, der zum Schuldirektor gerufen wird?« Die Stimme wurde ein wenig lauter. »Nein, vielen Dank auch, Mercator. Wir werden das hier und jetzt austragen. Ich will meinen Arbeitsplatz zurück, und zwar sofort. Die Dinge werden sich mit Richards Heimkehr ändern. Er wird mir meinen Posten sicherlich zurückgeben, auch wenn Sie sich weigern. Also stellen Sie mich besser jetzt direkt wieder ein, um weitere Unannehmlichkeiten zu vermeiden.« Er machte einen weiteren Schritt in den Raum hinein. Sein Gesichtsausdruck wirkte bedrohlich.

Mercator bewegte sich nicht von der Stelle. »Heldar«, sagte er. »Würden Sie mit Ihrer Frau bitte in die Bibliothek hinübergehen?«

»Das mache ich, Sir«, sagte Johnny. »Aber dann werde ich hierher zurückkehren, wenn es Ihnen recht ist.«

»Das wäre vielleicht keine schlechte Idee. Vielen Dank.«

»Eine verdammt gute Idee«, sagte der junge Mann. »Dann habe ich einen Zeugen. Und der sieht auch nicht wie ein dreckiger Jude aus.«

Sally spürte, wie Johnnys Hand sich um ihren Arm verkrampfte. Dann verließ er mit ihr zusammen den Raum und begleitete sie in die Bibliothek.

»Sei vorsichtig«, sagte sie, auch wenn ihr bewusst war, dass das eine recht unsinnige Warnung war. Johnny war sehr viel kräftiger als der junge Mann im Salon und achtete auch stets darauf, dass er sich in bester körperlicher Verfassung befand. Außerdem war er im Krieg Kommandoführer gewesen.

Er blieb mit seiner großen, beruhigenden Gegenwart noch kurz neben ihr stehen und schaute zu ihr herunter. Er war ein wenig weiß im Gesicht, was bei einem Heldar immer ein Zeichen von Wut war, aber er lächelte sie an. »Mach dir keine Sorgen«, sagte er und verließ den Raum.

Das Haus hatte dicke Wände. Eine ganze Weile, die ihr wie eine Ewigkeit vorkam, hörte Sally überhaupt nichts. Dann ertönte Willesdons Stimme auf der Terrasse, der laut gegen irgendetwas zu protestieren schien. Es folgten einige nur schwach vernehmbare Geräusche, die auf eine Handgreiflichkeit hinzuweisen schienen, und dann herrschte Stille.

Ein paar Minuten später kehrte Johnny wieder zurück.

EIN FALL FÜR SALLY UND JOHNNY

Seine Gesichtsfarbe war wieder normal, und er sah auch nicht im Geringsten derangiert aus. Als sie ihn fragend ansah, sagte er: »Nicht jetzt. Komm mit, Darling.«

Als sie in den Salon zurückkehrten, stand Mercator vor dem Kamin. »Dieses Mal muss ich mich sehr wohl bei Ihnen entschuldigen, Mrs Heldar«, sagte er. »Es tut mir außerordentlich leid, dass Sie einen derart unerquicklichen Vorfall haben mitansehen müssen. Ich kann nur sagen, dass er sich dank dem Eingreifen Ihres Gatten hoffentlich nicht wiederholen wird.«

* * *

Johnny kam in seinem Schlafanzug aus dem Ankleidezimmer und setzte sich neben sie auf die niedrige Fensterbank. Beide Fenster standen weit offen, und die Luft war vom Duft nächtlicher Blüten erfüllt.

»Ich denke, ich darf dir erzählen, worum es bei dem ganzen Tamtam ging«, sagte er. »Willesdon war ein Kamerad von Richard bei der Royal Air Force. Wenige Monate, bevor Richard nach Korea ging, schloss Willesdon seinen Armeedienst ab, und als der alte Thaxton sich das Genick brach, hat Richard ihn hier auf Westwater zum Grundstücksverwalter gemacht. Der alte Verwalter setzte sich gerade zur Ruhe. Doch es war ohne Zweifel eine äußerst unkluge Entscheidung von Richard, Willesdon diesen Posten zu geben, denn der hatte absolut keine Ahnung, wie man ein solches Anwesen führt, und er ist nicht mal auf dem Land aufgewachsen. Als Mercator sich die Lage anschaute, stellte er fest, dass Willesdon die meiste Zeit sturzbetrunken und selbst im nüchternen Zustand absolut unfähig war.

Also hat er ihn rausgeschmissen. Er hat niemand anderen eingestellt, sondern die Verwaltung selbst übernommen, und ich könnte mir vorstellen, dass er das sehr gut macht. Willesdon hat es, glaube ich, zunächst nicht gewagt, sich zu beschweren, sondern erst, als er gehört hat, dass Richard noch am Leben ist. Und selbst dann hat er sich ordentlich mit Gin Mut angetrunken, bevor er sich traute, hierherzukommen und Mercator zur Rede zu stellen. Ich glaube, er ist nach seiner Entlassung wieder nach London gezogen. Die Entscheidung liegt jetzt natürlich bei Richard, aber er wäre ein Narr, wenn er Willesdon wieder einstellen würde.«

»Was hast du mit ihm gemacht?«

»Ich habe ihn mit einem Tritt die Terrassenstufen hinunterbefördert, wenn du's unbedingt wissen willst. Es tut mir leid, mein Schatz, das war für dich eine unschöne Szene.«

»Mach dir da mal keine Gedanken. Und die Sache mit dem Colonel hat mir richtig Spaß gemacht.«

Johnny lachte. »Das war ein gemeines kleines Schauspiel, das Mercator da in Szene gesetzt hat. Wie er sich als den ausschweifenden, aufbrausenden Fremden gegeben hat, mit einem Schuss Dilettantismus und einem Hauch von Emporkömmling – nichts wäre besser geeignet gewesen, um den Colonel in Rage zu versetzen. Danby stammt aus einer anderen Zeit. Ich wusste gar nicht, dass solche Leute überhaupt noch existieren!«

»Ich mag ihn eigentlich, muss ich sagen«, meinte Sally nachdenklich. »Und Mercator habe ich regelrecht liebgewonnen!«

»Weißt du, warum Mercator dich so ins Herz geschlossen hat, Darling? Letzte Woche, als er bei uns im Laden war, hat er mir erzählt, dass du seiner Tochter ähnelst.«

»Seiner Tochter? Ich habe mehr oder weniger die gleichen Haare, aber das ist auch schon alles. Ich meine, sie war wirklich wunderschön.«

»Wirklich wunderschön«, wiederholte Johny ernst. »Ihr Portrait sieht dir sehr ähnlich.«

ZWEITES KAPITEL

Die Heldars frühstückten auf ihrem Zimmer und fanden sich noch vor neun Uhr in der Bibliothek ein. Die Aufgabe, die sie dort zu bewältigen hatten, war äußerst umfangreich. Manches davon mochte zwar recht unproblematisch sein, doch es gab auch Dinge, die bestimmt kompliziert werden würden. Die Methode, mit der Mercator seine eigenen Bücher katalogisiert hatte, war fast professionell zu nennen. Das von ihm erstellte Verzeichnis war akkurat und befand sich auf dem neuesten Stand. Mit der Thaxton-Bibliothek hatten sie es jedoch nicht so leicht. Großvater Richard hatte zwar 1937 einen Katalog drucken lassen, doch die zahlreichen Neuerwerbungen, die er seitdem getätigt hatte, waren lediglich in einer Unzahl von handschriftlichen, von ihm selbst erstellten Notizen erfasst. Und seine ohnehin schon krakelige Handschrift war gegen Ende seines Lebens immer undeutlicher und unleserlicher geworden. Darüber hinaus gab es eine Vielzahl von Büchern zum Thema Sport – die einzige Art von Literatur, für die sich sein Sohn James interessiert hatte – die nirgendwo Erwähnung fanden. Und zu guter Letzt hatte Mercator auch noch sämtliche Bücher akribisch nach Epoche, Autor und Thema sortiert, bis alle erkennbaren Unterschiede zwischen den beiden Bibliotheken rettungslos verlorengegangen waren.

Aber Johnny hatte eine Begabung dafür, mit dem geringstmöglichen Aufwand aus Chaos Ordnung zu schaffen.

»Als Erstes«, sagte er entschlossen, »müssen wir uns mit der Methode vertraut machen, nach der Mercator die Bücher geordnet hat, damit wir wissen, wo wir nach dem, was wir gerade brauchen, suchen müssen. Komm, fangen wir an.«

Johnny verfügte über ein enormes Wissen und war zudem in der Lage, sich rasch einen Überblick zu verschaffen. Während sie langsam den Raum durchschritten, zeigte er die einzelnen Autoren und Kategorien auf, nach denen die Bibliothek geordnet war. Hier und da blieben sie stehen und nahmen sich die Zeit, ein besonders interessant aussehendes Buch aus dem Regal zu ziehen. Sie entdeckten die lateinische Grammatik, die Helsingheim 1493 gedruckt hatte, und auch den Flambury von 1510. Dann blieb Johnny eine Weile vor einem Regal stehen, um nach der Erstausgabe von Percivals *Eine Blumengirlande für Gloriana* zu suchen. Das Buch war nicht ganz so selten wie die anderen beiden, doch es war sowohl wegen seines historischen als auch seines romantischen Kontexts von Interesse, denn es war das Geschenk eines Höflings an seine alternde Königin gewesen.

»Ah ja, hier ist es«, sagte Johnny und betrachtete die verblassten Goldbuchstaben auf dem Buchrücken. »Kalbsleder aus dem achtzehnten Jahrhundert, so weit stimmt es schon mal.« Er öffnete das Buch. Im nächsten Moment wurde sein Blick plötzlich sehr viel aufmerksamer. »Sally, das ist verdammt seltsam. Sieh mal.«

Sally betrachtete die Titelseite. Sie war in dem Licht, das durch eines der hohen Fenster fiel, sehr gut zu erkennen.

»Da hat jemand das Datum geändert«, sagte sie. »Zu 1588 – dem Jahr, in dem die Erstausgabe erschienen ist.«

»Ganz genau«, sagte Johnny. »Ein sehr ungeschickter Fälschungsversuch.« Er hielt die Seite gegen das Licht. »Ja. Dies ist die Neuauflage von 1675. Man kann darunter noch die ursprünglichen Zahlen erkennen. Die ließen sich relativ leicht ändern. Und das hier ist auch Papier aus dem siebzehnten Jahrhundert. Ansonsten ist die Titelseite nahezu identisch mit der Erstausgabe – ein ähnliches Druckbild und dieselbe Aufmachung. Und aus irgendeinem Grund ist auch der Name des Druckers nicht angegeben.« Er runzelte die Stirn.

»Was hat das zu bedeuten?«, fragte Sally.

»Ich hoffe, es bedeutet lediglich, dass entweder Großvater Richard oder Mercator diesen Band hier nur zum Spaß gekauft hat, als eine Art Monstrosität sozusagen oder auch als einen unterhaltsamen Beweis für die menschliche Schwäche. Wenn man es nicht verunstaltet hätte, wäre das Buch wohl so gegen drei Pfund wert. Aber ich werde erst aufatmen, wenn wir die echte Erstausgabe gefunden haben.«

Sie durchsuchten das Regal, in dem die Neuauflage gestanden hatte, von oben bis unten und räumten im Zuge dessen sämtliche Bücher heraus, um auch dahinter nachsehen zu können. Dann durchsuchten sie die Kataloge und Großvater Richards Notizen, doch die Neuauflage wurde nirgends erwähnt.

»Wir sollten deswegen jetzt noch keine voreiligen Schlüsse ziehen«, sagte Johnny langsam. »Die Erstausgabe könnte sich irgendwo anders in diesem Raum befinden. Oder man hat diese Neuauflage hier so wenig ernst genommen, dass man sie nicht einmal katalogisiert hat. Aber die Sache gefällt mir nicht, Sally. Diese Fälschung ist erst vor relativ kurzer Zeit vorgenommen worden – jedenfalls innerhalb der letzten paar Jahre. Ein Experte könnte das Datum natürlich ein wenig genauer bestimmen. Jedenfalls bezweifle ich, dass jemand das zu Lebzeiten von Großvater Richard versucht hätte, denn der hätte es sofort bemerkt. Außerdem wurde nach seinem Tod aus testamentarischen Gründen der Wert der Bibliothek bestimmt, und da hätte man eine Fälschung wie diese hier auf keinen Fall übersehen. Aber nach dem Tod seines Sohnes wurde keine neuerliche Wertbestimmung in Auftrag gegeben und auch nicht, nachdem Richard für tot erklärt wurde. Man hat einfach die letzte Bewertung akzeptiert, weil diese noch nicht so lange zurücklag.«

»Also wer –?«

»Tja, das ist eine heikle Frage. Mit ziemlicher Sicherheit niemand aus der Dienerschaft, denn dort verfügt niemand über das nötige Wissen. Und man kann sich nicht recht vorstellen, dass James zu so etwas fähig wäre.«

Sie sahen sich an, und Sally fragte widerstrebend: »Richard?«

»Das ist durchaus möglich, fürchte ich, auch wenn wir keinesfalls sicher sein können. Richard galt als verschwenderisch. Zudem hieß es, dass er mit seinem Vater auf sehr schlechtem Fuß stand und auch dass dieser ihn in Gelddingen ziemlich kurzhielt. James hat, soweit ich weiß, in all den Jahren nie auch nur ein einziges Buch aufgeschlagen, jedenfalls keines, bei dem es nicht um irgendeine Art von Sport ging. Und selbst wenn er in diese Neuauflage hineingeschaut hätte, wäre ihm möglicherweise gar nicht aufgefallen, dass damit etwas nicht stimmte. Richard wiederum könnte diese Tat nur vor dem Tod seines Vaters begangen haben, denn danach war er nicht wieder zu Hause.«

»Wäre es denkbar, dass Richard die Erstausgabe verkauft hat?« Es war äußerst riskant zu versuchen, seltene Bücher zu verkaufen, die Diebesgut waren. Jeder ehrliche Antiquar, der sich einigermaßen auskannte, würde Verdacht schöpfen, was die Herkunft des Buches anbelangte, und unangenehme Fragen stellen.

»Nun, ich würde das für unwahrscheinlich halten, auch wenn diese Percival-Erstausgabe nicht so selten ist, wie man meinen könnte. Das Buch wurde der Königin in Manuskriptform überreicht – das Manuskript selbst befindet sich mittlerweile in den Vereinigten Staaten – aber später sind recht viele Exemplare davon gedruckt worden. Ich glaube nicht, dass die Königin Einspruch dagegen erhoben hat, denn das Buch schmeichelte ihrer Eitelkeit. Aber es sieht doch langsam so aus, als hätte jemand diese Erstausgabe tatsächlich verkauft, und Richard hätte dazu ebenso gut Gelegenheit gehabt wie jeder andere. Er war in der Branche vollkommen unbekannt. Falls er einen falschen Namen benutzt und irgendeine glaubwürdige Geschichte erfunden hat, könnte er damit durchgekommen sein. Man hätte ihm wohl bis zu hundert Pfund dafür bezahlt, und falls er verschuldet war, wäre ihm das sicher sehr zupassgekommen. Auch wenn es kein Vermögen ist. Ich hoffe inständig, dass wir nicht noch mehr ausgetauschte Exemplare finden.«

»Die Alternative«, meinte Sally, »wäre, dass irgendein Sammler, der hier zu Besuch war, die Erstausgabe unbedingt haben wollte und sie James gestohlen hat, um sie seinem eigenen Bestand hinzuzufügen. Ich bezweifle, dass James viele Sammler empfangen hat, so wie es bei anderen berühmten Bibliotheken üblich ist, aber vielleicht hat sich der ein oder andere einfach aufgedrängt.«

»Das ist kein schlechter Gedanke«, sagte Johnny. »Das wäre sehr wohl möglich, und ich hoffe, dass du recht hast. Aber ich fürchte, wir werden Mercator von dieser Sache berichten müssen.«

Mercator hatte durch Fenton, den Butler, ausrichten lassen, er wolle sich die Freude machen, sich um elf Uhr für eine Tasse Kaffee zu ihnen zu gesellen. Nach seiner Ankunft lauschte er schweigend Johnnys Bericht über ihre Entdeckung, nahm dann eine sehr starke Lupe zur Hand und betrachte die Titelseite der Neuauflage.

»Wenn ich ganz ehrlich sein soll«, sagte er, »ist mir die Sache ein vollkommenes Rätsel. Mein Sehvermögen hat in letzter Zeit sehr stark nachgelassen. Aber Sie werden natürlich recht haben.« Er seufzte kurz. »Nun, das ist recht beunruhigend. Falls die Erstausgabe nicht doch noch auftaucht, werden Sie sie aus dem Katalog löschen müssen. Und diese … diese Kuriosität hier sollten Sie wohl besser ganz außen vor lassen.« Er ließ sachte den Finger über die Neuauflage gleiten, klemmte sie sich dann unter den Arm und erhob sich.

»Ich glaube, er hat ebenfalls Richard im Verdacht«, sagte Sally, als er den Raum verlassen hatte. »Sonst hätte er sich nicht so gesträubt, über die Angelegenheit zu reden.«

»Ich fürchte, da hast du recht. Falls sich der verlorene Sohn tatsächlich dazu entschieden hat, einen Teil seiner Erbschaft im Voraus einzulösen, können wir nichts dagegen tun, jetzt, da er auch den ganzen Rest geerbt hat. Und außerdem geht es uns ohnehin nichts an.«

* * *

Um zwanzig vor eins machten sie Schluss. Johnny zog seinen Arbeitskittel aus und Sally ihren Overall, und sie gingen nach oben, um sich frisch zu machen. Dann gesellten sie sich im Salon zu Mercator, und etwa eine Minute später erschien auch Deane. Er war sogar noch schweigsamer als sonst.

Fenton hatte gerade verkündet, dass das Mittagessen serviert sei, als sie hörten, wie vor der Eingangstür ein Auto hielt. Mercator sagte: »Sehen Sie doch bitte einmal nach, wer das ist, Fenton. Wir warten so lange.«

Er erzählte gerade, wie sehr er die Hochzeitsfeier der Heldars genossen habe, als sich erneut die Tür öffnete. Fenton, dessen ausdruckslose Stimme ausnahmsweise eine Spur von Aufregung verriet, verkündete: »Miss Harz und Mr Richard, Sir.«

Das Mädchen war außergewöhnlich attraktiv. Sie war weder schön noch hübsch, doch ihr Gesicht hatte eine derart starke, seltsame Anziehungskraft, dass selbst Sally ihren Blick nicht davon losreißen konnte. Es war schmal und herzförmig, und zwischen den sanft gehöhlten Wangen saß eine winzige Stupsnase. Der breite Mund wirkte gleichzeitig fröhlich und ein wenig traurig, und ihre Augen waren groß und grau. Auf ihren hellblonden, leicht gelockten Haaren thronte eine überaus absurde Hutkreation, die ihr jedoch ausgezeichnet zu Gesicht stand. Sie war recht klein, hatte eine perfekte Figur und trug ein Kleid aus bedrucktem Seidenstoff, das gleichzeitig äußerst schlicht und äußerst elegant war. Es war das Kleid, das Sally schließlich die Augen öffnete, denn sowohl der Name als auch das Gesicht der jungen Frau waren ihr vage bekannt vorgekommen. Dies war Lisa Harz, das deutsche Model, das man – in exquisite, schlichte Kleider gewandet – in sämtlichen führenden Modezeitschriften bewundern konnte.

Der uniformierte junge Mann, der ihr auf den Fuß folgte und der sehr viel größer war als sie, war unverkennbar ein Mitglied der Thaxton-Familie. Er hatte deren typische klassisch schöne Gesichtszüge, dichte, lockige rote Haare und eine schlanke, hochgewachsene Gestalt. Aber das Gesicht unter den flammend roten Haaren war von einer geradezu schockierenden Blässe, und die Haut spannte sich eng über die feinen Knochen. Als er neben der jungen Frau stehenblieb, bemerkte Sally, dass sein Körper zu einem Skelett abgemagert war.

Sie sah zu Mercator hinüber, der sich gerade erhob, und registrierte einen seltsamen Ausdruck auf dessen Gesicht. Er wirkte äußerst überrascht, was nicht weiter bemerkenswert war, aber diese Überraschung war nicht nur freudig. Ihr fiel der Percival ein. Doch als er dann »Richard, mein Junge!« sagte und mit ausgestreckter Hand auf ihn zuging, konnte kein Zweifel an seiner Freude bestehen.

Richard Thaxton kam ihm auf halbem Weg entgegen und ergriff rasch und ein wenig ungelenk beide Hände seines Großonkels. Er überragte Mercator um Haupteslänge und schaute mit einem angespannten, verzerrten Lächeln zu ihm herunter. Sally bemerkte eine große Zuneigung in seinem Gesicht, die man fast zärtlich hätte nennen können. Aber sie konnte auch sehen, dass er innerlich mit seinen Kräften am Ende war.

Mercator sah dies ebenfalls. Er gab Richards Hände sofort wieder frei, was ihm hoch anzurechnen war, und sagte dann mit seiner üblichen, zurückhaltenden Herzlichkeit: »Was für eine große Freude, Richard! Ich habe erst frühestens in zehn Tagen mit dir gerechnet. Wie hast du es geschafft, so schnell hierherzukommen?«

»Ich bin sozusagen per Anhalter gereist«, antwortete Richard. Seine Stimme klang angespannt, aber einigermaßen fest. »Ich habe bei ein paar Fliegerkameraden den Daumen rausgehalten.«

»Ah ja. Man hat bei der Royal Air Force ein bemerkenswertes Talent dafür, bürokratische Hürden einfach zu ignorieren.«

»Ich bin gestern Nachmittag in London angekommen«, fuhr Richard fort, »und dann sofort zu Lisa gefahren.« Die letzten Worte sagte er mit einer Schlichtheit, die in starkem Gegensatz zu dem schmerzlichen, von durchgestandenen Qualen geprägten Ausdruck in seinen Augen stand: Es war die Schlichtheit eines Mannes, der sehr verliebt ist. Sein verhärmtes Gesicht war plötzlich von einer großen, leuchtenden Freude erfüllt. Dann fuhr er fort: »Und heute haben wir beschlossen hierherzukommen, um dich zu besuchen. Lisa hat sich drei Wochen frei genommen.«

»Das ist sehr nett von dir, mein Junge. Und es ist mir eine große Freude, Miss Harz wiederzusehen.« Er schüttelte der jungen Frau die Hand und drehte sich dann um.

»Mrs Heldar, ich weiß, ich kann auf Ihr Verständnis zählen. Erlauben Sie mir, Ihnen meinen Großneffen Richard Thaxton und seine Verlobte Miss Harz vorzustellen. Richard, Mr und Mrs Heldar waren so freundlich, hierherzukommen, um unsere beiden Bibliotheken auseinanderzusortieren, die ich so voreilig zusammengeführt hatte.«

Richard schüttelte Sally die Hand und schenkte ihr ein überaus charmantes Lächeln. »Eine Arbeit, um die ich Sie wahrhaftig nicht beneide«, meinte er.

Das Mittagessen war längst nicht so schwierig, wie zu erwarten gewesen wäre. Mercator ließ eine Flasche seines aus Hampstead mitgebrachten Rotweinbestands aus dem Keller heraufholen, aber er versuchte gar nicht erst, auf Richards Gesundheit zu trinken, und verhielt sich ganz so, als sei Richard zu einem ganz normalen Fronturlaub nach Hause gekommen. Lisa wirkte fröhlich, warmherzig und sehr glücklich, Richard wiederzuhaben, doch sie wurde weder überschwänglich noch sentimental. Sie war sehr freundlich zu Mercator und den Heldars und schaffte es sogar, Deane ein wenig aus sich herauszulocken. Mit dieser Art von Unterstützung an seiner Seite hielt Richard sich recht wacker. Seine Stimme klang zwar zuweilen ein wenig brüchig, und seine Hände zitterten leicht, aber es gelang ihm, das Essen ohne Zwischenfälle zu überstehen. Es wurde jedoch nur allzu deutlich, dass er noch lange Zeit eines sehr schonenden Umgangs bedurfte. Soweit man das beurteilen konnte, war Lisa durchaus in der Lage dazu. Sally konnte jetzt erkennen, dass sie älter war, als es auf den ersten Blick den Anschein gehabt hatte. Man konnte an ihren Augen ablesen, dass sie – ähnlich wie Richard – einiges durchgemacht hatte. Und weil sie aus Deutschland stammte, waren vielleicht auch die hinter ihr liegenden Erfahrungen sehr schmerzlich. Sie war wahrscheinlich älter als Richard – auch wenn er im Augenblick um Jahre älter aussah als sie. Doch das mochte auch seine Vorteile haben.

Sobald es der Anstand erlaubte, kehrten Sally und Johnny wieder zu ihrer Arbeit zurück. Nachdem Johnny die Tür der Bibliothek hinter ihnen geschlossen hatte, stieß er einen tiefen Seufzer aus.

»Meine Güte!«, sagte er. »Naja, es hätte durchaus schlimmer kommen können. Vielleicht hat ja auch unsere Gegenwart ein wenig geholfen, die Lage zu entschärfen. Obwohl Mercator und das Mädchen wahrscheinlich auch gut ohne uns zurechtgekommen wären.«

»Bleiben wir trotzdem hier? Ich habe es so verstanden, dass die beiden nur für den heutigen Tag zu Besuch gekommen sind.«

»Wir werden Mercator dazu befragen, wenn sie wieder fort sind, aber ja, ich denke, wir sollten hierbleiben.«

Sie arbeiteten ohne Unterbrechung bis zum frühen Nachmittag. Trotz der ein wenig heiklen Situation, in der sie sich befanden, war Sally überglücklich. Es war bemerkenswert, wie gut sie miteinander arbeiteten. Jeder ahnte die Bedürfnisse des anderen voraus, und sie verständigten sich anhand jener merkwürdigen Kürzel, die unter Leuten üblich sind, die in derselben Branche tätig sind. Und weil sie einander gedanklich so eng verbunden waren, kamen sie sogar mit noch weniger Worten aus. Sie arbeiteten mit einer derartigen Konzentration, dass sie nichts anderes mehr wahrnahmen außer sich selbst und ihrer Arbeit, und als plötzlich in der Halle ein Schrei ertönte, brauchten sie einen Moment, um sich zu orientieren. Johnny legte das Buch aus der Hand, das er gerade aus dem Regal genommen hatte, und rannte zur Tür.

Sally folgte ihm. Sie sah Fenton neben der Treppe stehen und Emmanuel auf dem Parkett knien. Beide beugten sich über Mercator, der zwischen den beiden Treppenläufen mit dem Kopf unter dem Tisch vollkommen reglos auf der Erde lag.

* * *

Die beiden Bediensteten traten zurück und machten Johnny Platz, dessen ruhige Autorität sie sofort akzeptierten. Er kniete sich neben Mercator und musterte ihn. Emmanuel sagte plötzlich: »Ich glaube, er hatte einen Schlaganfall.« Er sprach leise, doch in seiner Stimme schwang ein seltsamer, tränenerfüllter Klang mit, so alt wie die Zeit selbst.

»Mag sein«, sagte Johnny. »Aber es sieht so aus, als sei der Teppich unter ihm weggerutscht.« Er zeigte auf den chinesischen Läufer, der vor dem Tisch gelegen hatte und von seinem angestammten Platz fortgerutscht war. Dann strich Johnny mit den Fingern sanft über die dichten Haare, die Mercator tief in die Stirn wuchsen. »Er hat einen heftigen Schlag abbekommen. Wahrscheinlich ist er mit dem Kopf an die Tischkante geprellt. Wo ist der nächste Arzt?«

»Im Dorf, Sir.« Fentons Stimme zitterte ein wenig. »Sir Marks Hausarzt ist in London, in der Harley Street, aber der hier ansässige Dr. Hill soll ein sehr guter Arzt sein, Sir.«

»Rufen Sie ihn an und bitten Sie ihn, sofort herzukommen. Falls er nicht daheim ist, versuchen Sie ihm eine Nachricht zukommen zu lassen. Ich nehme an, Mr Richard und Miss Harz sind immer noch hier?«

»Ich weiß es nicht, Sir. Ich bin eine Weile nicht mehr im Salon gewesen.«

»Sally«, sagte Johnny. »Geh und sag ihnen, was passiert ist. Emmanuel, bitte gehen Sie mir voraus und öffnen Sie mir die Tür zu Sir Marks Schlafzimmer.« Er bückte sich und hob den alten Mann so mühelos auf, als sei dieser ein kleines Kind.

Sally sah im Salon nach und auf der Terrasse und rannte quer durch den gesamten Garten, bevor sie auf den Gedanken kam, nachzuschauen, ob Richards Auto überhaupt noch vor dem Haus stand. Sie ärgerte sich über ihre Dummheit, rannte wieder zurück und schaute im Hof nach. Abgesehen von dem Maulbeerbaum war dort nichts zu sehen.

Der Arzt traf wenige Minuten später ein – ein grauhaariger Mann mittleren Alters, der eine beruhigende Kompetenz ausstrahlte. Er schien der Ansicht zu sein, dass Mercator keinen Schlaganfall erlitten hatte, war jedoch unverkennbar besorgt. Er erörterte kurz die Frage, ob man den Patienten ins Krankenhaus oder ein Genesungsheim bringen oder ob man ihn besser an Ort und Stelle lassen solle, und akzeptierte dann Emmanuels leidenschaftliche Versicherung, dass sein Herr es bei weitem vorziehen würde, daheim zu bleiben – vorausgesetzt, Sir Marks Hausarzt in London stimmte zu. In der Zwischenzeit, so meinte er, werde er dafür sorgen, dass zwei Krankenschwestern ins Haus kamen. Bevor er nach unten ging, um zu telefonieren, sagte er zu Johnny – dessen vorübergehende Befehlsgewalt er ähnlich wie die Dienstboten akzeptiert zu haben schien –, dass man Richard besser wieder herholen sollte.

Sally saß etwa eine Stunde in Mercators Zimmer, erst zusammen mit Johnny, während Dr. Hill telefonierte, und dann zusammen mit Dr. Hill, während Johnny telefonierte. Niemand schien zu wissen, wann Richard und Lisa das Haus verlassen hatten, aber man war sich einig, dass dies frühestens um drei Uhr geschehen sein konnte. Johnny suchte sich im Londoner Telefonbuch, von dem Mercator ein Exemplar im Haus hatte, die Nummer der einzigen dort eingetragenen Lisa Harz heraus und rief gegen Viertel vor fünf bei ihr an. Richard wollte in seinem Club übernachten, aber Johnny hielt es für besser, dass er die schlechte Nachricht nicht direkt erfuhr, sondern dass Lisa sie ihm überbrachte. Johnny erreichte sie jedoch erst um Viertel vor sechs. Zu diesem Zeitpunkt hatte sich Sally bereits zu ihm gesellt, denn mittlerweile war eine Krankenschwester aus Franchester eingetroffen. Sie saßen zusammen in dem kleinen Telefonzimmer, das sich links neben der Eingangstür befand, während Johnny Lisa berichtete, was passiert war.

»Sie fahren sofort los und kommen wieder hierher«, sagte er schließlich, nachdem er den Hörer aufgelegt und sich den Schweiß von der Stirn gewischt hatte. »Richard war bei ihr, wie du aus meinen Worten sicherlich schon geschlossen hast. Sie sind um Viertel vor vier von hier losgefahren – also kurz bevor der Unfall passiert sein muss – und vor etwa zehn Minuten in London angekommen.«

»Ein wenig seltsam, dass sie so kurz vor der Teestunde aufgebrochen sind.«

»Vielleicht mussten sie ja aus irgendeinem Grund spätestens um halb sechs in London sein. Oder vielleicht hatte Richard das Gefühl, dass es seine Kräfte überstieg, noch länger hierzubleiben.«

»Dann reisen wir ab, sobald sie wieder hier sind?«

»Ja, ich denke schon. Wir müssen ihnen die Entscheidung überlassen. Wir haben ein wenig unverfroren das Kommando in einem Haus übernommen, das uns nicht gehört, aber etwas anderes blieb uns schließlich nicht übrig. Die Dienerschaft ist recht hilflos, und Deane kann man vollkommen vergessen. Er sitzt nur in seinem Zimmer und zittert vor Angst. Dann lass uns mal gehen und die Bibliothek aufräumen.«

Um kurz vor sieben Uhr, als sie gerade mit Packen beschäftigt waren, kam Emmanuel in Johnnys Ankleidezimmer und überbrachte Neuigkeiten, die schon etwas besser klangen. Mercator hatte das Bewusstsein wiedererlangt. Aber Dr. Hill bestand darauf, dass er sich möglichst nicht bewegte, denn es ließ sich nicht mit Bestimmtheit sagen, ob die Gefahr vorüber war. Gegen Viertel nach sieben traf Mercators Hausarzt aus der Harley Street ein und um Viertel vor acht, während der Arzt gerade bei seinem Patienten weilte, kehrten Richard und Lisa zurück.

Richard hörte Johnnys nunmehr etwas ausführlicherem Bericht aufmerksam zu, aber er sah entsetzlich mitgenommen aus und bewahrte nur mühsam die Fassung. Eine Viertelstunde später kam Fenton zu ihnen und sagte, die Ärzte befänden sich nun im Frühstückszimmer. Richard entschuldigte sich und ging hinüber, um mit ihnen zu sprechen.

Fenton brachte ihnen Drinks – vielleicht, weil er sich ablenken wollte oder einfach nur aus der Macht der Gewohnheit – für die sie alle sehr dankbar waren. Es verging eine weitere Viertelstunde, bevor Richard wieder zurückkehrte.

»Sie halten sich natürlich sehr bedeckt«, sagte er erschöpft. »Ärzte können nie ja oder nein sagen, ganz gleich, worum es geht. Ich denke, letztendlich läuft es darauf hinaus, dass sie ein wenig mehr Hoffnung geschöpft haben, weil er das Bewusstsein wiedererlangt hat, aber sie machen sich immer noch ziemlich große Sorgen. Vielen Dank, Darling.« Er nahm das Glas entgegen, das Lisa ihm reichte. »Ich habe es so verstanden, dass sie der Ansicht sind, er habe nur eine Gehirnerschütterung, aber sie können auch nicht ausschließen, dass es sich um einen Schädelbruch handelt. Wahrscheinlich hat er gerade ein paar Briefe zum Versenden zurechtgelegt, als der Teppich unter ihm weggerutscht ist. Der Fußboden in der Halle ist auf Hochglanz poliert und daher sehr glatt. Er hat nach mir gefragt, und sie haben mich für etwa zwei Minuten zu ihm gelassen. Er sieht ziemlich übel aus. Sie wollten nicht, dass er redet, aber er hat mir gesagt,« – hier wandte Richard sich an die Heldars – »dass er dankbar wäre, wenn Sie hierbleiben würden. Ich hoffe ebenfalls, dass Sie das tun. Gott allein weiß, wem dieses Haus im Augenblick gehört«, fügte er mit seinem erstaunlich attraktiven Lächeln hinzu, »aber wir sind anscheinend beide davon überzeugt, dass Sie uns eine große Hilfe wären.«

DRITTES KAPITEL

Der Schatten der Angst, der auf ihnen gelastet hatte, verschwand schneller als das auch nur einer von ihnen für möglich gehalten hätte. Für einen zweiundsiebzigjährigen Mann, der eine vergleichsweise schwere Gehirnerschütterung erlitten hatte, erholte sich Mercator erstaunlich rasch. Der Unfall war am Montagnachmittag passiert. Am Dienstag ließ er es noch sehr ruhig angehen und sprach mit niemandem außer mit Richard, und das auch nur wenige Minuten lang. Aber am Mittwoch und Donnerstag trotzte er bereits den Anweisungen seiner Krankenschwestern, setzte sich im Bett auf und verlangte nach fester Nahrung. Am Freitagvormittag schickte er Richard und Lisa wieder zurück nach London mit dem Auftrag, sich dort eine schöne Zeit zu machen, und am Nachmittag desselben Tages warfen die Ärzte das Handtuch und ließen ihm seinen Willen. Am Samstag schickte er die Krankenschwestern fort und kam zum Tee nach unten. Und als Richard am Sonntagabend anrief, um sich wie immer nach den neuesten Entwicklungen zu erkundigen, konnte Johnny ihm berichten, dass sein Großonkel wieder vollständig genesen zu sein schien.

Mercator gesellte sich auch am nächsten Morgen wieder zu ihnen, um mit ihnen Kaffee zu trinken, und erzählte ihnen bei dieser Gelegenheit, dass er einen weiteren Gast zum Mittagessen erwartete. »Meinen Anwalt, Christopher Sheringham. Ein sehr sympathischer junger Mann, der zudem hervorragende Arbeit leistet. Und darüber hinaus hat er sich auch noch im Krieg höchst ehrenvoll geschlagen. Sie kennen ihn vielleicht, Heldar?«

»Ich bin ihm nie begegnet, aber ich glaube er war zur gleichen Zeit wie ich in Oxford – vielleicht ein oder zwei Jahre über mir. Ist das nicht die Kanzlei Dorking, Sheringham und Dorking?«

»Ja, genau. Der Sheringham, der die Kanzlei gegründet hat, war sein Urgroßvater. Ein gutes altes Familienunternehmen, genau wie das Ihre. Meine frühere Anwaltsfirma hat zwischen den beiden Kriegen neue Leute eingestellt, und das gefiel mir nicht sonderlich, also habe ich gewechselt. Und es nie bereut.«

Sally mochte Christopher Sheringham auf Anhieb, auch wenn sie ihn insgeheim – so wie sie es mit allen Männern tat – zu seinem Nachteil mit Johnny verglich. Er war von mittlerem Wuchs, gut gebaut, blond und auf eine nette, recht konventionelle Weise attraktiv. Er war ein paar Jahre älter als Johnny, also etwa sechs- oder siebenunddreißig. Aber während man Johnnys Beruf nur schwer erraten hätte, sah man Sheringham auf Anhieb den erfolgreichen Anwalt an. Er war jedoch keineswegs so glatt, dass er unsympathisch gewesen wäre, und darüber hinaus ein lebhafter, überaus angenehmer Gesprächspartner. So kam es, dass das Mittagessen – zumindest zu Beginn – in einer sehr entspannten, angenehmen Atmosphäre stattfand.

Sie hatten ihr Mahl fast beendet, als Richard eintraf. Er kam unangekündigt in den Speisesaal spaziert und begrüßte Mercator heiter. Mit dem verbesserten Zustand seines Großonkels hatte auch Richards Anspannung sich gelegt, und im ersten Moment seiner Ankunft fand Sally, dass er besser aussah und ruhiger wirkte als an dem Tag seiner Abreise. Dann fuhr er plötzlich zusammen, und der alte angespannte Ausdruck kehrte in sein Gesicht zurück. Sally sah, dass er Christopher Sheringham anstarrte und bemerkte gleichzeitig den peinlich berührten Ausdruck in Sheringhams Gesicht, der ein paar Sekunden lang erstaunlich offen zutage trat.

Mercator war sich der angespannten Atmosphäre offenbar ebenfalls bewusst. Sally fragte sich, ob er wohl die Erklärung dafür kannte. Es gelang ihm, den schwierigen Moment elegant zu überspielen, und er hieß Richard in ihrem kleinen Kreis herzlich willkommen. Doch der Schaden war angerichtet. Richards Nerven lagen erneut blank und seine Augen leuchteten vor Zorn. Er setzte sich und aß, was Fenton ihm brachte, unterhielt sich mit seiner brüchigen Stimme mit Mercator und den Heldars, ignorierte Sheringham und konnte doch den Blick nicht von ihm lassen.

Es war Deane, der das Geheimnis in aller Unschuld ans Tageslicht brachte. Während eines kurzen Moments des Schweigens fragte er in einem tapferen Versuch, das Gespräch wieder in Gang zu setzen: »Und wie geht es Miss Harz?«

Richard antwortete scharf: »Es geht ihr sehr gut, vielen Dank der Nachfrage.« Sein Blick war erneut auf Sheringham gerichtet, und es war geradezu schmerzlich, die nackte Eifersucht mitanzusehen, die darin geschrieben stand.

Sally bemühte sich verzweifelt, das Gespräch wieder in die vorherigen Bahnen zu lenken, auch wenn sie normalerweise nicht besonders begabt darin war, eine verfahrene Situation zu retten. Doch diesmal hatte sie Erfolg.

Die Gesellschaft löste sich erst um zwanzig nach zwei auf. Deane zog sich auf sein Zimmer zurück. Richard äußerte den Wunsch, seinen Onkel zu sprechen, und Mercator nahm ihn mit in sein Arbeitszimmer. Sheringham wurde in den Salon komplimentiert, wo man ihn bat zu warten, bis Richards Angelegenheiten zu Genüge besprochen waren. Sally und Johnny flüchteten sich in die Bibliothek.

»Was für eine unangenehme Situation!«, meinte Johnny. »Ich frage mich, wie viel wohl an der Sache dran ist. Ich nehme an, dass Sheringhams Absichten vollkommen ehrenwert waren. Er ist ein anständiger, durch und durch konventioneller Mensch, und außerdem ist er klug genug, um zu wissen, dass er sich in der Art von Firma, für die er arbeitet, nicht den geringsten Skandal leisten kann. Falls überhaupt etwas an der Sache dran ist, hat er vielleicht gehofft, Lisa zu heiraten. Er hat sie wahrscheinlich recht häufig gesehen, während Richards Testament beglaubigt und das Haus verkauft wurde.«

»Es ist auf jeden Fall etwas dran«, sagte Sally. »Sonst hätte man ihm sein Unbehagen nicht derart angesehen.«

»Das stimmt. Aber Richard ist im Augenblick nicht in der Lage, die Dinge objektiv zu sehen. Sheringhams Absichten mögen noch so ehrenwert gewesen sein, Richard hätte sie ihm dennoch bitterlich verübelt.«

»Lisa ist äußerst attraktiv«, sagte Sally langsam.

»Oh ja, enorm attraktiv«, sagte Johnny. Aber seine Stimme klang dabei recht distanziert, wie sie beruhigt feststellte.

»Sie könnte sogar einen ehrbaren Rechtsanwalt aus der Bahn werfen.«

Johnny sah sie nachdenklich an. »Du meinst, sie ist so etwas wie eine Femme fatale?«, fragte er. »Ja, das wäre schon möglich. Nach meiner Erfahrung – und das ist keineswegs eine persönliche Erfahrung, Sally – handelt es sich bei einer echten Femme fatale für gewöhnlich um eine Frau, die nicht die geringste Ahnung davon hat, welche Macht sie ausübt. Und genau das macht sie so gefährlich. Ich kannte während des Krieges mal eine Frau, die als Bürokraft für den Heimatschutzdienst gearbeitet hat. Sie war eigentlich ein ganz normales junges Mädchen – sie war Stenotypistin, glaube ich – und gar nicht mal besonders schön. Sie war vollkommen unschuldig, man könnte sogar sagen, ein wenig prüde, und ziemlich dumm. Aber ihretwegen hat sich ein Mann erschossen, eine gut funktionierende Ehe brach auseinander, und zwei meiner Männer wurden für den Armeedienst derart unbrauchbar, dass ich sie versetzen lassen musste. Schon möglich, dass Lisa zu dieser Sorte von Frau gehört. Das wären dann ganz schön üble Aussichten für Richard.«

Sie arbeiteten ohne Unterbrechung bis Viertel vor vier. Dann hörten sie wie gewöhnlich auf, um zum Tee in den Salon zu gehen. Sie waren nicht unbedingt erpicht darauf, sich wieder zu den anderen zu gesellen, aber es war ja durchaus denkbar, dass Richard und womöglich auch Sheringham schon abgereist waren. Als sie den Fuß der Treppe erreichten, sahen sie, wie Fenton auf die Tür von Mercators Arbeitszimmer zuging. Er öffnete sie und blieb einen Moment auf der Schwelle stehen. Dann rief er: »Sir Mark!« und rannte ins Zimmer hinein.

* * *

Mercator war in seinem Stuhl zusammengesackt und sein Kopf war nach vorne gesunken. Eine durchaus natürliche Haltung – man könnte meinen, er schliefe –, und doch hatte sie etwas seltsam Endgültiges. Neben ihm, zwischen dem Stuhl und dem Fenster, stand Colonel Danby, dessen hochrotes Gesicht von hässlichen weißen Flecken bedeckt war.

Johnny schob den verzweifelten Butler zur Seite und beugte sich über die reglose Gestalt. Er nahm Mercators Handgelenk und hielt es einen Moment lang umfasst. Dann sagte er leise: »Ich fürchte, er ist tot.«

»Er ist zu früh vom Krankenbett aufgestanden«, sagte Fenton. »Er hätte sich länger schonen müssen.«

Johnny antwortete nicht sofort. Er stand immer noch in gebückter Haltung neben Mercator. Dann schob er seine Finger unter dessen Kinn, hob sanft seinen Kopf und sagte immer noch leise: »Nein, das denke ich nicht. Ich fürchte, es war kein natürlicher Tod.«

»Was?«, platzte der Colonel los. »Unsinn. Er hatte einen Schlaganfall, oder es waren die Nachwirkungen der Gehirnerschütterung. Er war ein alter Mann.«

»Sehen Sie mal hierher, Sir.« Johnny wies auf Mercators Adamsapfel. Danby starrte die Stelle an.

»Verdammt nochmal, Junge, das ist nur eine kleine Prellung. Das würde niemanden umbringen. Und außerdem würde ihn doch niemand auf die Kehle schlagen, wenn man ihn töten wollte. Sie würden ihm eins auf den Kopf verpassen. Er muss sich irgendwo gestoßen haben.«

»Es ist äußerst unwahrscheinlich, dass er mit der Kehle gegen irgendetwas gestoßen ist, Sir. Das ist eine besonders verletzliche Stelle, müssen Sie wissen, und ich fürchte, dass sie sich jemand mit voller Absicht ausgesucht hat.«

Der Colonel brüllte plötzlich los: »Wollen Sie etwa mich beschuldigen?«

»Es liegt mir fern, irgendjemanden zu beschuldigen.« Johnnys Stimme klang respektvoll, aber entschlossen. »Ich denke jedoch, dass wir die Polizei rufen sollten.«

»Ich bin Friedensrichter …« Danby verstummte. Er ließ sich in einen der Ohrensessel fallen. »Also gut. Sie haben wohl recht. Ich bin zu alt für so etwas.«

»Sally«, sagte Johnny. »Geh und hol Richard und Sheringham, falls sie noch hier sind, und auch Deane, und bring sie alle in die Halle.«

Sheringham befand sich allein im Salon. Er saß auf einem der brokatüberzogenen Stühle und war offenbar beim Lesen einer Zeitschrift eingeschlafen. Als sie den Raum betrat, fuhr er aus dem Schlaf hoch, erhob sich hastig und fragte: »Mrs Heldar – was ist passiert?«

Sie erzählte es ihm, wobei sich ihre Worte ein wenig überschlugen. Er sagte: »Warten Sie hier!« und rannte aus dem Zimmer und quer durch die Halle. Als Nächstes klopfte Sally an der Tür von Deanes Zimmer.

Deane hatte anscheinend zunächst Schwierigkeiten zu begreifen, was passiert war. Aber am Ende gelang es ihr, ihn in die Halle zu bugsieren, wo schon der Colonel und Fenton warteten.

Dann ging sie zur Eingangstür. Ein grauer Morris stand davor, doch Richards Armstrong war verschwunden.

* * *

Als Erster traf der Dorfpolizist ein, doch es passierte nicht viel, bis schließlich aus Fanchester ein ganzer Pulk von Polizisten kam – sowohl Beamte in Zivil als auch welche in Uniform. Die Beamten in Zivil schlossen sich im Arbeitszimmer ein, wo sich bald darauf ein Mann zu ihnen gesellte, offenbar der Gerichtsmediziner. Dr. Hill folgte ihm fast unmittelbar auf den Fuß. Als Sheringham versucht hatte, ihn zu erreichen, war er gerade auf Patientenbesuchen unterwegs gewesen. Einer der uniformierten Wachtmeister blieb bei der kleinen Gruppe, die sich in der Halle versammelt hatte. Nach einer Weile verschwanden zwei der Beamten in Zivil in der Bibliothek. Dann kam einer von ihnen wieder heraus und ging zu Colonel Danby hinüber.

»Inspektor Mason lässt sich empfehlen und wäre dankbar, wenn Sie auf ein Wort zu ihm kommen könnten.«

Danby blies die Wangen auf und sagte: »Sicher ... sicher.« Er hatte offenbar schroff klingen wollen, doch dies misslang ihm gründlich. Er folgte dem Polizeibeamten ohne ein weiteres Wort.

Danach begann die eigentliche Warterei. Die kleine Gruppe saß unbehaglich da. Es wurde kaum ein Wort gesprochen, denn durch die Gegenwart des Wachtmeisters schien auch die banalste Bemerkung ein unverhältnismäßiges Gewicht zu bekommen. Sally sah von einem zum anderem und kam zu dem Schluss, dass von den hier Versammelten – abgesehen von Johnny – Sheringham am ruhigsten wirkte. Er saß recht still da, und sein Gesicht war vollkommen ausdruckslos. Aber gerade diese Teilnahmslosigkeit legte nahe, dass er auf der Hut war. Er wollte sich offenbar nicht in die Karten sehen lassen – eine Haltung, die für eine Person mit seiner Profession sicher typisch war. Deane hingegen war sichtlich nervös und klopfte immer wieder mit seinen knochigen Fingern einen Trommelwirbel auf seine Armlehne. Gelegentlich zuckte ein Muskel in seiner Wange, und obwohl sein Blick unruhig hin und her huschte, sah er niemanden direkt an. Der Colonel machte nach seiner Befragung einen höchst unbehaglichen Eindruck. Ab und zu blies er die Wangen auf und schnaubte, und er fuhr mehrmals mit der Hand zu seiner Westentasche hinauf, ließ diese dann jedoch wieder sinken – als hätte er rauchen wollen, sich dann aber wieder daran erinnert, wo er sich gerade befand. Johnny saß wie ein Fels in der Brandung neben Sally auf einem Sofa mit hoher Rückenlehne und hielt – außer Sichtweite der anderen – ihre Hand in einem festen, beruhigenden Griff in der seinen.

Nach dem Colonel wurde Fenton befragt, der sich nach seiner Rückkehr auf die Kante eines Stuhls setzte und unverwandt auf den Boden starrte. Danach war Johnny an der Reihe und nach Johnny wurde Sally aufgerufen.

Inspektor Mason erhob sich von seinem Stuhl hinter dem großen Schreibtisch aus Eichenholz, auf dem man die Kataloge und Notizen der Heldars in einem ordentlichen Stapel zusammengelegt und zur Seite geschoben hatte. Der Inspektor war ein stämmiger Mann mit rötlichem Gesicht und sah eher wie ein Bauer als wie ein Polizist aus. Auch sprach er recht langsam und mit einem starken Hampshire-Akzent.

»Kommen Sie doch rein und setzen Sie sich bitte, Mrs Heldar. Das muss eine sehr unerquickliche Angelegenheit für Sie sein. Und vielleicht auch eine traurige.«

»Wir hatten Sir Mark sehr gern«, sagte Sally ernst.

»Das habe ich mir gedacht, so wie Mr Heldar über ihn gesprochen hat. Ich habe ihn selbst nie kennengelernt, aber was man sich so erzählt, muss er ein sehr freundlicher alter Herr gewesen sein. Also, Mrs Heldar, wie ich gehört habe, sind Sie unmittelbar nach dem Butler an der Tür des Arbeitszimmers eingetroffen. Ich wäre dankbar, wenn Sie mir eine ausführliche Beschreibung darüber geben könnten, was Sie gesehen haben und was passiert ist.«

Nachdem sie diesem Wunsch so gut sie konnte gefolgt war, bat Mason sie, sich an das Mittagessen zurückzuerinnern. Er wollte wissen, wann Richard in etwa eingetroffen war, was ihrer Meinung nach gegen halb zwei gewesen war, und wann sich die Gesellschaft wieder aufgelöst hatte.

»Das war genau um zwanzig nach zwei«, sagte sie. »Ich erinnere mich noch, dass ich, als wir vom Tisch aufstanden, einen Blick auf die Uhr auf dem Kaminsims geworfen habe.«

»Sehr gut. Und wo sind die einzelnen Personen dann jeweils hingegangen?«

»Mr Deane ging in sein Zimmer, das unmittelbar neben dem Salon gelegen ist. Mr Sheringham blieb im Salon, und mein Mann und ich sind hierhergekommen.«

»Und Staffelkapitän Thaxton hat sich zusammen mit Sir Mark in dessen Arbeitszimmer begeben?«

»Das nehme ich an. Wir haben aber nicht mit eigenen Augen gesehen, wie sie dort hineingegangen sind.«

»Also wie sah das Arrangement nun genau aus – wenn wir es so nennen können –, das zwischen Sir Mark, Staffelkapitän Thaxton und Mr Sheringham getroffen wurde? Was genau haben die drei vereinbart, als sich die Gesellschaft auflöste?«

»Soweit ich mich erinnere, hat Staffelkapitän Thaxton gesagt, dass er gerne mit Sir Mark sprechen würde. Sir Mark erklärte sich einverstanden und hat gesagt, sie sollten zu diesem Zweck in sein Arbeitszimmer gehen. Er bat Mr Sheringham zu warten und schlug vor, er möge es sich im Salon gemütlich machen oder nach draußen gehen und sich den Garten ansehen.«

»Aber Mr Sheringham ist nicht sofort in den Garten hinausgegangen?«

»Nein. Jedenfalls nicht, während wir uns noch im Raum befanden.«

»Hat Sir Mark ihm irgendeine ungefähre Zeit genannt, wie lange er würde warten müssen? Oder hat Staffelkapitän Thaxton dies getan?«

»Sir Mark meinte, er fürchte, sie würden etwa eine halbe Stunde brauchen, vielleicht auch länger, und er würde Mr Sheringham holen, sobald sie fertig wären.«

»Der Umstand, dass er das Gespräch zeitlich begrenzt hat, scheint darauf hinzuweisen, dass er entweder wusste, worüber Staffelkapitän Thaxton mit ihm reden wollte, oder dass er selbst ein Anliegen an den Staffelkapitän hatte, meinen Sie nicht auch? Haben Sie irgendeine Ahnung, worum es sich dabei hätte handeln können?«

»Nein, das habe ich nicht. Ich ging davon aus, dass es sich um eine familiäre oder geschäftliche Angelegenheit handelte.«

»Es tut mir leid, Mrs Heldar, aber ich musste Ihnen diese Frage stellen. Es könnte sich hier um Mord handeln, müssen Sie wissen.« Er sah sie mit seinen blauen, grundehrlichen Augen unverwandt und ernst an.

Dann stellte er ihr noch zahlreiche weitere Fragen. Hatte einer von ihnen beiden irgendwann zwischen zwanzig nach zwei und ungefähr Viertel vor vier, als sie zum Arbeitszimmer gegangen waren, die Bibliothek verlassen? War sonst irgendjemand in die Bibliothek gekommen? Hatte sie irgendjemanden an den geöffneten Fenstern vorbeikommen sehen oder hören? Oder an der Tür? Hatte sie ein Auto gehört? Sally musste all diese Fragen verneinen, doch sie erklärte ihm, dass das Katalogisieren von Büchern eine Arbeit sei, die äußerste Konzentration erforderte, und dass sie deshalb nicht beschwören könne, dass niemand an den Terrassentüren vorbeigekommen oder dass nicht womöglich ein Auto in Hörweite vorbeigefahren war. Das Haus verfügte über sehr dicke Wände und Türen, und auch die Teppiche waren alle sehr dick, sodass sie eine Person, die an ihrer Tür vorbeigekommen war, womöglich selbst dann nicht gehört hätten, wenn sie die Ohren gespitzt hätten.

Mason nickte und befragte sie dann plötzlich zu dem Streit zwischen Mercator und Danby, den sie an ihrem ersten Abend in Westwater miterlebt hatten. Sie konnte nicht umhin, ein wenig zu lächeln. Johnny, davon war sie überzeugt, hatte dem Inspektor diesen Zwischenfall sicher nicht freiwillig preisgegeben. Wahrscheinlich hatte Fenton mitbekommen, wie der Colonel mit seiner Kasernenhofstimme herumgebrüllt hatte.

»Es war kein besonders ernst gemeinter Streit«, sagte sie. »Eher so eine Art Scherz. Gut gespieltes Theater. Sir Mark hat das Ganze enorm genossen. In Wirklichkeit war er nicht im Geringsten wütend.« Sie zögerte einen Moment und wünschte dann, sie hätte das nicht getan.

»Aber der Colonel war es sehr wohl?«

»Aber nur bis zu einer gewissen Grenze, würde ich sagen. Ihm hat es auf eine gewisse Weise ebenfalls Spaß gemacht. Ich habe den Eindruck gewonnen, dass er zu den Menschen gehört, die sich am wohlsten fühlen, wenn sie sich über irgendetwas streiten können.«

Mason lächelte ein wenig. »Mag sein. Sie sagen, Sir Mark habe das Ganze genossen. Heißt das, er versuchte erst gar nicht, der Sache ein Ende zu setzen – also den Colonel zu beschwichtigen?«

»Nein, zunächst nicht. Aber sobald –« Zu spät erkannte sie, dass sie in eine Falle getappt war.

»Sobald was, Mrs Heldar?«

Sie würde die Wahrheit sagen müssen, dachte sie. »Sobald es so aussah, als würde die Sache außer Kontrolle geraten, hat mein Mann eingegriffen – sehr behutsam – und sie haben sich beide sofort wieder beruhigt.« Sie schwieg einen Moment. »Es hat für mich auch nicht eine Sekunde lang so ausgesehen, als würde es sich um einen wirklich schlimmen Streit handeln oder als könnte diese Auseinandersetzung zu … zu irgendwelchen schlimmen Konsequenzen führen.«

Mason sah sie scharf an. »Danke, Mrs Heldar«, sagte er nach einer kleinen Weile. »Das war eine ehrliche Aussage, und das weiß ich zu schätzen. Nun, ich denke, das ist für den Augenblick alles. Ich werde von dem, was Sie mir erzählt haben, ein Protokoll tippen lassen und es Ihnen später zur Durchsicht vorlegen.«

Als Nächstes wurde Sheringham befragt und dann Deane und danach waren die Dienstboten an der Reihe. Die weiblichen Hausangestellten hatte alle geweint, und auch Emmanuels und Antoines Augen waren gerötet. Selbst der phlegmatische englische Chauffeur wirkte betroffen. Sally erinnerte sich an all jene arbeitserleichternden Geräte im Ostflügel des Hauses und an die Freude in den Gesichtern der Dienstboten, als Mercator ihnen einen Besuch abgestattet hatte.

* * *

Es dauerte lange, bis Mason schließlich wieder in die Eingangshalle zurückkehrte. Er baute sich mit seiner robusten, vierschrötigen Gestalt vor der kleinen Versammlung auf und sagte leise und ruhig: »Es tut mir leid, dass ich Sie hier so lange habe warten lassen. Sie dürfen sich von jetzt an frei bewegen. Ich muss Sie jedoch bitten, bis auf Weiteres Westwater nicht zu verlassen. Außer Ihnen, Sir.« Er nickte dem Colonel zu. »Ich nehme an, Sie möchten nach Hause gehen. Und könnte ich noch einmal kurz mit Ihnen sprechen, Mr Deane?«

Cecil Deane wurde noch blasser, als er ohnehin schon gewesen war, stand hastig und unbeholfen auf und folgte dem Inspektor. Alle anderen vermieden es einen Moment lang, einander anzusehen. Dann hievte sich der Colonel von seinem Stuhl hoch und sagte: »Tja, dann sollte ich wohl besser mal gehen. Falls Sie mich brauchen, geben Sie Bescheid. Wenn ich etwas für den jungen Richard tun kann, ganz gleich, was, dann sagen Sie's. Es ist höchst bedauerlich, dass er ausgerechnet zu diesem Zeitpunkt von hier aufgebrochen ist – das muss ja gewesen sein, kurz bevor wir seinen – äh – seinen Großonkel gefunden haben.« Er verstummte und plötzlich breitete sich ein unbehaglicher, wenn nicht gar entsetzter Ausdruck auf seinem Gesicht aus.

»Das ist sehr freundlich von Ihnen, Sir«, sagte Sheringham ruhig. »Ich werde ihn wissen lassen, dass Sie bereit wären zu helfen.« Er begleitete Danby zur Tür.

Sally fragte plötzlich: »Woher weiß er, wann Richard das Haus verlassen hat? Von uns anderen weiß das doch niemand, oder?«

»Möglicherweise weiß Fenton es«, sagte Johnny. »Aber ich glaube es nicht. Vielleicht ist Danby Richard ja begegnet.« Er nahm Sallys Arm. »Lass uns kurz nach oben gehen. Sheringham wird uns schon entschuldigen, denke ich.«

Sie gingen auf ihr Zimmer und setzten sich auf die Fensterbank. Der Garten und die Bäume des Parks lagen still im Licht der späten Nachmittagssonne. Auf dem westlichen Zufahrtsweg tauchte der Colonel auf, der langsam auf sein Auto zuging, das eine kleine Strecke vom Haus entfernt geparkt war. Sie sahen zu, wie er einstieg, das Auto recht umständlich wendete und davonfuhr.

»Das bedeutet aber nicht, dass Mason ihn als Schuldigen ausgeschlossen hat, oder?«, fragte Sally.

»Nein. Ich würde auch nicht davon ausgehen, dass Mason in diesem Stadium der Ermittlungen überhaupt irgendjemanden ausschließen kann. Aber es ließe sich wohl nur schwer begründen, warum man Danby nicht nach Hause gehen lassen sollte, immerhin wohnt er in der Nähe.«

»Wir haben überhaupt nicht gehört, wie er angekommen ist. Mason hat mich gefragt, ob ich ein Auto gehört hätte.«

Sie verglichen den Verlauf ihrer Befragungen und stellten fest, dass Mason ihnen identische Fragen gestellt und von ihnen nahezu exakt dieselben Antworten erhalten hatte. Aber es gab etwas, das Sally Sorgen bereitete, und für Johnny galt anscheinend das Gleiche.

»Ich habe Mason nichts davon erzählt, dass Willesdon hierhergekommen ist, an dem Abend des Tages, an dem auch wir hier eingetroffen sind«, sagte Johnny. »Ich bin mir nicht sicher, ob das richtig war, aber es gibt nicht die geringsten Anzeichen dafür, dass er heute Nachmittag hier gewesen sein könnte. Trotzdem müssen wir dem Inspektor vielleicht davon berichten. Es hängt davon ab –«

In diesem Moment wurden sie durch Annie unterbrochen. Sie lächelte sie ein wenig zittrig an, aber ihre Stimme klang ruhig.

»Das Abendessen wird in etwa zwanzig Minuten serviert, Madam. Ich fürchte, es wird nur aus kaltem Roastbeef und Salat bestehen. Müssiö Ängtoanne ist sehr erschüttert, und er kann nicht kochen, wenn er erschüttert ist. Er ist Franzose, müssen Sie wissen, Madam. Aber Fenton sorgt gerade für Drinks im Salon. Sie sehen müde aus, Madam. Sie sollten besser ein Glas Sherry trinken.«

Aber auf ihrem Weg zum Salon wurden sie aufgehalten. Mason wartete in der Eingangshalle und meinte, er wolle noch einmal mit ihnen sprechen.

Nachdem sie sich zu dritt an den Tisch in der Bibliothek gesetzt hatten, sagte der Inspektor unvermittelt: »Sie und Mrs Heldar sind Experten, wenn es um Bücher geht. Kennen Sie ein Buch mit dem Titel *Eine Blumengirlande für Gloriana* von Sir Harry Percival?«

»Ja«, antwortete Johnny. »Die Erstausgabe dieses Buches erschien 1588. Es ist ein Band mit recht charmanten Gedichten, die der Autor Königin Elisabeth I. gewidmet hat.«

»Gab es ein Exemplar davon in dieser Bibliothek?«

»Das gab es in der Tat.« Johnny schwieg einen Moment. »Aber es scheint unter merkwürdigen Umständen verschwunden zu sein. Ich habe das Ihnen gegenüber bisher nicht erwähnt, weil es mir nicht in den Sinn kam, dass es etwas mit Sir Marks Tod zu tun haben könnte. Aber das können Sie natürlich besser beurteilen als ich.«

Dann erzählte er von ihrer Vermutung, dass die Erstausgabe durch eine Fälschung ausgetauscht worden war, und erklärte dem Inspektor klar und verständlich und ohne jede Besserwisserei die technischen Einzelheiten. Er erläuterte ihm die Veränderungen auf der Titelseite der Neuauflage, die Mason aus einer Schublade hervorgeholt hatte. Mason hörte aufmerksam zu und fragte dann ohne Umschweife, ob sie irgendjemanden in Verdacht hätten. Johnny gab das widerstrebend zu und erklärte dann die Schwierigkeiten, die bei dem Verkauf seltener Bücher auftraten, wenn diese gestohlen waren, und auch, warum er glaubte, Richard könne damit eventuell durchgekommen sein. Er klang recht förmlich und auch wenig angespannt, und es war ihm deutlich anzusehen, wie unangenehm ihm diese Antwort war.

Als er mit seinem Bericht fertig war, blieb Mason einen Moment lang schweigend sitzen und starrte auf die Neuauflage. Dann schien er eine Entscheidung zu treffen. Er öffnete die Schublade erneut und nahm einen Briefpapierbogen heraus. »Sie als Antiquar und Experte, Mr Heldar, was halten Sie hiervon?«

Sally lehnte sich hinüber, um mitlesen zu können. Der Brief war ordentlich mit der Schreibmaschine getippt worden, und man hatte einen Briefbogen mit dem Westwater-Briefkopf benutzt.

11. August 1954
James Mumford
18B Finmark Street
London, WC1

Lieber Mr Mumford,
am 28. Juli letzten Jahres hat der Überbringer dieses Briefes, bei dem es sich um meinen Privatsekretär handelt, Ihnen auf meine Anweisung hin ein Exemplar der Erstausgabe (1588) von Percivals Eine Blumengirlande für Gloriana verkauft und erhielt dafür den angemessenen Preis von fünfundneunzig Pfund. Ebenfalls auf meine Anweisung hin hat er verschwiegen, dass er in meinem Namen handelte, genau wie den Umstand, dass das Buch zum Bestand der Thaxton-Bibliothek gehörte, die ich von der Erbin des zu diesem Zeitpunkt als verstorben geltenden Staffelkapitäns Richard Thaxton erworben hatte.
Wie Sie möglicherweise aus Ihrer Tageszeitung erfahren haben, weilt Staffelkapitän Thaxton nun glücklicherweise doch noch unter den Lebenden. Es ist daher höchst wünschenswert, dass das fragliche Buch so bald wie möglich in den Bestand seiner Bibliothek zurückkehrt. Falls es sich noch in Ihrem Besitz befindet, würde ich es gerne für die Summe von einhundertundzwanzig Pfund zurückerwerben, für welchselbigen Betrag ich Ihnen einen Scheck beilege. Falls es indes schon verkauft wurde, wäre ich Ihnen überaus dankbar, wenn Sie mir den Namen und die Adresse des Käufers nennen könnten.
Mit freundlichen Grüßen,

Der Brief war nicht unterschrieben.

»Als Erstes: Kennen Sie die Firma?«, fragte Mason.

»O ja«, antwortete Johnny. »Ein sehr kleines Unternehmen. Harold Mumford und Sohn. Eine alteingesessene und durch und durch ehrliche und respektable Firma.«

»Im Gegensatz zu mir, Mr Heldar, haben Sie Sir Mark gekannt, und Sie kennen auch die Gewohnheiten von Sammlern antiquarischer Bücher. Ist es wahrscheinlich, dass er dieses Buch verkauft hat?«

Johnny schwieg einen Moment lang und sagte dann: »Nein. Es war ein sehr seltenes und auch ein sehr interessantes Buch, und es gehörte zu dem Bestand einer wertvollen und interessanten Bibliothek, die er niemals auf diese Weise hätte dezimieren wollen und die darüber hinaus auf gewisse Weise auch als Teil des Familienbesitzes galt. Und selbst wenn er sich entschlossen hätte, das Buch zu verkaufen, hätte er das niemals heimlich getan. Wieso hätte er den Buchexperten gegenüber den Umstand verschweigen sollen, dass er das Exemplar aus der Thaxton-Bibliothek verkauft? Darüber hinaus hätte er auch nie im Leben diese Neuauflage als Ersatz in die Bibliothek eingefügt. Das würde gegen jegliche Sammler-Moral verstoßen – eine Auffassung von Moral, die nicht unbedingt immer mit der eines Normalsterblichen übereinstimmt, aber die dennoch einem sehr starken Kodex folgt. Ich gebe zu, dass sein Verhalten, als wir ihm von dem Austausch erzählt haben, die Möglichkeit nicht ausschloss, dass er das Buch selbst verkauft haben könnte, aber ich halte das dennoch für recht abwegig.«

Mason nickte. »Stimmen Sie dem zu, Mrs Heldar?«

»O ja«, sagte Sally. »Das ist ausgeschlossen.«

»Ich verstehe. Und natürlich hätte er auch das Geld aus

einem Verkauf nicht nötig gehabt. Jetzt zu meiner nächsten Frage, Mr Heldar. Ob er nun auf Sir Marks Anweisungen gehandelt hat oder nicht – denken Sie, dass Mr Deane das Buch an Mr Mumford hätte verkaufen können, ohne dass dieser unbequeme Fragen dazu gestellt hätte?«

»Ich halte das durchaus für möglich«, antwortete Johnny. »Deane ist ein sehr nervöser Mensch und auch kein guter Schauspieler, würde ich sagen, und ich bezweifle sehr, dass er bei einem herkömmlichen Antiquar mit der Sache durchgekommen wäre. Doch bei Mumford verhält sich die Sache etwas anders. Er verfügt über ein enormes Wissen, aber im Interesse Ihrer Ermittlung sollte ich wohl besser anmerken, dass er zwar ein Connaisseur ist, aber kein Geschäftsmann. Er ist ein wenig zerstreut und ziemlich weltfremd, und die Firma ist nach dem Tod seines Vaters nicht mehr besonders erfolgreich. Sie besteht weiter, und ihm genügt das, aber zu mehr reicht es auch nicht.«

»Und ist es denkbar, dass Sir Mark diese Charaktereigenschaften Mumfords bekannt waren?«

»Davon würde ich ausgehen. Sir Mark geht bei den Londoner Antiquaren seit etwa fünfzig Jahren ein und aus.«

»Verstehe. Haben Sie selbst gelegentlich mit Sir Mark korrespondiert?«

»Ja, oft«, antwortete Johnny. »Dieser Brief entspricht absolut seinem Stil. Hätte ich ihn erhalten, hätte ich nicht den geringsten Verdacht geschöpft, dass er nicht von ihm selbst stammt.«

»Nun, dann danke ich Ihnen sehr herzlich, Mr Heldar. Und Ihnen auch, Mrs Heldar. Ich hätte da nur noch eine Frage, die ich Ihnen gerne stellen würde. Haben Sie jemals mitbekommen, dass Sir Mark jemanden namens Klaus erwähnt hätte? So wie Santa Claus – nur, dass er sich mit einem K statt einem C schreibt. Ich weiß nicht, ob ich den Namen richtig ausspreche.«

»Nein, ich habe nie mitbekommen, dass er diesen Namen erwähnt hat«, sagte Johnny, und Sally schüttelte den Kopf. »Es ist ein deutscher Name, und ich weiß, dass er geschäftlich mit Deutschland zu tun hatte, aber mehr fällt mir dazu nicht ein, fürchte ich.«

* * *

Sheringham erhob sich, als sie den Salon betraten.

»Das war zweifellos ein sehr unerquicklicher Nachmittag«, meinte er. »Ich bin hier zwar ebenso wenig der Gastgeber wie Sie, aber da Fenton so freundlich war, uns mit Drinks zu versorgen, erlauben Sie mir bitte, Ihnen welche zu reichen.«

Er brachte Sally einen Sherry und Johnny einen Gin Tonic, und setzte sich dann wieder, mit seinem eigenen Glas in der Hand. »Wie ich gehört habe«, sagte er dann, »steht ein kaltes Abendessen auf dem Tisch. Ich habe Fenton gesagt – immer mit dem Vorbehalt, dass Richard dies widerrufen könnte, falls er hier eintrifft –, dass wir uns beim Essen selbst bedienen, wenn das für Sie in Ordnung ist.«

»Selbstverständlich ist es das«, sagte Sally. »Wir können von dem armen Fenton unmöglich verlangen, dass er uns heute Abend bedient.« Sie wünschte, Sheringham würde sich nicht ganz so hochtrabend und geschwollen ausdrücken, aber es war natürlich schwierig, in einer solchen Situation den richtigen Ton zu treffen. Johnny wollte gerade etwas sagen, als sich die Tür öffnete und Lisa eintrat.

Sally dachte ein wenig erschöpft: Jetzt spielen wir das Ganze zum zweiten Mal durch. Richard fährt weg, unmittelbar nachdem etwas Schlimmes geschehen ist, Richard wird aus London zurückgerufen, und jetzt kommen Richard und Lisa wieder hergerast. Es ist dasselbe Muster. Dann ging ihr einer dieser Gedanken plötzlich wie ein Echo erneut durch den Kopf. Richard fährt unmittelbar nach dem Ereignis weg – beide Male. Beim ersten Mal hatte es sich aber doch sicher um einen Unfall gehandelt. Etwas anderes war ausgeschlossen.

Sheringham war aufgesprungen. »Lisa! Kommen Sie, setzen Sie sich doch! Lassen Sie mich Ihnen einen Drink holen, meine Liebe. Sie sehen furchtbar erschöpft aus.«

In diesem ersten Moment der Begegnung verbarg er nichts. Die Liebe, die er empfand, stand ihm vollkommen unverhohlen ins Gesicht geschrieben und schwang in seiner Stimme mit. Sally musste das Gesicht abwenden, weil er ihr auf geradezu schmerzliche Weise leidtat.

Als sie wieder zu Lisa schaute, hatte diese bereits Platz genommen. Jede Faser ihres Körpers verriet Erschöpfung. Sie war so gut wie überhaupt nicht geschminkt und ihr Gesicht kalkweiß.

»Es ist einfach zu viel«, sagte sie. Ihre Stimme klang wie ausgelöscht. »Onkel Mark ist tot. Und jetzt verhören sie Richard, und das in seinem Zustand!. Außerdem glauben sie, dass er ihn ermordet hat.«

»Ich denke nicht, dass sie bisher überhaupt irgendjemanden des Mordes verdächtigen«, sagte Sheringham, während er Lisa ein Glas Sherry reichte. »Oder vielmehr, sie verdächtigen im Augenblick einen nicht mehr als alle anderen. Genauer gesagt sind sie sich noch nicht einmal hundertprozentig sicher, dass es sich überhaupt um einen Mord handelt, soweit ich weiß. Hier, trinken Sie das, Lisa, das wird Ihnen guttun.«

»Ach, ihr Engländer!« Sie schaute mit einer Art erschöpften Entrüstung zu ihm hoch, und der leichte, charmante Akzent, den sie beim Sprechen hatte, klang plötzlich viel ausgeprägter. »Aber vor allem, ihr englischen Rechtsanwälte! Ihr weigert euch, die Fakten einzugestehen, wenn sie in irgendeiner Form unerfreulich sind. Natürlich verdächtigen sie Richard! Sie haben einen Polizisten in meine Wohnung geschickt, Christopher! Er hat behauptet, er sei gekommen, um uns die schlimme Nachricht zu überbringen. Aber er ist gekommen, um zu sehen, wie Richard darauf reagiert. Er hat keine Sekunde lang den Blick von Richards Gesicht gelassen, während er ihm berichtet hat, was passiert ist. Und Richard ist so schrecklich ehrlich. Er wird diesem Inspektor erzählen, dass er sich mit seinem Onkel gestritten hat und zornentbrannt abgereist ist. Ich habe ihn angefleht, das nicht zu tun, aber er hat behauptet, es sei sicherer, die Wahrheit zu sagen. Sicherer! Einem Polizisten gegenüber!«

»Lisa!« Sheringham sprach jetzt mit Nachdruck. »Die englische Polizei ist nicht die Gestapo. Sie sollten das wissen, schließlich leben Sie schon lange genug in England. Und lassen Sie uns jetzt nicht weiter über diese Auseinandersetzung reden. Ich werde mich später mit Richard zusammensetzen, und dann werden wir das klären.«

Sally dachte bei sich, dass jede Begegnung zwischen Richard und Christopher Sheringham zwangsläufig in einer derart angespannten Atmosphäre stattfinden würde, dass sie fast nicht zu ertragen war, weder für die beiden Männer selbst noch für alle anderen Beteiligten. Aber als Richard sich zu ihnen gesellte, wurde rasch deutlich, dass er viel zu erschöpft war und viel zu sehr unter Schock stand, um irgendjemandem gegenüber so etwas wie Feindseligkeit zu empfinden. Er war sehr bleich und brachte kaum ein Wort hervor.

Er bekam einen Drink gereicht, und dann ging Lisa ihnen in den Speisesaal voraus. Sally erinnerte sich plötzlich an Deane und fragte, wo er sei, aber anscheinend hatte dieser zu Fenton gesagt, dass er nicht zum Abendessen erscheinen werde. Niemand hatte auch nur den geringsten Appetit. Nach dem recht trostlosen Mahl setzten sie sich noch eine Weile in den Salon, aber Christopher sah von dem Versuch ab, mit Richard unter vier Augen zu sprechen. Es war nur allzu offensichtlich, dass Richard an diesem Abend keiner weiteren Belastung standhalten würde, und so löste sich die Gesellschaft recht bald auf, und alle gingen nach oben in ihre jeweiligen Zimmer.

Sally und Johnny setzten sich wieder auf ihre Fensterbank, die während all der Katastrophen in diesem Haus zu einer Art Zufluchtsstätte für sie geworden war. Sie saßen eine Weile schweigend da, und dann sagte Sally: »Das ist jetzt schon der zweite Mord, in den wir verwickelt werden. Warum passiert uns das?«

»Ich weiß. Es tut mir furchtbar leid, Darling. Wenigstens ist dieser Mord nicht in unserem eigenen Umfeld geschehen, so wie der letzte. Aber es ist auch so schon schlimm genug.«

»Ich bin froh, dass ich hier bin, denn du bist hier. Aber Johnny, dieser Brief! Ich nehme an, die Theorie lautet im Augenblick, dass Deane den Percival gestohlen und ihn an

Jimmy Mumford verkauft hat und dass er dann diesen Brief geschrieben hat, um es so aussehen zu lassen, als wäre er es nicht selbst gewesen. Auf diese Weise hätte er kein Motiv für den Mord.«

»Ja, ich denke, es kann kein Zweifel daran bestehen, dass er den Percival verkauft und den Gewinn in seine eigene Tasche gesteckt hat. Mason hat ja recht deutlich durchblicken lassen, was er denkt: Er glaubt, Deane hat von Mercator erfahren, dass Jimmy Mumford recht weltfremd und einfach gestrickt ist. Der Brief war nicht unterschrieben, und ich denke, dass der Scheck, von dem in dem Brief die Rede ist, entweder von Deane ausgestellt und nicht unterschrieben oder überhaupt nicht ausgestellt wurde. Der Brief war zwar in Mercators Stil gehalten, aber man kann davon ausgehen, dass sein Sekretär in der Lage ist, diesen zu imitieren. Gut möglich, dass Mercator vorhatte, Deane strafrechtlich zu belangen oder ihn zumindest ohne jegliche Referenzen zu entlassen – was das Ende von Deanes Karriere als Privatsekretär gewesen wäre. Und weil wir die Fälschung entdeckt haben – was er wahrscheinlich wusste –, war davon auszugehen, dass zumindest unser Teil der Geschichte ans Licht kommen würde.«

»Deane wäre wohl schon intelligent genug, um einen derart komplizierten Plan auszuhecken, oder?«

»Naja, ich weiß, dass wir nicht besonders begeistert von ihm waren, Darling, aber wenn er nicht einigermaßen intelligent wäre, hätte er wohl kaum drei Jahre lang als Mercators Sekretär arbeiten können.«

»Aber wenn er wirklich intelligent ist, wie konnte er dann erwarten, dass er mit dieser Fälschung durchkommen würde? Das war doch ein wirklich kindischer Versuch.«

»Stimmt. Aber du darfst nicht vergessen, dass Mercator nichts davon mitbekommen hätte. Schließlich hat Mercator zugegeben, dass ihm die ganze Sache ein Rätsel war. Der Einband der Neuauflage sah dem Einband der Erstausgabe sehr ähnlich – jedenfalls demzufolge, was im Katalog stand. Dort stand, das Buch sei in Kalbsleder gebunden, mit Goldbuchstaben und erhabenen Bünden auf dem Buchrücken. Also nichts Ungewöhnliches. Möglicherweise sah die Schrift ein wenig anders aus, aber auch das wäre Mercator möglicherweise nicht aufgefallen. Deane musste davon ausgehen, dass die Fälschung früher oder später auffliegen würde. Doch Mercators Sehvermögen hatte seit zwei oder mehr Jahren immer mehr nachgelassen. Tatsächlich hat er Großvater gegenüber zugegeben, dass es eigentlich Deane war, der, wenn auch unter seiner Aufsicht, die beiden Bibliotheken zusammengeführt hat. Es ist gut möglich, dass Mercator zu dem Zeitpunkt, als er die Thaxton-Bibliothek gekauft hat, schon nicht mehr in der Lage war, eine Fälschung von einer echten Erstausgabe zu unterscheiden. Falls dem so war, konnte Deane damit rechnen, dass der Kreis der Verdächtigen sich mit der Zeit enorm vergrößern würde, und er könnte sogar gehofft haben, dass man Richard den Diebstahl zur Last legen würde. An dem Tag, als Deane die Erstausgabe verkauft hat, galt Richard schließlich immer noch als tot und hätte sich gegen eine solche Anschuldigung nicht wehren können. Nein, er ist wirklich recht gerissen vorgegangen, Sally – auch wenn er sich Mercator gegenüber dann doch in irgendeiner Form verraten haben muss. Denn ob er diesen Brief nun geschrieben hat oder nicht, Mercator muss ihn zur Rede gestellt haben, nachdem wir ihm von der Fälschung berichtet haben.«

Sie schwiegen wieder eine Weile. Dann sagte Sally: »Erzähl mir doch bitte, was du über diesen Schlag weißt.«

»Nun, dir ist wahrscheinlich bekannt, dass es gewisse Arten von Schlägen gibt, mit denen man bestimmte verletzliche Körperstellen so trifft, dass der Tod der betroffenen Person mehr oder weniger garantiert ist. Sie stammen aus dem Judo. Ich habe einiges darüber erfahren, während ich den unbewaffneten Kampf trainiert habe. Mit einem dieser Schläge trifft man die Kehle, knapp unterhalb des Adamsapfels. Der Schlag wird aufwärts mit der Rückhand ausgeführt, von links unten nach rechts oben – oder von rechts unten nach links oben, falls es sich um einen linkshändigen Angreifer handelt. Man setzt die Handkante ein, der sehr viel schwieriger auszuweichen ist als einer Faust. Der Schlag wird darüber hinaus mit dem Schwung des gesamten Körpers ausgeführt, was ihm sehr viel mehr Wucht verleiht als man sie mit einem gewöhnlichen Fausthieb entwickeln könnte. Ich denke, dass es diese Art von Schlag war, die Mercator getötet hat, aber sicher bin ich nicht.«

»Könnte es – naja, nicht gerade ein Unfall gewesen sein –, aber könnte jemand ihn geschlagen haben, ohne ihn töten zu wollen, und dabei versehentlich genau diese verletzliche Stelle getroffen haben?«

»Ja, das ist durchaus möglich. Es könnte ein ganz gewöhnlicher Hieb gewesen sein, bei dem der Angreifer dann das Kinn verfehlt hat.«

»Dann könnte es jeder gewesen sein.«

Johnny nickte.

»Könnte Richard diese Schlagtechnik im Gefangenenlager gelernt haben? Judo stammt aus Japan, richtig?«

»Ja. Diese Kampftechnik könnte in einem chinesischen Kriegsgefangenenlager durchaus bekannt gewesen sein.«

»Also wenn es Absicht war –«

»Es ist sehr unwahrscheinlich, dass irgendjemand sonst diese Art von Kampftechnik kennt. Christopher war im Krieg bei der Artillerie. Deane ist zu jung, um im Krieg gekämpft zu haben, und ist ganz offensichtlich auch nicht im Geringsten sportlich veranlagt. Danby könnte zu seiner aktiven Armeezeit vielleicht Judo gelernt haben, aber das bezweifle ich. Ich halte ohnehin nicht viel von Danby als Mordverdächtigem. Vielleicht liegt das hauptsächlich daran, dass ich zu viele Detektivgeschichten gelesen habe – der Mann, den man mit einer noch rauchenden Pistole über den Leichnam gebeugt vorfindet, ist niemals der Mörder. Außerdem ist Danby durch und durch Soldat. Und ein Soldat mag noch so aufbrausend sein, aber am Ende hält ihn eine innere Disziplin davon ab, gewalttätig zu werden.« Johnny hielt inne. »Es tut mir leid, Darling. Du magst Richard, nicht wahr?«

»Ja. Aber falls er Mercator getötet hat – absichtlich getötet hat –«

Sie dachte an die traurigen Gesichter der Dienstboten und an das Portrait in dem Arbeitszimmer, in dem Mercator gestorben war, und dann flossen die Tränen, die sie bisher noch hatte zurückhalten können.

VIERTES KAPITEL

Sie lagen in jener Nacht noch lange wach. So kam es auch, dass sie, als Annie ihnen am nächsten Morgen das Frühstück brachte, immer noch tief und fest schliefen. Zusammen mit dem Frühstück brachte Annie ihnen auch einige Briefe, die ihre Zugehfrau von zu Hause an ihren jetzigen Aufenthaltsort weitergeleitet hatte. Die Neuigkeiten aus der Außenwelt kamen ihnen wie etwas weit Entferntes, Irreales vor. Es gab eine Postkarte, die der junge Tim Heldar ihnen aus Penzance geschickt hatte, ein paar Rechnungen für Johnny und einen Brief für Sally von Elizabeth Rawlings, die vergeblich versucht hatte, sie telefonisch zu erreichen, und die sie am heutigen Abend zum Essen einladen wollte. Sie würde Elizabeth anrufen müssen. Das Gleiche gelte für seinen Großvater, meinte Johnny. Schließlich war dieser fünfzig Jahre lang mit Mercator befreundet gewesen. Sie wollten gerade nach unten gehen, um diese Anrufe zu erledigen, als Christopher an die Tür ihres Ankleidezimmers klopfte. Seine adrette Stadtkleidung wirkte an diesem Vormittag ein wenig deplatziert, und darüber hinaus sah er ein wenig abgespannt aus.

»Es tut mir leid, Sie stören zu müssen«, sagte er, »aber es gibt da eine Frage, die ich Ihnen gern stellen würde – in meiner Eigenschaft als Mercators Anwalt. Hat er Sie gebeten, ein von ihm selbst aufgesetztes Testament zu bezeugen? Oder hat er eine Bemerkung fallenlassen, die darauf hindeutet, dass er vorhatte, eines aufzusetzen?«

Sally schüttelte den Kopf und Johnny sagte: »Nein. Von einem Testament war nie die Rede.«

»Danke. Übrigens, ist Ihnen Deane heute Morgen schon über den Weg gelaufen?«

»Nein.«

Christopher zögerte einen Moment. Dann sagte er: »Ich bin seinetwegen ein bisschen in Sorge. Im Haus ist er nicht. Wie es scheint, hat Emmanuel ihm kurz vor halb neun das Frühstück hochgebracht, und er war nicht auf seinem Zimmer. Sein Bett sah jedoch so aus, als hätte er darin geschlafen. Emmanuel hat überall nach ihm gesucht und konnte ihn nirgends finden. Es könnte natürlich sein, dass er sich irgendwo im Garten aufhält, aber es ist jetzt bereits halb zehn Uhr durch, und ich denke, wir sollten uns vergewissern.«

»Da stimme ich Ihnen zu«, sagte Johnny. »Gehen wir ihn suchen. Möchtest du mitkommen, Sally, oder hier auf uns warten?«

»Ich komme mit«, sagte Sally.

Aber als sie die Empore erreichten, hörten sie Stimmen unten in der Halle. Dr. Hills Stimme und die von Inspektor Mason.

»Es tut mir leid, Inspektor«, sagte Hill gerade. »Aber er ist nicht in der Verfassung, befragt zu werden. Das haben Sie gestern Abend doch sicherlich selbst gemerkt. Seine Nerven befinden sich gegenwärtig in einem ungewöhnlich labilen Zustand, und wenn Sie sich einmal vor Augen führen, was er durchgemacht hat, dürfte Sie das keineswegs überraschen.«

»Also gut, Doktor«, sagte Mason langsam. »Ich werde jetzt nicht weiter darauf bestehen. Aber ich denke, ich muss verlangen, dass wir diesbezüglich eine zweite Meinung einholen.«

»Schön. Falls Dr. Palliser sagt, dass Richard eine Befragung verkraften würde, muss ich das akzeptieren, aber ich übernehme keinerlei Verantwortung für die Konsequenzen. Ich denke jedoch, dass Palliser mir zustimmen wird.«

Bevor sie die Treppe hinuntergingen, sagte Christopher leise zu Johnny: »Sie gehen besser einfach weiter, falls ich aufgehalten werde.«

»Guten Morgen, Inspektor«, sagte er, als sie unten angekommen waren. »Kann ich Ihnen in meiner Eigenschaft als Staffelkapitän Thaxtons Anwalt dienlich sein?«

Mason lächelte – ein bedächtiges, leicht amüsiertes Lächeln. »Das ist einen Versuch wert, Mr Sheringham. Wäre es Ihnen recht, wenn wir in die Bibliothek gingen?«

Johnny und Sally durchquerten die Eingangshalle und begrüßten unterwegs den Arzt und auch den Wachtmeister, der dort seinen Posten bezogen hatte. Dann betraten sie – ohne Eile an den Tag zu legen – den Salon und gingen von dort auf die Terrasse hinaus. Im Gegensatz zum Park war die zum Haus gehörige Gartenanlage nicht besonders groß. Dennoch war es keine ganz leichte Aufgabe, den mehrere hundert Quadratmeter umfassenden Bereich auf der Südseite des Hauses zu durchsuchen, der den formalen Garten, die Gemüsegärten, die Stallungen und verschiedene Beete mit Staudengewächsen und Büschen umfasste. Das galt erst recht, wenn man es eilig hatte. Zudem wollte Johnny auf keinen Fall, dass sie sich trennten. »Wir müssen jedoch rasch vorgehen«, meinte er. »Mir ist diese Einschüchterungsstrategie, die der Inspektor gerade zu verfolgen scheint, nicht besonders sympathisch. Aber ich fürchte, Christopher würde in eine recht unangenehme Lage geraten, falls herauskäme, dass er den Verdacht hatte, Deane könnte sich aus dem Staub gemacht haben, und dass er Mason dann trotzdem wieder abziehen ließ, ohne ihm davon zu berichten.«

Unterwegs begegneten sie dem Gärtnerjungen, und im Hof vor den Stallungen trafen sie auf den Chauffeur. Johnny fragte sowohl den einen als auch den anderen beiläufig, ob sie Mr Deane gesehen hätten. Beide verneinten. Aber ein paar Minuten später entdeckten die Heldars einen der Hilfsgärtner, der gerade damit beschäftigt war, Erbsen zu pflücken. Als Johnny ihm dieselbe Frage stellte, wirkte der Mann plötzlich ein wenig verlegen, woraufhin Johnny sein zwangloses Gebaren ablegte. Es war klar, dass der junge Mann in der Armee Dienst getan hatte, weshalb er Johnnys Autorität auch sofort anerkannte und mit der Wahrheit herausrückte.

»Ja, Sir, den hab' ich gesehen. Der ist in den ersten Bus gestiegen, den frühen. Das war so auf halber Strecke der Parkmauer, vom Dorf aus gesehen. Ich hatte auf dem Weg zur Arbeit grad die Abkürzung durch den Park genommen, und da hab' ich ihn gesehen, wie er über die Mauer geklettert ist und dem Busfahrer gewinkt hat. Der Fahrer hat den Bus angehalten und ihn mitgenommen.«

»Um wie viel Uhr war das?«

»Das war so gegen Viertel vor acht, Sir. Der Bus fährt nämlich um Viertel vor acht im Dorf los.«

»Und wo fährt der Bus hin?«

»Nach Fanchester, Sir.«

»Aha. Wie war nochmal Ihr Name? Betts, nicht wahr? Alles klar.«

Die Heldars verließen den Salon genau in dem Moment, als Christopher und Mason aus der Bibliothek kamen. Christopher, wie immer vorsichtig, hielt sich vollkommen bedeckt. Aber Johnny sagte leise: »Ich fürchte, Deane ist fort.«

»Was haben Sie da gerade gesagt?«, fragte Mason.

Christopher und Johnny erzählten ihm von Deanes Verschwinden. Er nahm die Nachricht recht gelassen entgegen und schien ohne Weiteres zu akzeptieren, dass sie es für besser gehalten hatten, erst nachzusehen und ihm dann Bescheid zu geben. Dann zog er sich in das Telefonzimmer zurück. Das erinnerte die Heldars daran, dass sie selbst einige Anrufe zu tätigen hatten, und so warteten sie, bis er wieder herauskam.

Johnny erzählte seinem Großvater behutsam, aber ohne große Umschweife von Mercators Tod. Er erwähnte jedoch keine Details, weil er nicht auf die Diskretion der örtlichen Telefonvermittlung vertraute. In den Morgenzeitungen hatte noch nichts von den Ereignissen gestanden, genau wie er es erwartet hatte, aber die späteren Ausgaben würden alles sicher genüsslich auswalzen, und er hatte den Zeitungen unbedingt zuvorkommen wollen. Doch der alte Vater William Heldar hatte in seinem langen Leben schon viele Schicksalsschläge hinnehmen müssen, und er nahm auch diesen neuerlichen Schlag recht ruhig auf.

»Und jetzt zu Elizabeth«, sagte Johnny. »Vielleicht erzählst du ihr einfach besser, dass wir uns aus beruflichen Gründen gerade nicht in der Stadt aufhalten, Darling. Sag, falls notwendig, dass wir in Hampshire sind, aber erwähne keine Einzelheiten.«

Sally nickte. Sie wusste Elizabeths Nummer nicht auswendig und öffnete deshalb den Band des Londoner Telefonverzeichnisses, in dem die Namen mit den Anfangsbuchstaben von L bis R standen. Plötzlich sah sie etwas zwischen den Seiten hervorlugen – es sah aus wie der Rand eines dicken Blatts Papier – und öffnete daraufhin das Telefonbuch an dieser Stelle, um nachzusehen, worum es sich handelte.

Es war ein Umschlag aus Kanzleipapier, der mit großen, zittrigen und recht stockend ausgeführten Buchstaben beschriftet worden war.

Letzter Wille und Testament von
MARK JONATHAN MERCATOR,
Mercator House, London, EC2
An meine Nachlassverwalter: JACOB DAVID RATHBONE,
Mercator House, London EC2 und CHRISTOPHER WINFORD
SHERINGHAM, New Square, London, WC2

Unwillkürlich entfuhr ihr ein kurzer Schrei. Johnny trat zu ihr und las über ihre Schulter mit.

»Donnerwetter!«, sagte er. »Das scheint das Testament zu sein, nach dem Christopher gesucht hat. Aber warum das in diesem Telefonbuch steckt, kann ich mir beim besten Willen nicht erklären. Wir sollten ihm das besser sofort geben.« Er nahm den Umschlag und steckte ihn in seine Brustinnentasche.

Der Wachtmeister stand immer noch in der Eingangshalle. Johnny lächelte Christopher freundlich zu und hob kurz eine Augenbraue, bevor er mit Sally zur Haustür hinausspazierte. Als sie das Ende des Westflügels erreicht hatten und um die Hausecke bogen, kam Christopher ihnen entgegen.

»Und?«, fragte er.

Johnny zog den Umschlag aus seiner Brusttasche. »Meine Frau hat das hier gefunden«, sagte er. »In dem L-R-Band des Londoner Telefonverzeichnisses. Es sieht so aus, als wären Sie der richtige Empfänger.« Dann ging er mit Sally quer über die Rasenfläche.

***

Ein wenig später, nachdem Mason sie eingehend zu ihrem Fund des Testaments befragt hatte und es Sally endlich gelungen war, Elizabeth anzurufen, gesellte sich Lisa im Salon zu den Heldars. Sie trug ein schlichtes schwarzes Sommerkostüm und sah blasser denn je und immer noch sehr erschöpft aus. Johnny stand auf und gab ihr eine Zigarette, und Sally fragte sie, wie es Richard gehe.

»Es geht ihm nicht gut«, antwortete sie müde. »Er hat so gut wie überhaupt nicht geschlafen, und ich wusste heute früh sofort, dass er nicht die Kraft für eine neuerliche Befragung hatte. Deshalb habe ich auch Dr. Hill kommen lassen. Ich hatte schon befürchtet, er würde uns nicht beistehen, aber das hat er dann doch getan. Der Polizeiarzt wird wahrscheinlich behaupten, dass Richard durchaus in der Verfassung für eine Befragung ist. Aber Mason ist jetzt erst einmal wieder gegangen, also haben wir wenigstens ein bisschen Zeit gewonnen, und das ist genau das, worüber ich mit Ihnen reden möchte. Ich bin gekommen, um Sie um Ihre Hilfe zu bitten – für Richard.«

»Was möchten Sie, dass wir tun sollen?«, fragte Johnny.

Lisa sah ihn mit ernstem Blick an. »Ich möchte, dass alle, die gestern Nachmittag hier waren, allen anderen gegenüber offen sagen, was sie in diesem Zeitraum getan haben, wo sie waren und was sie gesehen und gehört haben. Und auch, was sie der Polizei gegenüber darüber ausgesagt haben. Nicht die Dienstboten, denn ich glaube, die waren alle im Ostflügel und sind dort ihrer jeweiligen Arbeit nachgegangen. Es könnte notwendig werden, Fenton zu befragen, aber keinen von den anderen. Und Deane ist fort – das könnte natürlich bedeuten, dass er der Schuldige ist, aber wir können nicht sicher sein. Wenn jedoch alle anderen helfen würden, könnte irgendeine Information oder irgendein Beweis für Richards Unschuld ans Licht kommen. Oder er würde danach wenigstens wissen, wo er steht und wogegen er anzukämpfen hat. Würden Sie ihm bitte auf diese Weise behilflich sein? Ihnen kann es nicht schaden, denn Sie stehen nicht unter Verdacht. Sie hatten zwar, wie ich annehme, die Gelegenheit, Sir Mark zu töten – so wie jeder andere auch – aber nicht den geringsten Grund dafür. Ich habe Colonel Danby angerufen, und er hat sich bereiterklärt, bei der Sache mitzumachen. Er ist gerade auf dem Weg hierher.«

Johnny sagte langsam: »Was sagt Sheringham dazu, Lisa? Er ist schließlich Richards Anwalt und vielleicht am besten geeignet, um ihm zu helfen.«

Sie schüttelte den Kopf. »Nein«, sagte sie leise und mit Nachdruck. »Christopher kann Richard nicht helfen – außer vielleicht mit seiner eigenen Aussage. Er ist ein schlechter Psychologe. Und außerdem –« Sie zögerte kurz. »Außerdem kommen er und Richard gerade nicht besonders gut miteinander aus. Christopher weiß nicht, wie er mit Richard in seinem gegenwärtigen Zustand umgehen soll, und Richard schafft es seines schlechten Zustands wegen nicht, den Ärger zu unterdrücken, den Christopher bei ihm auslöst. Christopher hat heute früh versucht, mit Richard zu reden, kurz bevor Dr. Hill kam, und es war vollkommen sinnlos. Richard ist einfach nur wütend geworden und war außerstande, vernünftig über alles zu reden. Er hat ein paar von Christophers Fragen beantwortet – über dieses Testament und so weiter –, doch das war auch schon alles. Ich habe versucht, ihn zu beruhigen, aber es hatte keinen Zweck. Also schlage ich jetzt diesen anderen Weg vor. Christopher hält natürlich nichts davon, aber ich bin überzeugt, er irrt sich.«

Sally konnte nicht umhin sich zu fragen, ob Richard, wenn er noch nicht einmal in der Verfassung war, mit seinem Anwalt zu reden, genug Kraft für einen derart großen Kriegsrat hatte. Aber schließlich war das nicht ihre Sache, und Lisa hatte höchstwahrscheinlich recht. Johnny dachte das ganz offenbar auch, denn er sagte: »Gut. Wir sind dabei.«

»Danke«, sagte Lisa sanft. »Ich bin Ihnen sehr dankbar.« Dann legte sie den Kopf ein wenig schief und lauschte. »Das ist bestimmt Colonel Danby.«

Sie hörten, wie ein Auto mit kreischenden Bremsen anhielt, und ein oder zwei Minuten später erschien Danby an der Terrassentür. Sally, die aus Lisas fast unmerklichem Zögern schloss, dass sie den Colonel bisher nur am Telefon kennengelernt hatte, stellte die beiden einander vor. Der Colonel schlug Lisa gegenüber sofort einen zugleich galanten und väterlichen Ton an.

»Sie sind also Richards Verlobte. Da hat er aber ziemliches Glück gehabt, würde ich sagen. Ich weiß nicht, was

Sie von mir erwarten, aber ich werde Ihnen beiden helfen, so gut ich kann, ganz gleich, auf welche Weise. Ich war ein alter Freund von Richards Vater, müssen Sie wissen, und habe den Jungen aufwachsen sehen.«

Er sagte Lisa, dass er ihre Idee ganz ausgezeichnet finde. Es war jedoch offensichtlich, dass er jede von Lisa geäußerte Idee ausgezeichnet gefunden hätte. Auf jeden Fall würde er ihr von ganzem Herzen zur Seite stehen. »Und falls dabei irgendetwas auftaucht, was hilfreich wäre, informiere ich auch gerne die Polizei. Ich hatte tatsächlich gerade darüber nachgedacht, mich mal ein bisschen mit dem Polizeichef auszutauschen, als Sie angerufen haben.«

Lisa dankte ihm und führte die gesamte Gruppe dann zu der Treppe im Westflügel. Sie behauptete, und wie sich herausstellte, stimmte das auch, dass dies der schnellste Weg zu Richards Zimmer sei, aber Sally hegte den Verdacht, dass es ihr mehr darum gegangen war, eine Begegnung mit dem in der Eingangshalle postierten Wachtmeister zu vermeiden.

Als Mercator den Heldars das Haus gezeigt hatte, hatte er Richards Zimmer ausgelassen. Es befand sich in dem Teil des Hauses, der im neunzehnten Jahrhundert erbaut worden war, und es war deutlich zu sehen, dass Mercator den Raum vollkommen unberührt gelassen hatte. Die an den Fenstern angebrachten Stäbe legten nahe, dass der Raum ursprünglich als Aufenthaltsort für Kleinkinder gedacht gewesen war. Jetzt sah er aus wie das Zimmer eines Schuljungen – Richard war offenbar im Erwachsenenalter nicht mehr oft nach Westwater gekommen – und gleichzeitig wie das eines sehr jungen Mannes. Doch der Raum zeugte von einem durchaus ausgeprägten Geschmack. Die Möbel aus viktorianischer Zeit waren schlicht und recht abgenutzt, und an den Wänden mit ihrer verblichenen Blumentapete hingen Fotos von Schülergruppen, ein ziemlich guter Kunstdruck von Paul Nashs Gemälde *Battle of Britain* und einige Nachdrucke von Zeichnungen Leonardo da Vincis. Auf dem breiten Kaminsims standen zwei silberne Pokale und ein Modellflugzeug. Die Bücherregale enthielten eine Mischung aus Kinderbüchern und Lyrik der Nachkriegszeit.

Aber Sally nahm all diese Details erst nach und nach wahr. Ihr hauptsächliches Interesse galt Richard selbst. Er hatte sich vollständig angekleidet und trug eine legere Hose und ein Sporthemd, um dessen Kragen er sich statt einer Krawatte einen Seidenschal geknüpft hatte. Doch er sah in der Tat sehr krank aus. Neben ihm stand Christopher, der einen würdevollen und missbilligenden Gesichtsausdruck aufgesetzt hatte.

Es war für zusätzliche Stühle gesorgt worden, und Richard bat sie alle, Platz zu nehmen. Dann sagte er – wobei er dem Colonel zuvorkam, der schon im Begriff gestanden hatte, die Leitung der Beratung an sich zu reißen – mit schwacher, aber beherrschter Stimme: »Ich denke, Lisa hat Ihnen allen bereits erklärt, um welchen Gefallen wir Sie bitten möchten. Wir sind beide äußerst dankbar für Ihre Hilfe. Ich werde den Anfang machen und Ihnen ganz genau erzählen, was sich gestern Nachmittag zwischen mir und meinem Onkel zugetragen hat. Falls irgendjemand einen Kommentar dazu abgeben möchte, soll er mich bitte unterbrechen und sich äußern.«

»Einen Moment noch, Richard«, sagte Christopher. »Ich denke, ich sollte klarstellen, dass niemand verpflichtet ist, überhaupt irgendeine Art von Aussage zu machen. Jeder,

der eine solche Aussage tätigt, tut dies aus freien Stücken und auf eigene Verantwortung.«

Richard saß stocksteif da und schwieg. Der Colonel sagte gereizt: »Ja, ja, natürlich, Sheringham. Das wissen wir doch alle.«

Richard setzte seinen Bericht fort. »Ich bin gestern nach Westwater gekommen, um mit meinem Onkel über meine Verlobung mit Lisa zu reden. Lisa ist damit einverstanden, dass ich Ihnen den Grund nenne, weswegen überhaupt die Notwendigkeit zu einer Aussprache bestand. Mein Onkel hatte ein recht starkes, um nicht zu sagen unverhältnismäßiges Vorurteil gegen die Deutschen. Man kann ihm das nicht unbedingt übelnehmen, er war Jude, und seine einzige Tochter und der überwiegende Teil seiner übrigen Verwandtschaft sind in den Konzentrationslagern der Nazis umgekommen. Aber er hat sich immer sehr bemüht, seine Abneigung zu überwinden. Ich glaube, seine Haltung den Deutschen gegenüber hat ihm ein wenig Kummer bereitet, denn er war in den meisten Angelegenheiten ein sehr gerechter Mensch. Deshalb hatte ich auch wegen Lisa nicht wirklich mit ernsthaften Schwierigkeiten gerechnet. Er war außer Landes, als wir uns verlobt haben, und unmittelbar darauf bin ich nach Korea gereist, ohne ihn noch einmal zu sehen. Aber aus den Briefen, die er mir schrieb, und auch aus denen, die ich von Lisa bekam, gewann ich den Eindruck, dass er unsere Verlobung nicht gerade mit Begeisterung aufgenommen hat. Und dann habe ich natürlich einige Jahre gar nichts mehr von ihm gehört. Als ich nach England zurückkehrte, hoffte ich, die Sache ins Reine bringen zu können. Aber an dem ersten Nachmittag, an dem wir hier waren – dem Tag, an dem er seinen Unfall hatte –

nahm er mich mit in sein Arbeitszimmer und bat mich sehr ruhig, meine Verlobung noch einmal zu überdenken. Ich habe ihn gefragt, warum ich das tun sollte, und daraufhin wich er mir aus. Ich sagte ihm auf den Kopf zu, der einzige Grund für seinen Widerstand bestünde darin, dass Lisa eine Deutsche ist, und er bestritt das auch nicht. Er schien sehr unglücklich darüber zu sein, und ich hätte ruhig und besonnen mit ihm darüber reden sollen, aber ich habe die Beherrschung verloren. Ich habe einfach den Raum verlassen, Lisa aus dem Salon geholt und bin mit ihr zurück in die Stadt gefahren.

Nach seinem Unfall hatte sich unser Verhältnis wieder gebessert, aber wir haben das Thema auch nicht wieder erwähnt, bevor Lisa und ich am Freitag abreisten. Doch ich wusste, dass wir die Sache unbedingt klären mussten, sobald es ihm wieder besser ging. Ich wäre nicht unbedingt schon wieder nach so kurzer Zeit hierhergekommen, aber Lisa war sehr unglücklich über seine Einstellung und hat versucht, unsere Verlobung zu lösen. Ich hatte vor, gestern ganz friedlich und vernünftig mit Mark zu reden und auf diese Weise zu versuchen, ihn umzustimmen. Aber daraus wurde nichts.

Nachdem wir hinüber in sein Arbeitszimmer gegangen waren, haben wir zunächst ein bisschen über geschäftliche Dinge gesprochen. Dann hat er selbst die Sprache auf das Thema meiner Verlobung gebracht und mich ganz plötzlich mit etwas konfrontiert, das mir den Atem verschlug. Ich sollte vorab erklären, dass ich bis zu dem Augenblick, an dem ich abgeschossen und für tot erklärt wurde, sein alleiniger Erbe war. Daraus hat er nie ein Geheimnis gemacht, ich wusste das seit Jahren. Als er glaubte, ich sei tot, hat er natürlich ein neues Testament aufgesetzt, in dem er den Großteil seines Vermögens mehreren verschiedenen angesehenen Wohltätigkeitsverbänden hinterließ. Gestern hat er ein Blatt Papier aus einer Schreibtischschublade gezogen und mir verkündet, dies sei ein neues Testament, in dem er mir sein gesamtes Vermögen vererben würde, aber nur unter der Bedingung, dass ich Lisa nicht heirate. Oder vielmehr, sein Geld würde treuhänderisch verwaltet werden, und das daraus resultierende Einkommen sollte mir ausbezahlt werden, solange ich seine Bedingung erfülle. Falls ich Lisa zu irgendeinem Zeitpunkt dann doch heiraten sollte, würde das Geld den besagten Wohltätigkeitsverbänden zukommen.

Das hat mir den Rest gegeben, fürchte ich. Das mit dem Geld hat mir nicht so schrecklich viel ausgemacht, auch wenn ich nicht besonders erpicht darauf war, fünfundzwanzigtausend Pfund im Jahr zu verlieren. Nach Klärung aller rechtlichen Fragen werde ich auch aus eigener Kraft genug Geld für Lisa und mich zum Überleben haben. Es war die Ungerechtigkeit, die mich so getroffen hat, zusammen mit der Unterstellung, ich würde eher Lisa aufgeben als auf das Geld zu verzichten. Also habe ich erneut die Beherrschung verloren. Ich habe ihm gesagt, er könne mit seinem verdammten Geld machen, was er wolle, und habe den Raum verlassen. Ich bin zur Tür des Arbeitszimmers hinausgestürmt und dann durch die Eingangstür nach draußen gelaufen, bin in mein Auto gestiegen und weggefahren. Das war um Viertel vor drei. Irgendwo hinter Guildford habe ich mich dann wieder ein wenig beruhigt, aber dann haben mich meine Nerven plötzlich wieder im Stich gelassen.« Seine Stimme klang scharf, und Sally begriff, dass er seinen Zustand hasste, und zwar mit der bitteren Scham eines Mannes, der normalerweise alles andere als neurotisch ist.

»Daraufhin bin ich von der Straße abgefahren und habe ein paar Zigaretten geraucht. Ich habe keine Ahnung, wie lange ich mich dort aufgehalten habe, aber ich denke, es war fast eine Stunde. Dann bin ich in recht langsamem Tempo weiter nach London gefahren, direkt zu Lisas Wohnung. Ich bin gegen Viertel vor sechs bei ihr eingetroffen, und etwa um sechs Uhr ist ein Polizist zu uns gekommen und hat uns die schlimme Nachricht überbracht.

Als wir hier eintrafen, habe ich Mason genau dasselbe erzählt wie Ihnen gerade. Er hatte das neue Testament offenbar nirgends gefunden und war anscheinend schon fast überzeugt, dass ich mir diese ganze Geschichte von vorne bis hinten ausgedacht hatte. Die Frage ist mittlerweile geklärt worden, aber es ist immer noch ein absolutes Rätsel, warum das Testament erst verschwunden und dann wieder aufgetaucht ist. Ich sollte wohl auch noch erwähnen, dass es sich um ein selbst aufgesetztes Testament handelt, bei dem aber alles ordnungsgemäß vonstatten ging. Es wurde am sechsten August erstellt – zwei Tage nach seinem Unfall – und von seinen beiden Krankenschwestern bezeugt.

Masons zweiter Verdachtsgrund war der Zeitpunkt meines Aufbruchs. Er hat mir offenkundig nicht geglaubt, als ich ihm gesagt habe, dass ich um Viertel vor drei von hier fortgefahren bin. Ebenso wenig hat er mir geglaubt, als ich gesagt habe, dass ich dabei den nördlichen Zufahrtsweg genommen habe, den man normalerweise nimmt, wenn man in Richtung London fährt. Er hat mich ziemlich in die Mangel genommen und dann gesagt: ›Nehmen wir mal an, ich würde Ihnen erzählen, dass Sie um zwanzig nach drei am westlichen Parktor gesehen wurden, wie Sie Richtung Norden fuhren?‹ Ich hatte zu diesem Zeitpunkt die Nase gestrichen voll und habe daher geantwortet: ›Ich würde sagen, dass Sie versuchen, mir eine Falle zu stellen.‹ Das war natürlich unverzeihlich. Und dann bin ich ohnmächtig geworden. Mason hat mich wieder zu Bewusstsein gebracht und ist dann anscheinend zu dem Schluss gekommen, dass es für diesen Abend genug war. Aber mir ist in der Zwischenzeit klar geworden, dass er kein chinesischer Folterknecht ist und dass er für das, was er gesagt hat, irgendwelche Anhaltspunkte haben muss.« Er sah plötzlich den Colonel an. »Was ist denn, Sir?«

Danby machte einen sehr unbehaglichen Eindruck. »Aber Richard, mein lieber Junge«, meinte er, »Sie sind tatsächlich durch das westliche Parktor hinausgefahren. Ich habe Sie selbst gesehen, als Sie gerade hindurchgefahren waren – oder zumindest habe ich Ihr Auto gesehen – und es war gegen zwanzig nach drei. Ich war es, der Mason das erzählt hat. Sie müssen das Ganze vergessen haben.«

Richard sagte sehr leise: »Ich nehme an, das wäre möglich. Und wenn ich das vergessen habe, dann –« Seine Hände verkrampften sich um die Lehnen seines Stuhls.

»Einen Moment«, mischte sich Johnny mit ruhiger Stimme ein. »Woher wussten Sie, dass es Richards Auto war, Sir?«

»Ich kenne das Auto seit Jahren. Außerdem hat es ein unverwechselbares Nummernschild.«

»Verzeihen Sie, Sir, wenn ich das sage, aber Sie können das Auto, das Richard gestern gefahren hat, unmöglich gekannt haben. Jedenfalls nicht seit Jahren. Es ist ein Armstrong Siddeley Sapphire, der erst letztes Jahr zugelassen wurde – genau dasselbe Auto, mit dem er jedes Mal hierhergekommen ist, seit er wieder in England ist. Ich habe es durch die offenstehende Eingangstür gesehen, als wir nach dem Mittagessen hinüber zum Salon gegangen sind.«

»Ja«, sagte Richard scharf. »Das ist Lisas Auto.«

Der Colonel starrte Johnny an. »Das Auto, das ich gesehen habe«, meinte er dann, »war Richards alter Rover, den er vor einiger Zeit gekauft hat. Und zwar im Jahr … im Jahr …«

»Neunzehnhundertsechsundvierzig«, sagte Richard.

»Das Nummernschild lautet QXQ 333. Aber wie auch immer, jedenfalls ist Folgendes passiert: Ich habe von Mellis – meinem Gärtner – erfahren, dass Sie wieder in Westwater waren. Er hatte mit irgendeinem Bekannten im Dorf gesprochen, der gesehen hat, wie Sie hier eingetroffen sind. Er hat dabei nicht erwähnt, welches Auto Sie gefahren haben. Ich dachte, da es Ihrem Onkel besser ging, würde ich mal vorbeischauen, um Sie zu besuchen. Ich bin zum Westtor gefahren – das ist für mich der kürzeste Weg – und als ich kurz vor dem Tor um die Kurve kam, habe ich direkt vor mir den Rover gesehen. Ich bin davon ausgegangen, dass Sie darin saßen und dass Sie gerade vom Haus kamen. Ich habe gehupt, aber Sie haben nicht darauf reagiert. Ich wusste, dass es mir nicht gelingen würde, Sie einzuholen – der Rover fuhr ziemlich schnell – und habe Sie daher Ihrer Wege ziehen lassen.«

»Ich verstehe«, sagte Richard. »Wenn ich das gewesen wäre, würde das natürlich sehr gut zum Zeitpunkt meiner Rückkehr in die Stadt passen, wenn ich unterwegs nicht aufgehalten worden wäre.«

Es entstand ein kurzes Schweigen. Dann sagte Lisa: »Darling, es hat keinen Zweck. Wir müssen ihnen die Wahrheit über den Rover erzählen.«

»Ja, da wirst du wohl recht haben«, sagte Richard schroff. »Nun gut. Als ich nach Übersee ging, habe ich den Rover bei Lisa stehen lassen. Sie wohnte damals in einer Wohnung in einem dieser ehemaligen Kutscherhäuschen und hatte dort eine Garage, die gerade niemand brauchte. Aber der Rover war für eine Frau nicht wirklich geeignet und auch damals schon recht ramponiert. Man musste sich ziemlich intensiv um das Ding kümmern, damit es weiterhin fahrtüchtig blieb. Also habe ich ihr gesagt, dass sie das Auto, falls sie es leid war, einem Freund von mir zur Verfügung stellen könne – einem ehemaligen Fliegerkameraden namens George Willesdon. Er hatte damals gerade keine Arbeit und machte recht harte Zeiten durch. Aber das war überaus töricht von mir, denn George ist der geborene Schmarotzer. Anfangs hat er den Rover nicht besonders oft benutzt, aber das Auto stand ihm, wann immer er wollte, zur Verfügung, und Lisa hat es in der Garage untergebracht. Als dann mein Vater ums Leben kam, hat er sie dazu überredet, mir zu schreiben und mich zu bitten, ihm die Stellung als Grundstücksverwalter auf Westwater Manor zu geben – der Verwalter, der für meinen Vater gearbeitet hatte, wollte sich nämlich zur Ruhe setzen. Ich war dumm genug, mich darauf einzulassen. Solange er sich in Westwater aufhielt, stand ihm eines der hiesigen Fahrzeuge zur Verfügung, und so brauchte er den Rover nicht. Als Mark das Haus dann kaufte, hat er George wegen seiner Unfähigkeit entlassen – zu Recht, fürchte ich, nach allem, was ich über die Sache gehört habe. Bald darauf suchte George Lisa auf – die gerade den Armstrong gekauft hatte und überlegte, den Rover zu verkaufen – und erzählte ihr, man habe ihm eine Arbeit als Handlungsreisender für Bürobedarf angeboten, aber er könne die Stellung nicht annehmen, wenn er kein Auto habe. Also hat Lisa, freundlich und großzügig wie sie ist, ihm gesagt, er könne den Rover haben. Er hat das Auto dann weiterhin in ihrer Garage abgestellt, und zwar umsonst. Sie hätte ihm natürlich ohne Weiteres sagen können, dass er das Auto von dort fortholen müsse, als sie bald darauf umzog. Aber sie hat mit dem neuen Mieter ihrer Wohnung vereinbart, die Garage weiterhin zu behalten. George hat seitdem mehrfach den Job gewechselt, und die meisten dieser Jobs waren mit Reisen verbunden. Also benutzt er den Rover immer noch.«

Wieder entstand ein kurzes Schweigen. Dann sagte Johnny: »Ich fürchte, Sally und ich haben dem etwas hinzuzufügen. Wir haben der Polizei bisher noch nichts davon erzählt. Aber ich denke, jetzt werden sie davon erfahren müssen.«

Die Geschichte von Willesdons Besuch bei Mercator schien bei den Anwesenden einen starken Eindruck zu hinterlassen. Christopher zeigte sich sehr interessiert, und Danby polterte: »Donnerwetter! Er war's! Er ist der Schuldige! Er war schon immer ein übler Kerl – undiszipliniert und andauernd betrunken und dazu noch vollkommen unfähig. Er ist wieder hergekommen – vielleicht hoffte er ja auf ein Gespräch mit Richard –, hat sich erneut mit Mercator gestritten und ihn dann umgebracht.«

»Ich fürchte, wir werden dazu ein paar mehr Beweise brauchen, Sir«, widersprach Richard niedergeschlagen. »Für einen vorsätzlichen Mord hätte er kein Motiv gehabt –

ich meine, er konnte ja schließlich nicht sicher sein, dass er seine Arbeitsstelle nach Marks Ableben zurückbekommen würde. Selbst wenn Mark keine Gelegenheit mehr gehabt hätte, mich davon zu überzeugen, dass Willesdon als Verwalter vollkommen unbrauchbar war, hätte doch Christopher über alles Bescheid gewusst. Christopher hat von dem ganzen Schlamassel erfahren, als er meinen Nachlass geregelt hat, und George durfte nur noch deshalb bis zum Verkauf des Hauses seinen Job behalten, weil Lisa es nicht übers Herz gebracht hat, ihn zu feuern.«

Johnny erklärte widerstrebend, dass der Mord nicht notwendigerweise vorsätzlich geschehen sein musste. Richard runzelte die Stirn und sagte dann: »Also gut. Aber warum sollte George überhaupt noch einmal mit Mark sprechen wollen? Er hätte nichts damit gewonnen, wenn es ihm gelungen wäre, Mark zum Schweigen zu überreden. Er muss gewusst haben, dass Christopher mir auf jeden Fall von seiner Unzulänglichkeit berichten würde, falls Mark es nicht täte. Am Ende war ich sein Ansprechpartner in dieser Sache. Er hat in den letzten Tagen andauernd bei Lisa angerufen, und sie hat ihn immer wieder vertröstet.«

Lisa sagte unglücklich: »Das stimmt. Aber – er hat gewusst, dass du gestern hier warst, Richard. Er hat angerufen, kurz nachdem du losgefahren bist, und ich habe ihm erzählt, dass du nach Westwater gefahren bist.«

»Na, da haben wir's doch«, meinte Danby. »Er ist hergekommen, weil er glaubte, Sie hier unter Druck setzen zu können. Er kam unmittelbar nach Ihrer Abfahrt hier an und ist dann eben stattdessen zu Mercator gegangen.«

Erneut verfielen alle in Schweigen. Dann sagte Lisa: »Wir sollten weitermachen. Würden Sie uns jetzt bitte Ihren Bericht geben, Colonel Danby? Was haben Sie getan, nachdem Sie den Rover haben fortfahren lassen?«

Der Colonel wirkte ein wenig irritiert. »Nun«, sagte er, »danach dachte ich, dass ich mir mal Mercators Farm anschaue. Sie wissen ja, wir hatten – äh – wir hatten deswegen eine kleine Auseinandersetzung. Tja, also, die Sache ist die, ich – äh – ich wollte nachschauen, ob die Arbeiten immer noch stillstehen oder ob er Sie, Richard, vielleicht dazu überredet hatte, ihn damit weitermachen zu lassen. Ich bin von dem Westtor nicht wieder zurück und über die Straße gefahren, sondern habe das Auto auf dem westlichen Zufahrtsweg stehen lassen und den Park zu Fuß durchquert. Das dauert schließlich nur ein paar Minuten. Als ich an dem Bauernhof ankam, sah es für mich so aus, als hätte man die Bauarbeiten fortgesetzt, also bin ich zum Auto zurückgegangen und weiter bis zum Haus gefahren, um – äh – Ihren Onkel zu fragen, was denn jetzt Sache ist, wissen Sie? Ich habe ihn vorgefunden, wie er tot auf seinem Stuhl saß, und im nächsten Moment hat Fenton den Raum betreten.«

Richard sagte leise: »Er hat die Bauarbeiten nicht fortsetzen lassen, Sir.«

Der Colonel sah einen Moment lang wie ein ältliches Baby aus, das jeden Moment in Tränen ausbrechen wird. Dann sagte er: »Naja, wie auch immer, es gibt keinen Beweis dafür, dass ich zum Bauernhof gegangen bin. Niemand hat mich dort gesehen. Ich hätte nichts in der Hand, wenn mir jemand unterstellen würde, ich sei sofort zum Haus gegangen.«

Richard warf einen Blick in die Runde. »Hat irgendjemand das Auto des Colonels gehört?«

Wie es schien, hatte niemand zwischen zwanzig nach

zwei und Viertel vor vier überhaupt irgendein Auto gehört. Als Nächstes ging man zu Christophers Bericht über, den Lisa – nicht ohne erhebliche Schwierigkeiten – mit viel Geschick aus ihm herauslockte. Nachdem man ihn um zwanzig nach zwei im Salon allein gelassen hatte, war er zur Terrassentür hinaus und in den Garten gegangen. Gegen halb drei war er einem der Gärtner begegnet, hatte jedoch sonst niemanden gesehen. Er war gegen Viertel vor drei in den Salon zurückgekehrt, um sich für Mercator bereitzuhalten, hatte sich mit einer Zeitschrift in einen Sessel gesetzt und war schon bald darauf eingenickt. Er war erst aufgewacht, als Sally den Raum betreten und ihm berichtet hatte, dass Mercator tot war.

Als Letzte machten die Heldars ihre Aussage. Sie fiel recht kurz und schlicht aus und half nicht im Geringsten weiter.

* * *

Danach entstand eine längere Pause, in der alle ihren Gedanken nachhingen. Plötzlich klopfte jemand dezent an die Tür. Richard rief: »Herein!«

Fenton trat ein. Sein Gesicht war von einer leichten Besorgnis erfüllt.

»Ja, Fenton, was ist?«, fragte Richard.

»Bitte entschuldigen Sie mein Eindringen, Mr Richard.« Er sah sich fast unmerklich in der Runde um, als sei er nicht ganz sicher, wer von ihnen der geeignete Adressat für die Information war, die er zu überbringen gedachte. Dann gab möglicherweise die Autorität, die Richard ausstrahlte, den Ausschlag.

»Ich empfand es als meine Pflicht, Mr Richard, Sie darüber in Kenntnis zu setzen, dass Gloria – will sagen, eines der Hausmädchen – sich im Besitz gewisser Informationen befindet, die möglicherweise mit Sir Marks Tod in Verbindung stehen könnten, sei es auch noch so indirekt.«

Richards Lippen zuckten kurz, als wollte er lächeln. Dann meinte er ernst: »Was für Informationen, Fenton?«

Aber Fenton war sichtlich entschlossen, die Geschichte auf seine Art zu erzählen. »Das Mädchen hätte zweifellos schon eher etwas sagen sollen, Mr Richard. Wie ich ihr selbst mitgeteilt habe, wäre es ihre Pflicht gewesen, diese Informationen Inspektor Mason zukommen zu lassen, als er sie gestern befragt hat. Es widerstrebte ihr jedoch, eine Person zu belasten, die, wie sie meinte, ihr gegenüber immer recht freundlich gewesen sei, und ich denke, man kann mit Fug und Recht behaupten, dass ihr die potenzielle Bedeutung dessen, was sie beobachtet hatte, nicht zur Gänze bewusst war.«

Richard lächelte. »Mr Sheringham wird schon dafür sorgen, dass sie vom Zorn des Inspektors verschont bleibt. Also, wer ist diese Person?«

»Das Mädchen, Mr Richard, konnte sich einiger Gewissensbisse nicht erwehren, als sie erfuhr, dass Mr Deane heute morgen nicht mehr anwesend war, und ihre anfänglichen Zweifel ob der Rechtschaffenheit ihres Verhaltens verschärften sich noch, als sich herausstellte, dass er sich – ähem – gar nicht mehr in der Nähe aufhält. Schließlich hat sie ihre Bedenken dann Annie mitgeteilt, die es für das Beste hielt, die Angelegenheit an mich weiterzuleiten.«

»Na schön, Fenton. Dann bringen Sie diese Gloria mal zu uns hoch.«

Fenton zog sich zurück, und Christopher sagte: »Ich denke, es wäre besser, wenn du und ich das Mädchen allein befragen würden, Richard.«

»Nein«, entgegnete Richard. »Wir haben uns schließlich darauf geeinigt, dass wir alle gemeinsam die nötigen Informationen sammeln. Wir werden alle mit ihr sprechen.« Er musste plötzlich grinsen. »Ich liebe es, wie Fenton sich ausdrückt. Geht es Ihnen nicht auch so? Bei ihm sitzt jedes Wort.«

Gloria musste irgendwo in unmittelbarer Nähe gewartet haben, denn Fenton brachte sie fast sofort zu ihnen und zog sich dann selbst zurück. Sie war sehr jung, sehr klein und sehr schüchtern. Sally kam zu dem Schluss, dass es sich bei ihr um ein Kind aus einer Bauernfamilie handeln musste, das nun auf Westwater Manor vom Butler ausgebildet wurde. Das Mädchen blieb direkt neben der Tür stehen und bemühte sich verzweifelt, nicht ständig vor lauter Angst ihre Hände in der Schürze zu vergraben. Man sah ihr deutlich an, dass sie geweint hatte.

Christopher räusperte sich, aber Richard bedeutete ihm mit einer Geste zu schweigen und erhob sich von seinem Stuhl. »Du bist ja Gloria Worsley!«, sagte er.

»Ja, Sir.« Ihre Antwort war ein kaum hörbares Flüstern.

»Also ist der alte William Worsley dein Großvater?«

»Das stimmt, Sir.«

Richard lachte. »Er ist ein guter alter Freund von mir. Er hat mich oft zum Angeln mitgenommen, als ich noch ein Junge war. Und nicht unbedingt immer bei Tageslicht.«

Gloria lächelte. »Das hat er mir erzählt, Mr Richard.« Die sorgfältige Aussprache des Englischen, mit der sie sich als gut trainiertes Hausmädchen zuvor noch große Mühe gegeben hatte, begann ihr zu entgleiten, und man hörte immer deutlicher ihren ursprünglichen Hampshire-Akzent heraus. Sie war ein paar Schritte in den Raum gekommen und stand nun unmittelbar vor Richard.

»Der alte Schurke«, sagte Richard. »Sag ihm, dass ich ihn bei Gelegenheit mal besuche. Also schön, Gloria, du glaubst, dass es da etwas gibt, was du uns über Mr Deane erzählen solltest. Und du wolltest es erst nicht erzählen, weil er freundlich zu dir war?«

»Ja, Mr Richard.« Sie sah mit ernstem Gesicht zu ihm hoch, wie er da vor ihr stand und sie um einige Haupteslängen überragte, und Sally dachte plötzlich, dass er mit seinem erstaunlichen Lächeln und seiner tragischen Geschichte wahrscheinlich die ideale Verkörperung sämtlicher Helden sämtlicher Geschichten aus sämtlichen Frauenzeitschriften war, die dieses Mädchen jemals gelesen hatte. Gloria traten erneut die Tränen in die Augen, und Sally war davon überzeugt, dass diese Reaktion nicht allein auf die Geschichte mit Deane zurückzuführen war.

»Er ist immer freundlich zu mir gewesen«, sagte sie. »Ich meine, damit will ich nicht sagen, dass Sir Mark nicht freundlich zu mir war! Sir Mark war der freundlichste Gentleman, den ich kenne. Aber ich hab' mich so'n bisschen verloren gefühlt, als ich hier anfing. Es ist ein großes Haus, wenn man nicht dran gewöhnt ist – und Mr Deane war eben auch freundlich zu mir. Damit meine ich aber nichts Schlimmes, Mr Richard, er hat sich immer wie ein Gentleman verhalten. Aber er hat eben immer was Freundliches gesagt, wenn er mich gesehen hat. Ich hab' immer gedacht, dass er sich vielleicht auch ein bisschen verloren gefühlt hat.«

»Das ist gut möglich«, sagte Richard. »Aber was ist denn nun passiert, Gloria?«

»Also, Mr Richard, ich hab' gestern Nachmittag das Silber geputzt, und dann bin ich in den Speisesaal gegangen, um den Teil, mit dem ich fertig war, wieder wegzuräumen. Es war grad fünf nach drei. Ich bin durch die grüne Tür gekommen, die zu den Quartieren der Dienerschaft führt, wissen Sie, und da hab' ich gesehen, wie Mr Deane grad in das Arbeitszimmer gegangen ist. Er hat mich aber nicht gesehen.«

Auf diese Worte hin breitete sich ein erstauntes Schweigen aus. Dann fragte Richard: »Und du hast ihn nicht wieder herauskommen sehen?«

»Nein, Mr Richard. Er war nirgends zu sehen, als ich wieder aus dem Speisesaal gekommen bin.«

»Und du bist ganz sicher, dass das um fünf nach drei war, Gloria?«

»Ja, Mr Richard, ganz sicher. Und Mr Fenton wird dasselbe sagen. Er ist nämlich in die Speisekammer gekommen, als ich gerade das Silber geputzt habe, und hat gesagt, ich soll mich beeilen, wenn ich vor der Teestunde damit fertig werden will.«

Fenton wurde zurückgerufen und bestätigte diese Aussage. Richard bat ihn sehr taktvoll, ihnen einen Bericht darüber zu geben, was er selbst am gestrigen Nachmittag unternommen und wo er sich aufgehalten hatte, und erfuhr, dass Fenton nach halb drei, als er das Tablett mit den Kaffeetassen aus dem Salon geholt hatte – zu welchem Zeitpunkt sich anscheinend Christopher nicht im Raum befunden hatte –, den Ostflügel des Hauses nicht mehr verlassen hatte. Erst um Viertel vor vier war er wieder zum Arbeitszimmer gegangen, um zu fragen, ob er trotz der Besprechung, die Sir Mark mit Christopher abhalten wollte, den Tee wie üblich um vier Uhr servieren solle. Zwischen zwanzig nach zwei und Viertel vor vier habe er kein Auto gehört, sagte er, und fügte hinzu, mit einiger Sicherheit behaupten zu können, dass auch kein anderes Mitglied der Dienerschaft etwas in dieser Richtung vernommen habe. Vom Ostflügel aus könne man aber auch ein Auto, das auf dem westlichen Zufahrtsweg entlangfuhr, ohnehin nicht hören. Unter gewissen Umständen wäre es eventuell möglich, ein Auto in den Hof hinein- oder aus ihm herausfahren zu hören, aber von etwa zwanzig vor drei an habe er selbst sich zusammen mit Emmanuel und Antoine größtenteils im Zimmer der Haushälterin aufgehalten, welches sie – da es ja keine Haushälterin mehr gebe – zu ihrem Wohnzimmer gemacht hätten. Die Hausmädchen hingegen seien, mit Ausnahme von Gloria, in der Gesindestube versammelt gewesen. Beide Räume befänden sich, genau wie die Vorratskammer, in der Gloria das Silber geputzt habe, auf der Ostseite des Gebäudes, von wo aus man auf den Küchenhof hinausschaue, und sowohl im Wohnzimmer als auch in der Gesindestube sei das Radio eingeschaltet gewesen. Es sei daher äußerst unwahrscheinlich, dass einer von ihnen ein Auto hätte hören können. Aus Fentons Aussage wurde darüber hinaus sehr deutlich, dass dieses Thema – wahrscheinlich infolge von Masons Befragungen – im Ostflügel ausführlich diskutiert worden war. Nachdem Fenton und Gloria sich zurückgezogen hatten, waren sich die Anwesenden deshalb einig, dass keine Notwendigkeit bestand, auch die übrigen Dienstboten zu diesem Thema zu befragen.

Darüber hinaus einigte man sich darauf, dass gewisse Informationen sofort der Polizei mitgeteilt werden sollten, als da wären die Geschichte von Willesdon und dem Rover, der Umstand, dass Richard den Armstrong gefahren hatte, Willesdons Streit mit Mercator und Glorias Aussage über Deane. Der Colonel hatte sich auf Glorias Aussage gestürzt und diese in Kombination mit Deanes Verschwinden zum unwiderlegbaren Beweis für dessen Schuld erklärt. Richard wies jedoch darauf hin, dass für den Fall, dass Deane der Schuldige sei, dies immer noch nicht die Anwesenheit des Rovers erkläre. Der Colonel brummte vor sich hin, stimmte ihm dann jedoch zu und erklärte, die Geschichte dem Polizeichef persönlich vortragen zu wollen. Es bedurfte der gemeinsamen Anstrengung sämtlicher Anwesenden, ihn davon zu überzeugen, wie unklug es wäre, Mason auf diese Art und Weise zu übergehen, und dass es auf jeden Fall die klügere Vorgehensweise sei, zunächst alles dem Wachtmeister zu berichten, der unten in der Eingangshalle postiert war. Alle hatte zudem, ohne dies offen auszusprechen, das Gefühl, dass sich Christopher besser als Wortführer eignete als Danby. Schließlich einigte man sich auf einen Kompromiss, und Danby und Christopher gingen gemeinsam nach unten.

Die Heldars waren auf ihrem Zimmer, als der Gong für das Mittagessen ertönte. Als sie in den Flur hinaustraten, kamen ihnen Lisa und Richard aus der Richtung des Westflügels entgegen.

Lisa meinte ein wenig besorgt: »Der Polizeiarzt war eben hier. Er wollte sich nicht festlegen, weder Richard noch Christopher gegenüber. Ich fürchte, er wird erklären, dass Richard durchaus in der Lage ist, ein Verhör durchzustehen. Und jetzt besteht Richard auch noch darauf, zum Essen herunterzukommen. Ich halte das für alles andere als klug, solange dieser Polizist noch in der Halle steht.«

Johnny warf Richard einen kurzen Blick zu und sagte dann: »In seinem eigenen Haus zum Essen herunterzukommen ist nicht ganz das Gleiche wie von der Polizei befragt zu werden.«

»Es dürfte jetzt ohnehin keinen Unterschied mehr machen«, sagte Richard. »Palliser hat mich schließlich bereits untersucht. Und ich werde heute Nachmittag auf jeden Fall mit Mason sprechen, so oder so. Als er von dem Wachtmeister unseren Bericht erfahren hat, hat er gesagt, er wolle so bald wie möglich herkommen.«

Lisa öffnete den Mund, um zu protestieren, schloss ihn dann jedoch wieder. Sie starrte auf einen Punkt hinter Sallys Schulter, und die anderen drehten sich um und folgten ihrem Blick. Von dort, wo sie standen, konnten sie einen Großteil beider Emporen sehen und geradewegs in den Flur hineinschauen, der sich dem ihren genau gegenüber befand. Dort ging Deane, so gebeugt, linkisch und bleich wie immer – seelenruhig und leise und vollkommen unverhohlen, als hätte er das Haus nie verlassen.

FÜNFTES KAPITEL

Das Mittagessen wurde zu einer seltsamen Mahlzeit – seltsam deshalb, weil auf den ersten Blick alles war wie immer. Richard Thaxton saß am Kopf seines eigenen Tisches, unmittelbar unterhalb des Portraits von Mercators Frau, deren Gesichtszüge eine bemerkenswerte Ähnlichkeit mit den seinen aufwiesen. Er wirkte nervlich immer noch sehr angespannt, doch schien das nicht an seiner neuen Rolle in diesem Haus zu liegen. Er erweckte vielmehr den Eindruck, als hätte er diese seit bereits zehn Jahren inne. Sally saß zu seiner Rechten und Lisa zu seiner Linken, und obwohl niemand besonders viel sagte, plätscherte die Unterhaltung doch dahin. Keiner von ihnen mochte recht glauben, was er gerade in der Eingangshalle gesehen hatte. Deane war die Treppe hinuntergegangen und schnurstracks in die Arme des unten postierten Wachtmeisters gelaufen. Auf die Frage des Wachtmeisters, wo er denn gewesen sei, antwortete Deane mit recht glaubwürdiger Gelassenheit, er habe den Vormittag mit einem Spaziergang im Park verbracht. Nein, er habe nicht gewusst, dass es ihm nicht erlaubt gewesen sei, in den Park zu gehen. Der Wachtmeister hatte ihn daraufhin aufgefordert, in der Halle zu warten, und war im Telefonzimmer verschwunden, wobei er die Tür offen gelassen hatte. Deane nahm Platz und wartete. Nach seiner

Rückkehr bat ihn der Wachtmeister sehr ruhig und ernst, die Eingangshalle bis auf Weiteres nicht zu verlassen, wobei seine Bitte jedoch eher einem Befehl gleichkam.

Als sie nach dem Essen zum Salon hinübergingen, war Deane verschwunden. Fenton servierte den Kaffee und sagte als Antwort auf Richards Frage, dass vor einigen Minuten ein Polizeiauto eingetroffen sei, das Mr Deane mitgenommen habe. Er selbst habe, so fügte er hinzu, Mr Deane ein Tablett mit dem Mittagessen in die Halle bringen lassen.

»Dann ist er wohl verhaftet worden«, sagte Lisa unglücklich, nachdem Fenton gegangen war. »Falls es nur um eine Befragung gegangen wäre, hätte Mason das auch genauso gut hier tun können.«

»Nicht unbedingt«, entgegnete Christopher. »Man darf nicht vergessen, dass er der Polizei durch seinen kleinen Ausflug wahrscheinlich recht viel Umstände gemacht hat. Vielleicht wollte man ihn auch nur die Verärgerung spüren lassen.«

»Aber es sprechen recht viele Indizien gegen ihn«, meinte Lisa. »Und er hätte meiner Meinung nach vielleicht sogar ein Motiv gehabt. Wir wissen, dass Onkel Mark ihm fünfhundert Pfund hinterlassen hat.« Sie schien den missbilligenden Blick, den Christopher ihr daraufhin zuwarf, nicht zu bemerken.

»Wir können nicht sicher sein, dass ihm dieser Umstand bekannt war«, sagte Richard. »Ich würde es sogar eher bezweifeln, dass Mark ihm das erzählt hat. Und es scheint mir auch nicht ein so großes Vermögen zu sein, dass sich deswegen ein Mord lohnt.«

Johnny sah davon ab, Sally einen warnenden Blick zuzuwerfen, und ein solcher war auch gar nicht notwendig. Sally wusste selbst nur zu gut, dass sie nicht das Recht hatten, das Geheimnis mit der Percival-Erstausgabe auszuplaudern.

Die nächste Stunde wurde mit einer eher sporadischen Diskussion verschwendet, die von einer angespannten Stimmung geprägt war und darüber hinaus zu keinerlei Ergebnissen führte. Um drei Uhr verkündete Fenton, Inspektor Mason sei eingetroffen, und fügte nebenbei hinzu, dass Deane sich in seiner Begleitung befunden habe. Anscheinend hatte Mason den Wunsch geäußert, mit Christopher zu sprechen, aber Richard stand rasch auf und sagte: »Nein, ich werde zuerst mit ihm sprechen.« Es folgte eine kurze Diskussion, aus der Richard jedoch als Sieger hervorging. Er lehnte sogar Christophers Angebot, ihn zu begleiten, entschieden ab.

Als Richard gegangen war, sagte Christopher: »Tja, er will es so haben, und es gibt da etwas, das ich gerne sagen würde, während er nicht anwesend ist. Ich möchte ihn damit nicht unnötig belasten. Mir war von Anfang an klar, dass wir große Probleme mit der Presse haben würden. Mercators Ermordung ist für die Zeitungen ein gefundenes Fressen. Das Gleiche gilt für den Umstand, dass Richard am Leben ist, nachdem er bereits für tot erklärt wurde. Er ist der Presse aus dem Weg gegangen, indem er still und leise heimgekehrt ist, bevor überhaupt jemand mit ihm rechnen konnte, und anscheinend ist es ihm auch während seines Londoner Aufenthalts gelungen, den Fängen der Journalisten zu entkommen. Er war sich dieser Gefahr durchaus bewusst, also haben er und Lisa sich äußerst diskret verhalten.« Lisa nickte besorgt, und Christopher fuhr fort: »Tja, mittlerweile weiß die Presse über seine Heimkehr Bescheid. Ich habe Fenton heute früh gewarnt und ihn gebeten, beide Einfahrtstore verschlossen zu halten. Doch während wir uns oben in Richards Zimmer aufgehalten haben, musste er bereits zwei Reporter abwehren, die über die Parkmauer geklettert waren. Anscheinend hat er sie eiskalt des Grundstücks verwiesen. Aber wir werden es mit ziemlicher Sicherheit mit noch mehr von diesen Leuten zu tun bekommen. Mason würde sich vielleicht bereiterklären, uns zu helfen, aber er kann schließlich keine Absperrkette aus Polizisten um das gesamte Gelände postieren. Also wenn einer von Ihnen einem Reporter begegnet – ganz gleich, wer von Ihnen – bitte denken Sie daran, dass die einzig unverfängliche Antwort lautet: ›Kein Kommentar!‹.«

Richard blieb eine halbe Stunde bei Mason. Dann wurde der Rest der Gesellschaft einer nach dem anderen zu dem Kommissar hereingerufen, um zu den neuen Entwicklungen befragt zu werden und die jeweilige Aussage vom Vortag durchzugehen. Mason informierte sie alle darüber, dass die gerichtliche Untersuchung für zwei Uhr am Nachmittag des nächsten Tages angesetzt war und dass es ihnen, falls sich an den gegebenen Umständen nichts ändern sollte, nach diesem Termin freistand, Westwater zu verlassen.

Es war bereits nach fünf Uhr, als alle Befragungen abgeschlossen waren. Deane hatte sich zum Tee nicht zu ihnen gesellt, und Lisa schlug mit ihrer typisch europäischen Unverblümtheit vor, man möge ihn herbeizitieren, ihm mitteilen, dass alle anderen eine Aussage zu ihren jeweiligen Unternehmungen am Nachmittag des Vortages gemacht hätten und ihn auffordern, das ebenfalls zu tun. Doch selbst Richard fand, das gehe ein wenig zu weit, und als Lisa nicht lockerließ und ihn drängte, verbot er die Sache kategorisch. Sie gehorchte, wenn auch widerstrebend, und schlug schließlich einen kleinen Spaziergang vor. Christopher hielt von diesem Vorschlag erst nicht viel – wahrscheinlich in Anbetracht der Reporter –, aber am Ende kam auch er mit. Sally fiel jedoch auf, dass er die ganze Zeit sehr aufmerksam Ausschau hielt.

Die Gruppe blieb zunächst beisammen, doch nach ein paar Minuten gelang es Lisa dank eines ebenso unauffälligen wie geschickten Manövers, sich zu Sally zu gesellen und mit ihr zusammen ein wenig hinter den anderen zurückzubleiben. Dann sagte sie leise: »Es gibt da etwas, das ich Sie gerne fragen würde, Sally. Nach der gerichtlichen Untersuchung dürfen wir ja alle abreisen. Ich weiß nicht, was Richard dann tun möchte, aber was auch immer das sein sollte, ich werde auf jeden Fall bei ihm bleiben. Ich kann jedoch ohne die Gesellschaft einer Anstandsdame nicht zusammen mit ihm hier auf Westwater Manor bleiben. Vielleicht lege ich als Deutsche mehr Wert auf diesen Punkt als Sie es als Engländerin tun würden, aber man sollte zumindest Rücksicht auf die etwaigen Gefühle von Richards Nachbarn nehmen. Deshalb möchte ich Sie fragen, ob Sie und Johnny oder wenigstens Sie allein uns eine Weile Gesellschaft leisten würden, falls Richard hierbleiben möchte. Ich habe natürlich eigentlich gar nicht das Recht, Sie einzuladen. Aber ich weiß, dass Richard sich sehr darüber freuen würde, Sie hier zu haben. Er hat Sie beide sehr ins Herz geschlossen.«

Sally brauchte einen Moment, um zu antworten. Eigentlich wäre sie am liebsten mit Johnny nach Hause zurückgekehrt. Aber sie wusste, dass sie Lisa ihre Bitte nicht abschlagen konnte.

»Natürlich mache ich das«, antwortete sie dann. »Ich werde noch mit Johnny darüber reden müssen – ich weiß nicht genau, wie seine Pläne aussehen –, aber ich bin mir sicher, dass wir die Sache irgendwie geregelt bekommen.«

»Danke«, sagte Lisa und berührte kurz Sallys Hand.

Die Männer waren ihnen mittlerweile ein ganzes Stück voraus. Lisa sagte unglücklich: »Ich weiß, dass Richard diesen Mord nicht begangen hat. Selbst in einem Augenblick des Zorns würde er so etwas niemals tun. Er hätte niemals einen alten Mann geschlagen, den er liebte, ganz gleich, was die beiden für Meinungsverschiedenheiten hatten. Aber ich habe schreckliche Angst, dass die Polizei zu dem Schluss kommt, dass er der Täter ist.«

»Vergessen Sie den Rover nicht«, meinte Sally.

»Das stimmt. Aber, Sally, ich kann auch nicht recht glauben, dass George diesen Mord begangen hat. Richard hat recht überzeugend dargelegt, dass George kein Motiv für einen vorsätzlichen Mord hatte, und ich denke nicht, dass eine impulsive Tat seinem Naturell entspricht. Er hat sicher seine Fehler und Schwächen – der arme George –, aber er ist nicht gewalttätig veranlagt.«

Sally dachte für sich, dass sie George, falls er vor seiner Ankunft auf Westwater ordentlich dem Alkohol zugesprochen hatte, sehr wohl Gewalttätigkeit zutraute, aber laut sagte sie lediglich: »Ansonsten gibt es niemanden, der in Frage käme, oder? Auch wenn wir natürlich nicht wissen, wie es sich mit Deane verhält. Aber wenigstens Christopher hat doch wohl kein Motiv.«

»Ich wünschte, ich wäre mir da sicher«, sagte Lisa mit unterdrückter Stimme.

Sally warf ihr einen raschen Blick zu. »Er ist doch sicher

nur nach Westwater gekommen, um ein paar geschäftliche Dinge zu regeln.«

»Ja, das denke ich auch. Er hat gesagt, Onkel Mark habe ihn hergebeten und dabei nur gesagt, er wolle über Geschäftliches reden. Er geht davon aus, dass Onkel Mark ihm sein neues Testament geben wollte, damit es ordnungsgemäß aufgesetzt wird.«

»Aber darüber hätten sie sich doch gewiss nicht gestritten. Das ist doch äußerst unwahrscheinlich – selbst wenn Christopher das Testament missbilligt hätte.«

»Da bin ich nicht so sicher«, sagte Lisa. »Sally, ich muss einfach mit jemandem über diese Sache reden. Ich konnte sie heute früh nicht erwähnen – selbst in Christophers Abwesenheit hätte ich nicht reden können.« Sie rang einen Moment lang verzweifelt die Hände und ließ dann die Arme wieder fallen.

»Richard hat gesagt, Mark habe mich nicht gemocht, weil er ein Vorurteil gegen die Deutschen hatte. Das stimmt. Aber es gab noch einen anderen Grund. Ich denke, aufgrund seines Vorurteils war er geneigt, schlecht über mich zu denken. Als wir ihn an dem Tag nach Richards Heimkehr hier besuchten – ist Richard, unmittelbar nachdem Sie den Raum verlassen hatten und bevor er und Mark in das Arbeitszimmer verschwunden sind, ebenfalls kurz aus dem Zimmer gegangen. Und kaum war Richard fort, hat Mark etwas ganz Furchtbares zu mir gesagt. Er hat gesagt, er hätte herausgefunden, dass ich Christophers Geliebte war.«

Sally war sprachlos.

»Es ist nicht wahr«, sagte Lisa schlicht. »Christopher war in mich verliebt und hat um meine Hand angehalten. Ich bin ihm recht oft begegnet – er war sehr nett zu mir, nachdem Richard abgeschossen wurde. Das war aber auch alles. Doch bei Mark war jeder Widerspruch zwecklos – er hatte sich seine Meinung gebildet und war nicht davon abzubringen. Ich müsse Richard aufgeben, forderte er, andernfalls würde er Richard von seiner Entdeckung erzählen. Ich habe gesagt, ich könne das nicht tun, seine Behauptung sei eine reine Unterstellung. Doch das war der Grund für meinen Versuch, unsere Verlobung zu lösen. Richard war ohnehin wütend auf Christopher, weil er gemerkt hatte, dass Christopher in mich verliebt war. Wir waren letzte Woche zusammen in Christophers Büro. Deswegen hatte ich Angst, dass er Marks Behauptungen Glauben schenken würde.«

»Ich verstehe«, sagte Sally. Eine bessere Antwort fiel ihr nicht ein. »Wollen Sie damit sagen, dass Sie glauben, Sir Mark könnte Christopher damit konfrontiert haben?«

»Ich denke, er könnte zu Christopher gesagt haben, dass das der Grund für ein neues Testament war. Und weil der Mord ja möglicherweise nicht vorsätzlich geschehen ist ...«

Nach einem kurzen Moment des Schweigens fuhr sie fort: »Und, Sally, haben Sie daran gedacht, dass es für Christopher ein Leichtes war, das Testament im Telefonbuch zu verstecken? Leichter als für alle anderen? Johnny hat heute früh ausgesagt, dass es Christopher war, der die Polizei und den Arzt angerufen hat. Johnny hat das gesagt – Christopher selbst hat uns diesen Umstand wohlweislich nicht ins Gedächtnis gerufen.«

»Aber warum hätte er das Testament überhaupt verstecken sollen?«, fragte Sally.

»Ich konnte dafür zunächst keinen Grund erkennen. Aber heute Morgen, nachdem das Testament wieder aufgetaucht war, hat er zu Richard und mir gesagt, dass man die

Klausel, die sich auf mich bezieht, mit ziemlicher Sicherheit für null und nichtig erklären könne. Anscheinend neigen die Gerichte in England dazu, Testamentsklauseln für ungültig zu erklären, die sich, wie er es genannt hat, auf ›Heiratsbeschränkungen‹ beziehen. Es ist anzunehmen, dass er nicht von jetzt auf gleich zu dieser Überzeugung gelangt ist. Er könnte deshalb – weil er nicht wusste, dass Richard das Testament bereits gesehen hatte – mindestens zwei verschiedene Überlegungen angestellt haben. Falls er, nachdem er das Testament genauestens durchgelesen hatte, zu dem Schluss gekommen war, dass nur wenig oder gar keine Hoffnung bestand, die Klausel mit der Heirat für ungültig zu erklären, könnte er gedacht haben, dass es besser sei, das Testament für immer verschwinden zu lassen. Richard, das wusste er, hätte mich auf keinen Fall aufgegeben, und auf diese Weise hätte Christopher uns einiges an Ungemach erspart. Und sich selbst hätte er dadurch vielleicht vor der peinlichen Situation bewahrt, erklären zu müssen, warum Mark überhaupt eine solche Klausel eingefügt hatte. Peinlich ist hier vielleicht nicht das richtige Wort, denn sobald ich die Wahrheit über die Beziehung zu Christopher gesagt hätte, hätte Christopher ein Motiv für die Tat gehabt. Falls er jedoch andererseits eine realistische Chance sah, die Klausel für ungültig zu erklären, hatte er uns gegenüber die Verpflichtung zu gewährleisten, dass das Testament auftauchte – an einem Ort, wo jeder es hätte hinlegen können. Das Risiko, nach dem Mord im Arbeitszimmer zu bleiben und es dort zu lesen, konnte er natürlich nicht eingehen. Aber er hätte es sehr wohl im Salon lesen können. Und dann – was wäre leichter gewesen, als in seiner Rolle als Marks Anwalt die Polizei zu rufen?«

Sally verkniff sich die Entgegnung, dass all das ein überaus unprofessionelles Verhalten gewesen wäre. Es war natürlich möglich, dass sich ein Anwalt, der bereits einen Mord begangen hatte, keine Gedanken mehr darüber machen würde, was gegen sein Berufsethos verstößt und was nicht. In diesem Moment wurde sie durch den Colonel gerettet, der zu ihnen kam, um sich zu verabschieden. Sie begleiteten ihn zu seinem Auto und sahen zu, wie er über die westliche Zufahrt davonfuhr. Er war erst ein paar hundert Meter weit gekommen, als ein junger Mann aus dem Gebüsch trat, das dem Garten gegenüberlag, und den Wagen mit einer Geste aufhielt.

»Verdammt!«, sagte Christopher mit einer Leidenschaft, die man sonst gar nicht von ihm kannte. »Das ist ein Reporter. Gehen Sie doch bitte alle rasch ins Haus zurück. Ich werde versuchen, Danby davon abzuhalten, mit ihm zu reden.«

Der Reporter hatte jedoch bereits ein Gespräch mit Danby begonnen. Der Colonel hatte seinen Kopf aus dem Fenster gesteckt, und sein Gesicht wirkte noch röter als sonst. Als Christopher auf ihn zuging, fing der Colonel an zu brüllen und riss die Autotür auf.

Richard sagte mit scharfer Stimme: »Lisa und Sally, geht ins Haus zurück«, und fing an zu laufen. Johnny folgte ihm. Sally sah, dass auch Christopher sein Tempo beschleunigt hatte, und bemerkte dann, dass Danby die Faust erhoben hatte.

Es ließ sich nur schwer sagen, was genau passiert war. Sally meinte gesehen zu haben, wie der Reporter sich geduckt hatte und Danbys Faustschlag danebengegangen war. Aber die anderen Männer hatten ihr teilweise die Sicht versperrt. Mittlerweile waren diese beim Colonel angekommen, und alle redeten gleichzeitig. Sally sah Lisa an und bemerkte, dass sie recht mitgenommen aussah. »Wir sollten besser ins Haus gehen, Lisa«, sagte sie.

Zehn Minuten später gesellten sich Johnny, Richard und Christopher wieder zu ihnen. Lisa fragte rasch: »Er hat ihn doch nicht verletzt, Richard?«

»Nein«, antwortete Richard knapp. »Es ist alles gut, Darling.«

Johnny wechselte das Thema. Er erzählte Sally, Richard habe sie damit beauftragt, die Arbeit in der Bibliothek zu Ende zu führen – eine Aufgabe, die ohnehin früher oder später angegangen werden musste. Die Wertermittlung sollten sie für den Moment außer Acht lassen. Johnny meinte, sie sollten am besten sofort mit der Sortierung der Bücher fortfahren.

Sobald sie in der Bibliothek waren, fragte Sally: »Was ist passiert?«

»Der Reporter hatte sich offenbar als Repräsentant des *Sunday Echo* vorgestellt – was natürlich an sich schon ausgereicht hätte, um einen konventionellen, überzeugten Konservativen wie Danby auf die Palme zu bringen. Als Danby sich dann weigerte, etwas auszuplaudern, war der Reporter anscheinend so unklug, Geld ins Spiel zu bringen. Ich nehme mal nicht an, dass er über besonders viel Erfahrung verfügt.«

»Wahrscheinlich nicht«, meinte Sally. »Aber du könntest mir jetzt mal reinen Wein einschenken. Richard hatte Angst, dass Danby gewalttätig werden könnte. Warum? Woher wusste er das? Danby hat zwar ein aufbrausendes Temperament, aber man würde doch trotzdem nicht damit rechnen, dass er eine vollkommen fremde Person schlägt, mag sie auch noch so nervtötend sein. Und Lisa wusste auch etwas.«

»Ja«, gab Johnny zu. »Richard hätte nicht so scharf reagiert, wenn seine Nerven nicht ohnehin schon blank liegen würden, aber er hatte durchaus Grund zur Besorgnis. Christopher hat ihm das Geheimnis entlockt, nachdem Danby und der Reporter verschwunden waren. Danby ist vor etwa fünfundzwanzig Jahren am Kopf verwundet worden, irgendwo in Indien, und seitdem neigt er zu gelegentlichen Gewaltausbrüchen. Als Richard noch ein Schuljunge war, hat er wohl einmal mit angesehen, wie Danby einen Wilderer niedergeschlagen hat, den er auf seinem Grund und Boden erwischt hatte. Also hat Richard sich verständlicherweise die ganze Zeit Sorgen gemacht, seit er gehört hat, dass Danby entdeckt wurde, wie er neben dem Leichnam stand. Letzte Nacht hat er sogar von dem Vorfall mit dem Wilderer geträumt. Heute früh hat er die ganze Geschichte dann Lisa erzählt, aber sonst sollte niemand davon erfahren, und er will auf gar keinen Fall, dass es irgendjemand der Polizei erzählt. Seiner Meinung nach ist man dort allerdings längst im Bilde – und wenn ich an ein paar von Masons Fragen zurückdenke, würde ich sagen, dass er damit recht hat. Und im anderen Fall ist das noch lange kein Beweis für Danbys Schuld.«

»Ich kann mir nicht vorstellen, dass Sir Mark darüber Bescheid wusste«, meinte Sally nach einem kurzen Moment des Schweigens.

»Nein. Ich bin mir ziemlich sicher, dass er Danby niemals derartig angestachelt hätte, wenn ihm diese Geschichte bekannt gewesen wäre. Er wohnte schließlich erst seit recht kurzer Zeit hier.« Johnny runzelte die Stirn. »Aber das führt wohl meine Theorie über die grundlegende Disziplin von Soldaten ad absurdum.«

Sally stimmte ihm zu. Dann fiel ihr ihre Unterhaltung mit Lisa wieder ein. Johnny war nicht besonders erfreut über die Aussicht, noch länger auf Westwater Manor bleiben zu müssen. Aber ihrer ursprünglichen Einschätzung zufolge wären sie mit ihrer Aufgabe ohnehin erst Ende der laufenden Woche fertig geworden, und Johnny wurde nicht vor Montag in der Londoner Buchhandlung zurückerwartet. Außerdem war es für ihn ausgeschlossen, Sally in Westwater zurückzulassen.

Er hörte sich die Theorien an, die Lisa über Christopher aufgestellt hatte, und meinte dann, er halte nicht viel davon. »Selbst wenn man ihn beschuldigt hätte, Lisas Liebhaber zu sein, bezweifle ich doch sehr, dass er deswegen gewalttätig geworden wäre, und schon mal gar nicht einem viel älteren Mann gegenüber. Und ihre Theorie über das Testament kann ich eigentlich nicht ernst nehmen. Sie ist Ausländerin und weiß daher vielleicht nicht besonders viel über englische Rechtsanwälte. Aber was mich an der Sache sehr wohl interessiert, ist, dass sie uns mit ihrer Erzählung ein sehr viel wahrscheinlicheres Motiv für Mercators negative Einstellung ihr gegenüber geliefert hat. Die Theorie, dass der Grund dafür in seiner pauschalen Abneigung gegen die Deutschen liegt, hat mir ohnehin nicht eingeleuchtet. Es wäre durchaus denkbar, dass Mercator versucht hat, die Verlobung zu unterbinden, weil er etwas gegen die Deutschen hatte, aber ich kann mir nicht vorstellen, dass er so weit gehen würde, Richard deshalb zu enterben. Doch was das Thema Keuschheit anbelangt, so könnte er als Jude eine außergewöhnlich rigorose Einstellung dazu gehabt haben. Falls Mercator davon überzeugt war, dass Lisa die Geliebte eines anderen Mannes geworden war, hätte er wahrscheinlich Himmel und Hölle in Bewegung gesetzt, um die Heirat zu verhindern.« Er hielt inne. »Aber wir werden dafür bezahlt, die Bibliothek in Ordnung zu bringen, und nicht dafür, einen Mord aufzuklären.«

* * *

Die Arbeit in der Bibliothek nahm sie trotz allem voll in Beschlag. Sally konnte zwar die Tragödie nicht vergessen, genauso wenig wie deren Nachspiel, das sich gerade jenseits der Bücherwände zutrug, doch sie und Johnny unterstützten sich gegenseitig darin, sich zu konzentrieren, und so wurden ihre Gedanken immer mehr von der augenblicklichen Tätigkeit eingenommen. Sie fuhr daher vor Schreck fast zusammen, als sich die Tür öffnete und jemand über die Schwelle gestolpert kam.

»Hallo, Deane«, sagte Johnny, während er aus den Tiefen eines Regals auftauchte.

Deane stotterte einen Augenblick lang vor sich hin und fragte dann etwas atemlos: »Hätten Sie etwas dagegen, wenn ich mich kurz mit Ihnen unterhalten würde?«

»Sicher, kein Problem«, meinte Johnny. »Kommen Sie doch herein.«

»Möchten Sie lieber unter vier Augen mit Johnny reden?«, fragte Sally, während sie die Bibliotheksleiter hinunterstieg.

»O nein, bitte, Mrs Heldar. Ich würde mich freuen, wenn Sie – ich meine, ich wollte sagen, ich glaube, dass Sie genauso über die Sache Bescheid wissen wie Mr Heldar.« Der Blick, mit dem er sie ansah, erinnerte sie an einen ängstlichen, eifrig um die Zuneigung seines Herrchens bemühten Hund. Anscheinend wollte er tatsächlich, dass sie blieb.

Sie setzten sich, und Johnny ließ eine Schachtel Zigaretten herumgehen. Als sich alle eine angezündet hatten, sah er Deane an und sagte: »Nun? Was haben Sie auf dem Herzen?«

Deane antwortete stockend: »Ich mache mir schon die ganze Zeit große Sorgen. Ich habe mir nämlich ziemlich schlimme Probleme mit der Polizei eingehandelt und ich weiß nicht, was ich tun soll. Miss Harz wollte, dass ich ihr erzähle, was ich gestern Nachmittag gemacht habe, aber mit ihr konnte ich nicht reden. Dann habe ich mir die Sache ein wenig durch den Kopf gehen lassen und dachte plötzlich, vielleicht könnte ich ja stattdessen mit Ihnen reden. Sie haben – Sie beide waren es ja schließlich, die diese Sache mit dem Percival herausgefunden haben, nicht wahr?« Er verhaspelte sich einen Moment und platzte dann verzweifelt heraus: »Tja, ich war es. Ich habe das Buch gestohlen.«

Dann stürzte er sich in eine ausführliche und verworrene Erläuterung der finanziellen Schwierigkeiten, in denen er steckte. Anscheinend hatte er in seiner Eigenschaft als Mercators Sekretär das ein oder andere über die Vorgänge an der Börse mitbekommen und hatte der Versuchung nicht widerstehen können, sich eine, wie er es ausdrückte, »winzig kleine Wette« zu gönnen. Er hatte Mercator diesbezüglich nicht um Rat fragen wollen, weil er wusste, dass Mercator solche »kleinen Wetten« stark missbilligte, sofern sie von Leuten abgeschlossen wurden, die über keine anderen Rücklagen als ihr Gehalt verfügten. Doch vor vier

Monaten war er einem alten Bekannten namens Landon begegnet, der mittlerweile als externer Makler tätig war, und mit Landons Hilfe hatte er sich dann mit mäßigem Erfolg auf ein paar kleine Wetten eingelassen. Aber er hatte auf Marge gekauft – eine Vorgehensweise, die sich Sally später, als sie wieder allein waren, von Johnny erklären lassen musste, – und sah sich nach seiner dritten Investition plötzlich gezwungen, vor Ablauf des nächsten Abrechnungstags die Summe von etwa hundert Pfund aufzubringen. Er hatte es nicht gewagt, Mercator um Hilfe zu bitten, und besaß selbst nichts, das wertvoll genug gewesen wäre, als dass sich Verkauf oder Verpfändung gelohnt hätte. Das war dann der Moment gewesen, in dem ihm der Einfall kam, eines von Mercators wertvolleren Büchern zu verkaufen.

Seine Darlegung der Kasuistik, anhand derer er versucht hatte, sein Gewissen zu beruhigen, war ebenso ermüdend wie mitleiderregend. Er hatte geglaubt, das Buch später wieder zurückkaufen und in die Bibliothek einfügen zu können. Außerdem waren Bücher für einen alten Mann, der halb blind war, ja ohnehin zu nichts nutze. Falls der Verdacht auf Richard Thaxton fiel, so war dieser schließlich tot, und die Sache konnte ihm daher nicht mehr schaden. Das Ganze war ziemlich genau so vor sich gegangen, wie Johnny es sich schon gedacht hatte. Deane hatte nach anfänglichen Schwierigkeiten die Neuauflage gefunden und hatte daraufhin die Erstausgabe an Mumford verkauft. Dabei war er immerhin so klug gewesen einzusehen, dass es gefährlich gewesen wäre, sich die Kaufsumme bar ausbezahlen zu lassen, hatte es jedoch als gleichermaßen riskant empfunden, bei der Transaktion seinen eigenen Namen anzugeben. Also hatte er einfach ein wenig unverfroren Landons Namen benutzt. Landon, der sich eine halbe Stunde später mit einem Scheck über fünfundneunzig Pfund konfrontiert sah, von einem Wildfremden auf seinen Namen ausgestellt, wollte zunächst ein paar Fragen stellen. Dann hatte er jedoch Deanes vage und wenig überzeugende Erklärung akzeptiert, vielleicht auch nur, weil er es für sicherer hielt, die Wahrheit nicht zu kennen.

Aber Deane war offenbar nicht zum Kriminellen geschaffen. Die Nachricht, dass Richard noch am Leben war, erschütterte ihn sehr. Er war darauf gefasst gewesen, dass die Fälschung irgendwann ans Licht kommen würde, doch als er hörte, dass die Heldars bereits zwei Tage später nach Westwater kommen würden, versetzte ihm das einen weiteren schlimmen Schock. Er war immer nervöser und unglücklicher geworden, bis Mercator ihn am Vormittag nach der Ankunft der Heldars in sein Arbeitszimmer zitiert und ihm die Fälschung der Erstausgabe auf den Kopf zugesagt hatte. In diesem Moment war er fast erleichtert gewesen.

»Er hat gesagt, ich wäre ein verdammter Narr gewesen, aber er hat sehr großzügig reagiert. Er hätte sofort gewusst, dass ich es war, weil ich in letzter Zeit so nervös war und weil Staffelkapitän Thaxton mehr oder minder als einzige andere Person dafür in Frage gekommen wäre. Und von dem wisse er, dass er es unmöglich getan haben konnte. Er würde schon irgendeine Lösung finden, wie er den Percival zurückbekommen kann und dann würde er vier Pfund pro Monat von meinem Gehalt einbehalten, bis ich alles wieder zurückgezahlt habe. Ich nehme an, er hätte schon am Tag darauf etwas wegen des Percivals unternommen, wenn nicht dieser Unfall passiert wäre. So wie die Dinge lagen, hatte er sich dann erst gestern einen konkreten Plan zu-

rechtgelegt. Am Vormittag hat er mir einen Brief diktiert.«
Daraufhin wiederholte Deane grob den Inhalt des Briefes, den Mason den Heldars gezeigt hatte.

»Ich hätte den Brief heute Mr Mumford bringen sollen. Ich habe ihn nach dem Mittagessen auf der Schreibmaschine getippt, und um kurz nach drei bin ich dann damit zum Arbeitszimmer hinübergegangen, um ihn unterschreiben zu lassen. Die Polizei hat mich heute dazu befragt, und ich habe ihnen die Wahrheit gesagt. Ich hatte diese Geschichte zuvor nicht erwähnt, weil ich Angst hatte, dass man mich dann ins Visier nehmen würde. Aber jetzt sagen sie, jemand hätte mich gesehen. Irgendjemand hat wohl behauptet, ich sei in das Arbeitszimmer hineingegangen. Aber das bin ich nicht! Gerade, als ich zur Tür kam, fiel mir wieder ein, dass Staffelkapitän Thaxton wahrscheinlich gerade bei Sir Mark war, und ich habe an der Tür gelauscht, um zu hören, ob er mit irgendjemandem redete. Da habe ich gehört, wie Sir Mark sagte: ›Meine Entscheidung steht fest. Sie wird sich durch nichts und niemanden mehr ändern.‹ Er hat das recht ruhig gesagt, aber es klang ziemlich, naja, ziemlich endgültig. Ich weiß nicht, mit wem er sich unterhalten hat, ich habe keine Antwort gehört. Ich bin daraufhin zurück auf mein Zimmer gegangen und habe beschlossen, mit dem Brief bis nach dem Tee zu warten. Und dann hat die Polizei den Brief auf meinem Schreibtisch gefunden, und ich glaube, sie haben den Verdacht, dass ich ihn selbst geschrieben habe und dann habe herumliegen lassen, um damit zu beweisen, dass ich kein Motiv für den Mord an Sir Mark hatte.«

»Haben Sie zugegeben, dass Sie die beiden Bücher ausgetauscht haben?«, fragte Johnny.

»Nein. Ich – ich habe gesagt, dass das, was Sir Mark in

dem Brief gesagt hat, stimme –, dass ich also den Percival auf seine Anweisung hin verkauft habe.«

»Das war verdammt dumm von Ihnen«, sagte Johnny kurz angebunden. »Und wie haben Sie dann den an Landon ausgestellten Scheck erklärt?«

»Naja, ich habe gesagt, es wäre spät am Nachmittag gewesen, als ich das Antiquariat von Mumford betreten habe – so gegen halb sechs – was tatsächlich auch der Wahrheit entspricht. Ich hätte rasch Bargeld gebraucht und die Banken wären schon geschlossen gewesen. Also habe ich dem Buchhändler Landons Namen genannt, weil ich wusste, dass Landon mir an diesem Nachmittag nach Empfang des Schecks das Geld aushändigen würde. Und ich hätte es für klug gehalten, einen falschen Namen anzugeben, habe ich noch hinzugefügt.«

»Und dann mussten Sie sich natürlich noch vor der Polizei mit Landon in Verbindung setzen und ihn bitten, dieselbe Geschichte zu erzählen.«

Deane hatte der Polizei die Adresse von Landons Büro genannt und behauptet, er habe keine Ahnung, wo Landon wohne. Mason hatte es offenbar nicht der Mühe wert befunden, die Geschichte noch am selben Abend zu überprüfen. Aber es war für Deane unmöglich gewesen, von Westwater aus zu telefonieren, denn in der Halle hatte die ganze Nacht ein Polizist Wache gehalten, der die Tür zum Telefonzimmer vollständig im Blick hatte. Und außerdem misstraute Deane der Diskretion der Vermittlungszentrale von Danesfield. Also war er in den Bus gestiegen, der um Viertel vor acht in Danesfield losfuhr, und hatte von einer Telefonzelle in Fanchester aus bei Landon zu Hause angerufen. Landon hatte sich, wenn auch widerstrebend, bereiterklärt,

Deanes Geschichte zu bestätigen. Deane hatte dann gewartet, bis die Banken öffneten, und hatte irgendeinen Scheck eingelöst, damit er, falls nötig, einen Grund für seinen Ausflug nennen konnte, der den Nachforschungen der Polizei standhalten würde. Er hatte auf den Bus warten müssen, der um halb zwölf nach Danesfield zurückfuhr, und war dann unbemerkt ins Haus gekommen. Als er am Nachmittag befragt wurde, war er hartnäckig bei der Geschichte mit der Bank geblieben, während Mason diese Geschichte ebenso hartnäckig angezweifelt hatte.

»Also was soll ich jetzt tun?«, fragte Deane unglücklich und mit geradezu kindlicher Naivität.

»Nun. Sie haben mich um Rat gebeten«, sagte Johnny. »Gehen Sie und sagen Sie dem Wachtmeister in der Halle, dass Sie Mason die Wahrheit erzählen wollen. Und dann tun Sie genau das.«

»Aber wenn ich zugebe, dass ich den Percival genommen habe –«

»Sie armer Narr«, begann Johnny, beherrschte sich dann jedoch. »Jetzt hören Sie mir mal zu. Mason weiß nur zu gut, dass Sie den Percival gestohlen haben. Er hat uns wegen der Fälschung befragt, und es war vollkommen offensichtlich, dass er nicht den geringsten Zweifel daran hegte, dass Sie für die Sache verantwortlich waren. Also weiß er längst, dass Sie deswegen gelogen haben. Er weiß darüber hinaus, dass Sie gelogen haben, als Sie behauptet haben, Sie seien nur deswegen nach Fanchester gefahren, weil Sie zur Bank gehen wollten. Das ist so ziemlich die unglaubwürdigste Geschichte, die ich jemals gehört habe. Warum sollten Sie Bargeld brauchen, wenn Sie nicht einmal den Dorfladen besuchen dürfen? Also, wenn er weiß, dass Sie hinsichtlich all dieser Punkte gelogen haben, wie soll er Ihnen denn da noch glauben, wenn Sie behaupten, dass Sie diesen Brief nicht einfach selbst geschrieben und gestern Nachmittag das Arbeitszimmer nicht betreten haben?«

Deane musste einsehen, dass Johnny recht hatte. Zuletzt entlockte Johnny ihm noch die Information, dass die Polizei den Percival bei Jimmy Mumford abgeholt hatte, der noch nicht dazu gekommen war, das Buch zu verkaufen, und meinte schließlich, dass sowohl Richard als auch Mason die Wahrheit würden erfahren müssen. Aber Deane sah sich außerstande, die Sache Richard zu beichten. Schließlich erklärte Johnny sich bereit, das für ihn zu übernehmen, bevor Richard die Geschichte von der Polizei erfuhr. Dann zog Deane los – unglücklich, aber einigermaßen entschlossen –, um mit dem Wachtmeister zu reden.

Johnny seufzte und zündete sich eine weitere Zigarette an. »Was für ein Hasenfuß!«, meinte er. »Aber ich hoffe und glaube, dass er jetzt wenigstens die Wahrheit gesagt hat.«

»Gloria hat behauptet, er habe das Arbeitszimmer betreten.«

»Nicht ganz. Sie hat gesagt, sie hätte gesehen, wie Deane ›grad in das Arbeitszimmer gegangen ist‹. Wenn du einen Mann siehst, der unmittelbar vor einer Tür steht – der vielleicht sogar schon die Hand auf der Klinke hat –, dann gehst du natürlich davon aus, dass er den Raum auch betritt. Du könntest dich aber auch irren. Ich würde Gloria diesbezüglich gern noch ein wenig eingehender befragen. Aber eigentlich geht mich die Sache ja gar nichts an. Mason wird sich darum kümmern.«

* * *

Dass Deane nun zum zweiten Mal in einem Polizeiauto davonfuhr, bereitete Richard offenbar derart große Sorgen, dass Johnny ihn zusammen mit Sally nach dem Abendessen in die Bibliothek mitnahm und ihm dort die ganze Geschichte ohne weitere Umschweife erzählte. Richard nahm sie im Großen und Ganzen mit Erleichterung auf.

»Wenn das alles so stimmt«, sagte er, »dann war es Marks Wunsch, dass man in dieser Sache nicht gegen Deane vorgeht. Dem folge ich selbstverständlich. Er war schließlich Marks Angestellter. Ich werde mit ihm sprechen, sobald er wieder hier ist, und ich werde auch mit Mason darüber reden. Vielen Dank, Johnny, ich bin Ihnen sehr verbunden.«

»Wir haben ihm nur zugehört, mehr nicht«, sagte Johnny. »Wenn Sie uns jetzt entschuldigen würden? Ich denke, wir sollten mit unserer Arbeit hier noch ein wenig fortfahren.«

Sie arbeiteten etwa eine Dreiviertelstunde lang weiter, aber Johnny wirkte zerstreut. Schließlich sagte er: »Mach du noch eine Weile allein weiter, Darling, wenn es dir nichts ausmacht. Ich muss da etwas austüfteln.«

Er setzte sich an den Tisch und nahm sich einen der Papierbögen, die sie für ihre Arbeit benutzten. Sally sah ihm über die Schulter und las die Überschrift: »DEANES AUSSAGE«

»Wir werden dafür bezahlt, die Bibliothek zu ordnen«, sagte sie, »und nicht dafür, in einem Mord zu ermitteln.«

»Schweig gefälligst stille«, meinte Johnny, »du freches Ding!«

Sally küsste ihn auf den Scheitel, und er zog sie auf seinen Schoß. Nach einer Weile sagte er. »Dafür werden wir auch nicht bezahlt. Und jetzt mach dich wieder an die Arbeit, Darling.«

Dann sagte er fast eine Stunde lang gar nichts mehr. Schließlich bat er sie, zu ihm zu kommen und sich das Ergebnis seiner Arbeit anzuschauen. Sie las, was er geschrieben hatte:

DEANES AUSSAGE

Deane sagt aus, dass er am Tag des Mordes gegen 15:15 vor der Tür des Arbeitszimmers stand und mitangehört hat, wie Mercator sagte: »Meine Entscheidung steht fest. Sie wird sich durch nichts und niemanden mehr ändern.«

Diese Worte könnten an jeden der uns bekannten Verdächtigen gerichtet worden sein. Er könnte sie zu Richard gesagt haben, im Hinblick auf das Testament; zu Christopher im Hinblick auf das Testament, dessen Inhalt dieser vielleicht abgelehnt hat; zu George, im Hinblick auf die Empfehlung, die Mercator Richard gegenüber zum Posten des Verwalters abgeben würde; zu Danby, auch wenn das etwas weniger plausibel ist, in Hinblick auf die Empfehlung, die Mercator Richard gegenüber zum Ausbau der Farm abgeben würde, auch wenn es eher unwahrscheinlich ist, dass Mercator so ruhig, bestimmt und endgültig über eine Angelegenheit gesprochen hätte, die er mehr oder weniger als Scherz betrachtete. Oder eben auch zu Deane selbst, im Hinblick auf die Entscheidung, ihn zu entlassen oder gar wegen des Diebstahls der Erstausgabe des Percivals strafrechtlich verfolgen zu lassen. Wir haben nach wie vor keinen Beweis, dass Mercator letztendlich nicht doch zu dieser Entscheidung gelangt ist, und Deane könnte uns von einer Bemerkung erzählt haben, die tatsächlich an ihn selbst gerichtet war, und dabei lediglich die Begleitumstände frei er-

funden haben. Für den Fall, dass er nicht der Mörder ist, kann man seine Aussage jedoch als glaubwürdig betrachten.

* * *

RICHARD *Falls Richard der Mörder ist, waren die Worte, die Mercator um Viertel nach drei geäußert hat, wahrscheinlich an ihn gerichtet. Er hätte Mercator zu jedem Zeitpunkt zwischen Viertel nach drei und, möglicherweise, zwanzig vor vier ermorden und dann immer noch das Haus verlassen können, ohne gesehen oder gehört zu werden. Das hätte ihm genügend Zeit gegeben, um Lisas Wohnung um Viertel vor sechs zu erreichen. Aber was ist mit dem Rover? Es scheint unwahrscheinlich, dass Danby sich geirrt haben könnte, als er behauptet hat, dieses Auto gesehen zu haben.*

Ich denke, es wäre möglich, ein Szenario zu konstruieren, in dem Richard den Mord vorsätzlich begangen hat. In einem solchen Szenario hätte Richard, um Verwirrung zu stiften und möglicherweise auch um George zu belasten, sowohl den Armstrong als auch den Rover gefahren. Er könnte um Viertel vor drei im Armstrong fortgefahren, zu Fuß oder im Rover zurückgekehrt sein, den Mord begangen haben und dann mit dem Rover wieder weggefahren sein. Das würde jedoch mit ziemlicher Sicherheit die Hilfe eines Komplizen oder einer Komplizin erfordern (Lisa?), der oder die dann eines der beiden Autos zurück nach London gefahren beziehungsweise sogar den Rover überhaupt erst hierhergefahren hätte. Eine solche Theorie würde jedoch an dem Umstand scheitern, dass Richard unbedingt damit hätte rechnen müssen, dass sich Mercator bei seiner Rückkehr bereits in der geplanten Unter-

redung mit Christopher befinden würde. Da er nicht im Voraus wusste, dass sich Christopher in Westwater aufhalten würde, sondern dies erst bei seiner Ankunft erfuhr, könnte er zwar einen solchen Mord geplant haben, aber es lässt sich nur schwer vorstellen, wie er ihn ausgeführt haben soll.

CHRISTOPHER Falls Christopher der Mörder ist, waren die um Viertel nach drei von Mercator ausgesprochenen Worte wahrscheinlich an ihn gerichtet. Er könnte Mercator zu jedem Zeitpunkt zwischen Viertel nach drei und etwa zwanzig vor vier ermordet haben. Danach hätte er sich einfach nur zurück in den Salon schleichen müssen – wahrscheinlich durch den Garten, um das Risiko zu vermeiden, dass man ihn im Haus oder durch die Fenster der Bibliothek vorbeigehen sah – und konnte dann in aller Ruhe der weiteren Entwicklungen harren. Aber was ist mit dem Rover?

GEORGE Falls George der Mörder ist, waren die um Viertel nach drei von Mercator ausgesprochenen Worte wahrscheinlich an ihn gerichtet. Er könnte den Mord zu jedem Zeitpunkt zwischen Viertel nach drei und zwanzig nach drei begangen haben, wobei der genaue Zeitpunkt von der Frage abhängt, ob er den Rover bis zum Haus vorgefahren hat oder ihn ein kleines Stück vom Haus entfernt stehenließ, da das Auto um 15:25 Uhr an der westlichen Toreinfahrt gesehen wurde. Es gibt keinerlei Hinweise dafür, welche dieser Möglichkeiten er gewählt haben könnte. Niemand scheint den Rover in der Nähe des Hauses gehört zu haben, aber das Gleiche gilt für Danbys Auto, von dem wir wissen, dass es sich eine Zeitlang in Hörweite befunden haben muss. Falls der Mord vorsätzlich geschah und also geplant war – was in Georges Fall eher unwahrscheinlich ist –, hätte er den Rover mit ziemlicher Sicherheit eine Strecke weit vom Haus entfernt verbergen wollen. Danby hat in seiner Aussage sehr deutlich gemacht, dass er nicht gesehen hat, wie der Rover aus der westlichen Toreinfahrt gekommen ist. Es ist daher durchaus denkbar, dass das Fahrzeug ein ganzes Stück auf der Straße vor ihm her gefahren ist, ohne dass er es bemerkt hat. Es wäre vielleicht noch erwähnenswert, dass George als ehemaliger Verwalter mit der hiesigen Gegend vertraut war und daher eine Stelle gekannt haben wird, an der er den Rover parken konnte, ohne dass er ins Auge fiel.

DANBY Falls Danby der Mörder ist, können wir nicht davon ausgehen, dass er es war, an den um Viertel nach drei Mercators Worte gerichtet waren. In diesem Fall könnte er die Gegenwart des Rovers frei erfunden haben, um Richard zu belasten, und könnte daher die westliche Toreinfahrt lange vor 15:25 Uhr erreicht haben. Es gibt anscheinend, abgesehen von seiner eigenen Aussage, keinerlei Hinweise darauf, dass er die Farm tatsächlich besichtigt hat, bevor er ins Haus gekommen ist. Aber es ist eher unwahrscheinlich, dass er sich eine halbe Stunde mit Mercator gestritten hat, bevor er ihn tötete, und noch unwahrscheinlicher ist es, dass er sich nach dem Mord noch ein paar Minuten im Arbeitszimmer aufgehalten hat. Falls er also um fünf nach drei dort war, hätten wir ihn wohl kaum gegen Viertel vor vier immer noch dort angetroffen. Es ist denkbar, dass (a) Deane das Arbeitszimmer um fünf nach drei tatsächlich betreten hat, dass (b) Christopher *bei Mercator war oder (c) Richard sich immer noch dort befand. Jeder von ihnen könnte, obwohl nicht des Mordes schuldig, bezüglich seiner dortigen Anwesenheit gelogen haben, um sich nicht selbst zu belasten. Oder es wäre, falls Danbys Aussage über den Rover der Wahrheit entspricht, (d) denkbar, dass sich George zu diesem Zeitpunkt im Arbeitszimmer aufhielt.*

In Anbetracht des Zeitfaktors kann man jedoch nicht unbedingt davon ausgehen, dass Danby vor Viertel nach drei Uhr im Haus eingetroffen ist. Falls wir Richards Behauptung, um Viertel vor drei weggefahren zu sein, Glauben schenken können, wäre Mercator daraufhin mit ziemlicher Sicherheit Christopher holen gegangen, falls er immer noch am Leben und in der Lage war, dies zu tun, und zwar spätestens um Viertel nach drei. Es ist daher eher unwahrscheinlich, dass Danby den Mord begangen hat.

DEANE *Falls Deane der Mörder ist, können wir davon ausgehen, dass seine Aussage nicht der Wahrheit entspricht. In diesem Fall hat er wahrscheinlich um fünf nach drei das Arbeitszimmer betreten und könnte den Mord zu einem jeden Zeitpunkt zwischen fünf nach drei und zwanzig vor vier begangen haben. Es ist aber eher wahrscheinlich, dass er die Tat wenige Minuten nach seinem Eintreten um fünf nach drei beging. Mercator hätte sich bestimmt nicht erst mit seinem eigenen Privatsekretär unterhalten – etwas, das er jederzeit hätte tun können –, sondern hätte es stattdessen sicher vorgezogen, Christopher nicht unnötig warten zu lassen. Es ist in der Tat eher unwahrscheinlich, dass Deane den Mord begangen hat, weil – und hier müssen wir erneut davon ausgehen, dass Richard über den Zeitpunkt seines Aufbruchs die Wahrheit gesagt hat – Mercator mit ziemlicher Sicherheit vor fünf nach drei in den Salon gegangen wäre, um Christopher zu holen, falls er noch am Leben und in der Lage war, dies zu tun. Es ist jedoch andererseits denkbar, dass Mercator infolge seiner Unterredung mit Richard derart aufgewühlt war, dass er eine Weile allein bleiben wollte, um sich zu sammeln. Aber was ist mit dem Rover?*

* * *

NOTABENE *Diese Liste wurde in vollkommener Unkenntnis der medizinischen Beweislage erstellt. Es scheint jedoch eher unwahrscheinlich, dass der medizinische Befund die Sachlage, so wie sie sich uns im Augenblick darstellt, grundlegend verändern wird. Ganz gleich, ob nun Deanes Aussage wahr oder falsch ist, können wir relativ sicher sein, dass Mercator nicht vor 15:05 gestorben ist. Ein terminus ad quem vor 15:30 würde die Unschuld Danbys beweisen.*

* * *

»Ich weiß nicht, ob uns das weiterbringt«, sagte Johnny. »Aber es macht eine Sache relativ klar. Falls die Anwesenheit des Rovers nicht reiner Zufall war – also falls George nicht vollkommen zufällig gestern hierhergekommen ist, ohne Mercator zu ermorden –, müssen wir das Fahrzeug bei unseren Überlegungen berücksichtigen. Und es gibt nur zwei glaubwürdige Theorien, die die Anwesenheit des Rovers erklären würden: (a) dass George der Mörder ist und

(b) dass Danby der Mörder ist, in welchem Fall er ein Motiv hätte, die Anwesenheit des Rovers frei zu erfinden.«

»Ich halte George für die wahrscheinlichere Lösung.«

Johnny nickte. »Danby mag zwar zu Gewaltausbrüchen neigen, aber in meinen Augen ist er ein von Grund auf ehrlicher Mensch. Falls er Mercator ermordet hat, bezweifle ich sehr, dass er danach versuchen würde, den Verdacht auf jemand anderen zu lenken – am allerwenigsten auf Richard, den er anscheinend sehr gern hat. Und ich möchte ja über niemanden den Stab brechen, aber wir dürfen nicht vergessen, dass von all diesen Personen, die für den Mord in Frage kommen, George die Person mit dem schlechtesten Leumund ist.«

SECHSTES KAPITEL

George Willesdon traf am nächsten Tag kurz vor dem Mittagessen ein. Sein Erscheinen war für alle ein kleiner Schock, zumal er einfach ohne jede Vorwarnung in den Salon marschierte. Offenbar hatte er Fenton, der mit unglücklicher und unverkennbar empörter Miene hinter ihm auftauchte, keine Gelegenheit dazu gegeben, ihn anzukündigen.

»Hallo, Dickie!«, sagte er fröhlich. »Schön, dich wiederzusehen, alter Junge. Du scheinst in London nicht besonders erpicht darauf gewesen zu sein, deine alten Freunde zu treffen, aber wenn ein Mann zu einem Mädchen wie Lisa zurückkehrt, dann muss man wohl ein wenig Nachsicht walten lassen, was?« Er klopfte Richard herzlich auf die Schulter und küsste Lisa auf beide Wangen.

Die beiden ertrugen diese Begrüßung erstaunlich gleichmütig. Richard hieß ihn zumindest dem Anschein nach freundlich willkommen und stellte ihn den anderen vor. George schien durch die Gegenwart der Heldars einen Moment lang ein wenig peinlich berührt zu sein, hatte sich jedoch rasch wieder gefangen.

»Ich freue mich sehr, Sie wiederzusehen, Mrs Heldar. Als wir uns das letzte Mal begegneten, habe ich mich ein wenig danebenbenommen, nicht wahr? Tut mir leid. Aber jetzt können wir ja nochmal ganz neu anfangen, meinen Sie nicht?« Er taxierte sie mit unverhohlener Anerkennung. Aber George schien ohnehin kein Mensch der leisen Töne zu sein oder mit etwas hinter dem Berg zu halten. Oder vielleicht doch?, fragte Sally sich unbehaglich. Dann schüttelte er Johnny die Hand. »Heldar, alter Junge. Ich hoffe, Sie tragen mir nichts nach?«

Sally kam zu dem Schluss, dass George vor seinem letzten Besuch viel zu tief ins Glas geschaut hatte, um sich an irgendwelche Einzelheiten zu erinnern. Er war auch jetzt ein wenig betrunken, ansonsten würde er gewiss nicht derart unverfroren auftreten. Trotzdem fiel es ihr schwer zu glauben, dass es sich hier um ein und dieselbe Person handelte.

Er begrüßte Christopher mit derselben Herzlichkeit, traf dort jedoch auf einen äußerst kühlen Empfang. Als Nächstes ließ er seinen Blick hoffnungsfroh zu dem Tablett mit den Getränken wandern. Aber Richard wusste sehr geschickt mit ihm umzugehen. Er reichte ihm lediglich ein kleines Glas Sherry und forderte ihn auf, dieses mitzunehmen, als sie zum Lunch hinüber in den Speisesaal gingen. Sie nahmen das Mittagessen recht früh ein, erklärte Richard ihm, wegen der gerichtlichen Untersuchung.

Christopher fragte George unverblümt, ob er denn als Zeuge geladen sei. Daraufhin zog dieser seine Augenbrauen in die Höhe und meinte: »O nein. Zu dem Mord kann ich rein gar nichts sagen. Ich bin nur hergekommen, um dem guten alten Dickie zur Seite zu stehen. Ich dachte, er würde sich über die Gesellschaft eines alten Freundes freuen, wissen Sie? Wie es der Zufall so wollte, war ich sowieso grad in Fanchester, also bin ich mit dem Bus hergekommen, der dort um halb zwölf abfährt. Dieser Bursche von der Polizei – wie war nochmal sein Name, Mason, oder? – wollte mir ein oder zwei Fragen stellen. Über diese kleine Geschichte neulich abends, Sie wissen schon. Aber ich konnte ihm nicht so richtig weiterhelfen.«

Richard verhielt sich absolut bewundernswert, und alle hielten es für ihre Pflicht, ihn dabei zu unterstützen, sodass das Mittagessen sehr viel besser verlief als befürchtet. George selbst schien überhaupt nicht zu bemerken, dass der Empfang nicht besonders herzlich ausgefallen war.

Gegen zehn vor zwei machten sie sich auf den Weg ins Dorf. Christopher hatte darauf bestanden, dass sie auf keinen Fall zu früh dort eintrafen, weil er meinte, die Presse würde ihnen zweifellos scharenweise auflauern. Richard nahm Lisa und Fenton im Armstrong mit, und Johnny sorgte dafür, dass Sally ebenfalls bei Richard mitfuhr, während er George zusammen mit Christopher und Deane in sein eigenes Auto bugsierte. Richard fuhr voraus, da er den Weg kannte.

Danesfield war ein winziger Ort. Die gerichtliche Untersuchung sollte in der Wirtsstube der ›Thaxton Arms‹ stattfinden. Vor dem Eingang des Gasthauses hatte sich eine kleine Menge zusammengeschart. Einige von ihnen waren offenbar Dorfbewohner, andere gehörten jedoch zweifellos zur Presse. Sally erkannte den jungen Mann vom *Sunday Echo* wieder. Richard fuhr in den Hof des Wirtshauses. Nachdem er ausstiegen war, sagte er: »Schnell, alle zur Hintertür!«

Fast hätten sie es geschafft. Doch als sie sich der Tür näherten, waren sie plötzlich von einer Reporterschar umringt.

»Guten Tag, Mr Thaxton, könnten wir eine kurze Stellungnahme –«

»Wie hat man Sie in China behandelt, Herr Staffelkapitän?«

»Bitte, nur eine Minute, Mr Thaxton!«

Ein Blitzlichtgewitter entlud sich über sie. Im nächsten Moment öffnete sich die Tür, ein freundliches rotes Gesicht erschien dahinter, und eine tiefe Stimme meinte: »Kommen Sie rasch herein, Mr Richard.«

Richard zog Lisa mit sich, und die anderen folgten ihm. Sally spürte Johnnys Hand auf ihrem Arm.

Die Verhandlung selbst hätte sehr viel unangenehmer ausfallen können. Die Polizei hatte offenbar entschieden, sie so kurz wie möglich zu halten, und der zuständige Untersuchungsrichter – ein Rechtsanwalt aus Fanchester – war offenbar ganz ihrer Meinung gewesen. Abgesehen von den Polizeibeamten und ein paar medizinischen Sachverständigen wurden nur sehr wenige Personen in den Zeugenstand gerufen. Als Erster ging Danby nach vorne, der sich wichtigtuerisch und geschwätzig gab. Dann war Fenton an der Reihe, der seine Aussage mit leiser, respektvoller Stimme tätigte. Danach kam Johnny, der sehr ruhig und überzeugend auftrat. Und schließlich trat Richard vor und identifizierte den Leichnam. Er trug einen Anzug, der offenbar noch aus der Zeit vor seiner Gefangenschaft stammte und in dem er dünner denn je aussah. Er stellte sich mit seinem bleichen, ausgezehrten Gesicht vor die Jury und machte mit fester, wenn auch ausdrucksloser Stimme seine Aussage.

Richard hatte darauf bestanden, eine Aussage zu machen. Er hätte sich diese Tortur ersparen können – wie sich herausstellte, hatte der Polizeiarzt erklärt, Richard sei nicht in der Verfassung, befragt zu werden –, und sowohl Christopher als auch Lisa hatten seine Entscheidung nicht gutgeheißen und mit großer Sorge aufgenommen. Christopher hatte darauf hingewiesen, dass das Auftauchen des Rovers möglicherweise gar nicht zur Sprache kommen würde. Falls aber Richards Streit mit Mark erwähnt würde – was sehr wahrscheinlich war –, könnte eine aus ungebildeten Landleuten bestehende Jury befinden, dass es durchaus Verdachtsmomente gegen Richard gebe. Richard hatte herzlich darüber gelacht – es war das erste Mal, dass Sally ihn lachen hörte – und hatte Christopher freundlich daran erinnert, dass es zweifellos Verdachtsmomente gegen ihn gebe.

Der Rover wurde nicht erwähnt, und man befragte Richard zu dem Streit, den er frei und offen zugab. Aber die Bedenken waren unnötig gewesen. Die Jury hörte den einzelnen Aussagen ernst und aufmerksam zu, zog sich zurück, kehrte nach ein paar Minuten zurück und befand auf Mord durch eine oder mehrere unbekannte Personen. Der schon etwas betagte Vorsitzende der Jury fügte noch feierlich hinzu: »Und wir würden noch gerne sagen, Sir, dass Mr Richard Thaxton unsere ehrliche Anteilname für den tragischen Tod seines Onkels gilt, den wir alle sehr bewundert und respektiert haben.«

Auf dem Weg nach draußen wurden sie erneut von den Reportern bestürmt – eine Situation, die durch Georges Verhalten noch sehr viel unangenehmer wurde. Er war ihnen durch die Menge bis zu den Autos gefolgt, woraufhin ihm Christopher – vielleicht unklugerweise – eine Hand auf den Arm legte und leise zu ihm sagte: »Hören Sie, Willesdon, Richard ist ziemlich erschöpft. Ich werde versuchen, ihn dazu zu bewegen, dass er sich ein wenig hinlegt. Also wenn es Ihnen nichts ausmacht, wäre es vielleicht besser, wenn Sie nicht wieder mit uns zurückkämen.«

»Kein Problem, alter Junge«, sagte George resigniert, aber so deutlich, dass alle es hören konnten. »Ich weiß schon, wenn ich nicht erwünscht bin. Dann bleibe ich halt einfach hier und geh' mit den Jungs von der Presse was trinken.«

Die Gesellschaft aus Westwater verstummte vor Schreck. Dann sagte Richard leise: »Komm doch zum Tee mit zu uns, George.«

George trank ein paar Tassen Tee, schlug sich den Bauch voll und erging sich dabei in aufgeräumter Stimmung und aller Ausführlichkeit über die gerichtliche Untersuchung. Dabei schien er sich nicht im Geringsten um die Befindlichkeiten der Anwesenden zu scheren. Gegen halb sechs schaute er dann auf die Uhr und sagte: »Sag mal, Dickie, alter Junge, jetzt habe ich doch glatt den Bus um zehn nach fünf verpasst. Sei doch so nett und leih mir den Rover, damit ich noch zurück in die Stadt komme, ja?«

Dieses Mal wirkte das Schweigen der Anwesenden wie versteinert. Richard brach es als Erster und sagte mit bewundernswerter Ruhe: »Es tut mir leid, George, aber der Rover ist nicht hier.«

Georges Augenbrauen schnellten erneut in die Höhe. »Nicht hier?«, fragte er. »Ich dachte, du wärst am Montag damit hierhergefahren?«

»Nein, ich bin mit Lisas Armstrong gekommen.«

»Warum haben Sie geglaubt, Richard sei im Rover hergekommen?«, fragte Christopher scharf.

»Naja, das Auto war nicht mehr da, als ich damit losfahren wollte«, antwortete George. Sein Tonfall klang eine

Spur zu unschuldig, um aufrichtig zu sein. »Ich habe um kurz vor zwölf bei Lisa angerufen, und sie hat gemeint, Dickie wäre gerade eben nach Westwater losgefahren. Ich wollte ihn unbedingt sprechen – du musst zugeben, Dickie, dass es in London nicht gerade leicht war, an dich heranzukommen. Es war verdammt heiß, und da dachte ich, es wäre doch nett, ein bisschen aufs Land rauszukommen. Ich hatte damit gerechnet, dass du mit Lisas Auto fahren würdest, das steht ja viel näher bei euch, und bin deshalb rüber zu der Garage bei dem Kutscherhäuschen. Das war so gegen Viertel nach zwölf. Aber die Garage war leer. Also bin ich selbstverständlich davon ausgegangen, dass du dann doch mit dem guten alten Rover losgefahren bist. Die Polizei hat mich dazu auch befragt. Irgendjemand hat gesehen, wie ich in die Garage gegangen bin und hat es ihnen erzählt – das muss der junge Fenwick gewesen sein, du weißt schon, Lisa, dieser Verlegertyp oder was auch immer der ist, der die Wohnung gegenüber von deiner alten Wohnung hat. Er ist mir entgegengekommen, grad, als ich in die Garage reingehen wollte. Also hab' ich der Polizei gesagt, dass der Vogel ausgeflogen war. Was anderes blieb mir schließlich gar nicht übrig. Aufs Land bin ich dann nicht mehr gekommen – für den Zug hatte ich nicht genug Geld, und es wäre die Mühe ja auch nicht wert gewesen. Also bin ich losgezogen und hab im Lyon's zu Mittag gegessen und dann bin ich noch ein bisschen ins Kino gegangen und bin danach in einem anderen Lyon's zum Tee eingekehrt. Zu mehr reicht's heutzutage bei mir nicht mehr.«

»Aha«, meinte Richard. Es entstand ein langes Schweigen. Sally konnte an Richards Gesichtsausdruck erkennen, dass ihm allmählich alles zu viel wurde. Schließlich sagte er:

»Also, George, dann wird es das Beste sein, wenn ich dich nach Fanchester schicke. Morley wird dich hinfahren. Hättest du etwas dagegen, wenn er den Armstrong nehmen würde, Lisa? Mark hat immer gemeint, Morley sei ein erstklassiger Chauffeur.«

»Natürlich habe ich nichts dagegen, Darling.«

»Also gut«, sagte George. »Vielen Dank, Dickie.«

Richard betätigte die Klingel und teilte Fenton seine Bitte mit. Es war auffällig, dass er den Dienstboten niemals eine Anweisung gab. Ob das nun daran lag, dass sie nicht seine eigenen Dienstboten waren, oder einfach nur, weil er von Natur aus ein höflicher Mensch war, konnte Sally nicht mit Sicherheit sagen.

»Es tut mir leid, Mr Richard«, sagte Fenton. »Morley hat heute seinen freien Nachmittag. Er ist um zehn nach fünf mit dem Bus nach Fanchester gefahren, um seine Mutter zu besuchen.«

»Ich verstehe, Fenton. Vielen Dank.«

Sally konnte sehen, dass Johnny gerade anbieten wollte, George nach Fanchester zu fahren, aber Christopher kam ihm zuvor.

»Ich fahre Sie, Willesdon«, sagte er. »Kommen Sie, ich hole mein Auto.«

Christopher hatte dieses Angebot ganz offenbar nur Richard zu Gefallen gemacht, denn er klang sehr kurz angebunden.

»Das ist sehr nett von dir, Christopher«, sagte Richard.

George lächelte, auch wenn das Lächeln alles andere als freundlich war. »Naja, wir haben ja keine Eile, nicht wahr, Sheringham?«, meinte er. »Ich glaube, der nächste Zug fährt erst um zehn vor sieben oder so.«

»Ich würde gern so schnell wie möglich wieder hier sein, wenn es Ihnen nichts ausmacht.«

Lisa sah in Richards kalkweißes Gesicht und sagte mit fast scharfer Stimme: »Bitte, George. Richard und Christopher haben etwas zu besprechen.«

»Da bin ich mir sicher, dass die zwei was zu besprechen haben«, sagte George. »Der arme alte Dickie befindet sich in einer nicht grad angenehmen Lage, was?«

Lisa erhob sich, stellte sich vor ihn und sah ihm direkt in die Augen. »Du befindest dich vielleicht auch nicht gerade in einer angenehmen Lage, George«, sagte sie sanft. »Und jetzt geh bitte.«

George zuckte übertrieben nonchalant mit den Schultern. »Schon gut, schon gut, ich gehe. Wie ich eben schon sagte: Ich weiß, wenn ich nicht erwünscht bin. Leute, die aus Konzentrationslagern kommen, sind gerne mal ein bisschen empfindlich. Ich weiß.«

Christopher ging zur Tür hinüber, öffnete sie und wartete.

»Ich komme ja schon«, sagte George. »Auf Wiedersehen, Dickie, alter Junge. Auf Wiedersehen, Lisa, bis bald mal wieder! Lass uns doch nochmal abends bei Emil's essen gehen, ich bin sicher, das würde Dickie auch gefallen. Selbst Sheringham hat nichts gegen dieses Restaurant einzuwenden, nicht wahr? Das Essen ist gut, und der gute alte Emil steckt voller Erinnerungen, die er nur zu gern mit seinen Gästen teilt. Und ich habe jetzt eine brandneue Anekdote, die ich beim Essen erzählen kann.«

Als sich die Tür hinter ihm geschlossen hatte, ging Lisa rasch zu Richard hinüber und nahm seine Hände in die ihren. Sie war so bleich wie er und den Tränen nahe. Sally konnte das nur zu gut verstehen. Sie musste selbst fast weinen vor Wut.

* * *

Die Heldars waren dankbar dafür, dass sie sich in die Bibliothek zurückziehen konnten. Es brauchte eine Weile, bis sie ihrer Empörung Luft machten. Die Szene eben war einfach zu schlimm gewesen. Doch als Sally Johnny ein wenig später fragte, was er denn nun von George als Mordverdächtigem halte, antwortete er, dass er fast hoffe, man würde George verhaften, ganz gleich, ob er schuldig sei oder nicht. Dann wurde er ein wenig sachlicher.

»Ich weiß ehrlich gesagt gar nicht, was ich denken soll«, meinte er. »Ich habe den Eindruck gewonnen, dass George zu der Sorte von Menschen gehört, die ziemlich einfach gestrickt sind. Er mag zwar nicht ganz so schlicht sein, wie er tut, aber er ist definitiv nicht raffiniert oder subtil. Aber das wäre ja kein Problem. Der Mord muss durchaus nicht raffiniert gewesen sein, selbst wenn er im Voraus geplant war. Und die Art, wie George sich verteidigen würde – falls er den Mord begangen hat – wäre ebenso simpel. Er hat seine Variante der Geschichte erzählt und bleibt dabei. Sie hat den Vorteil, dass sie sehr unkompliziert, mehr oder weniger glaubwürdig und kaum zu widerlegen ist, es sei denn, es hätte ihn jemand in der Gegend von Westwater gesehen. Das Einzige, was die Sache ein wenig verdächtig macht – abgesehen davon, dass Richard an jenem Tag mit dem Armstrong gefahren ist, – sind all diese Lyon's Teehäuser und der Kinobesuch. Wenn man sein Alibi nicht beweisen kann, schwört man gerne, an einem Ort gewesen zu sein, bei dem es sich nur schwer nachweisen lässt, dass man genau dort nicht war.« Er hielt inne und zündete sich seine Pfeife an. »Georges hervorstechendste Eigenschaft ist seine Unverfrorenheit. Das ist wahrscheinlich sein Lebensmotto. Und er versucht, auch die gegenwärtige Situation auf diese Weise für sich zu entscheiden, ob er den Mord nun begangen hat oder nicht.«

»Kann sich aber jemand derart unverfroren verhalten, wenn er einen anderen Menschen ermordet hat?«

»Das frage ich mich auch. Ich weiß es nicht.«

Eine Dreiviertelstunde später steckte Christopher seinen Kopf durch die Tür. Sein Gesicht war leicht gerötet, und der Schweiß stand ihm auf der Stirn.

»Würde es Sie stören, wenn ich mich kurz zu Ihnen geselle?«, fragte er. »Ich möchte Lisa und Richard nicht belästigen, falls sie sich im Salon aufhalten sollten.«

»Kommen Sie herein«, sagte Johnny. »Sie sehen so aus, als könnten Sie ein wenig Abkühlung gebrauchen.«

»Danke.« Christopher ließ sich auf einen Stuhl fallen und wischte sich die Stirn ab. »Um ehrlich zu sein, hat mir Fenton, als er mich hereinkommen sah, ein Bier angeboten, und ich habe ihn gebeten, es mir hierher zu bringen. Man möchte fast glauben, dass er am Ende doch ein Mensch ist.«

Sally musste lächeln. Sie hatte gerade genau das Gleiche über Christopher gedacht.

»Sie haben es sich verdient«, sagte sie.

»Das denke ich auch. Ich habe in meinem ganzen Leben noch nie eine unerquicklichere halbe Stunde verbracht. Willesdon war abwechselnd beleidigend, hat herumgeprahlt oder sich in Selbstmitleid gesuhlt, manchmal auch alles gleichzeitig. Er hat mir alles über sein Leben und die harten Zeiten erzählt. Er hat mir alles über den tollen Job erzählt, den er demnächst antreten wird. Er hat mir alles darüber erzählt, wie er 1944 aus einem deutschen Kriegsgefangenenlager entkommen ist. Es war eine lange Geschichte, aber ich habe den Verdacht, dass es letztendlich darauf hinausläuft, dass er einfach nur Glück hatte und das Ganze außerdem so unverfroren in Szene gesetzt hat, dass seine Flucht den Deutschen überhaupt nicht aufgefallen ist. Wahrscheinlich leidet er deshalb unter der Wahnvorstellung, dass er nur dreist genug sein muss, und schon gelingt ihm alles.«

»Gut möglich«, sagte Johnny nachdenklich.

Die Tür öffnete sich, und Fenton erschien mit einem schwerbeladenen Tablett. Sally konnte sehen, dass ihr Gatte befriedigt feststellte, dass sich darauf mehrere Flaschen und Gläser befanden. Im selben Moment ertönte Richards Stimme von der Terrasse her: »Sehe ich da etwa Bier? Darf ich mich dazugesellen?« Er betrat den Raum. »Lisa hat sich hingelegt – sie hat Kopfschmerzen.«

»Kein Wunder«, murmelte Christopher leise.

Im nächsten Moment war ein diskretes Hüsteln zu hören, und Richard wandte sich um. »Ja, Fenton, was ist?«

Fenton sah ein wenig besorgt aus. »Entschuldigen Sie, Mr Richard«, sagte er. »Da ist ein Herr am Telefon, der nach Ihnen fragt – aus Fanchester. Er hat behauptet, früher ein Mitglied Ihrer Flugstaffel gewesen zu sein, aber ich habe seinen Namen nicht verstanden und bin mir nicht sicher, ob er sich überhaupt bemüht hat, diesen in aller Deutlichkeit auszusprechen. Es ist möglich, dass er die Wahrheit sagt, aber ich hege den Verdacht, dass es sich um einen Vertreter der Presse handelt.«

»Ich gehe schon«, sagte Christopher rasch und erhob sich.

»Nein, das wirst du nicht, Christopher«, widersprach Richard. »Ich nehme den Anruf selbst entgegen.« Er hatte den Raum verlassen, bevor Christopher Einspruch erheben konnte.

Als er zurückkam, war sein Gesichtsausdruck hart und wütend. »Es war tatsächlich ein Journalist«, sagte er kurz, und Sally war froh, dass Christopher sich die Bemerkung »Ich hab's dir ja gesagt« verkniff.

***

Richard hatte sich offenbar dazu entschlossen, in Westwater zu bleiben, zumindest bis zum Begräbnis seines Onkels, für das die Behörden mittlerweile die Erlaubnis erteilt hatten. Es sollte am Freitag in London stattfinden. Die notwendigen Vorkehrungen dazu wurden von Mercators ebenfalls jüdischem Geschäftspartner und Testamentsvollstrecker getroffen. Christopher, dem bei der Testamentsvollstreckung auch gewisse Aufgaben zufielen und der außerdem ohnehin in seiner Kanzlei gebraucht wurde, brach früh am nächsten Morgen nach der gerichtlichen Untersuchung Richtung London auf. Alle anderen wollten am Freitag folgen, auch wenn den jüdischen Sitten entsprechend nur die Männer an dem Begräbnis teilnehmen würden.

Sally hoffte um aller Anwesenden willen, dass der Donnerstag möglichst ruhig und ereignislos verlaufen würde. Die Heldars gingen um kurz nach halb zehn nach unten und hatten sich gerade in der Bibliothek an die Arbeit gemacht, als Lisa hereinkam, um ihnen einen guten Morgen zu wünschen. Sie sah aus, als hätte sie nicht besonders viel Schlaf bekommen. Richard käme wahrscheinlich in ein paar Minuten nach, sagte sie und stand schon im Begriff, den Raum wieder zu verlassen, als auf der Terrasse hastige Schritte zu hören waren.

Die Person schien kurz an einer der Fenstertüren des Salons innezuhalten und kam dann weiter in ihre Richtung. Sally hörte jemanden schwer und laut atmen. Im nächsten Moment erschien der Colonel am Fenster. Der Schweiß lief ihm über das scharlachrote Gesicht.

»Gott sei Dank«, sagte er, nach Luft ringend. »Ich dachte schon, es sei niemand da. Heldar! Da ist ein Mann in Mercators Stausee. Ich glaube, es ist Willesdon, aber das kann ich nicht mit Sicherheit sagen. Ich fürchte, er ist tot – liegt wahrscheinlich schon seit Stunden im Wasser –, aber wir müssen ihn da rausholen. So ist's für ihn wahrscheinlich das Beste – also, dass es ein solches Ende genommen hat. Aber rausholen müssen wir ihn ja auf jeden Fall. Kommen Sie! Und nehmen Sie ein paar Gärtner und ein langes Seil mit.«

»Sally oder Lisa«, sagte Johnny. »Eine von euch sollte bei Hill anrufen und ihn wenn möglich benachrichtigen. Er soll sofort zum Stausee kommen. Und dann ruft Mason an und sagt ihm ebenfalls Bescheid. Der Wachtmeister ist heute leider nicht hier.«

»Johnny!«, rief Lisa hastig und legte eine Hand auf seinen Arm. »Richard darf davon nichts erfahren oder er wird mitkommen wollen – und das darf er auf keinen Fall tun! Das würde ihm überhaupt nicht guttun. Könnten Sie nicht hierbleiben und sich mit ihm unterhalten – über irgendetwas Geschäftliches oder so – damit er nicht merkt, dass etwas nicht stimmt? Schicken Sie doch den Obergärtner zum

Stausee – er stammt aus dieser Gegend –, er wird wissen, was zu tun ist. Ich bin heute Morgen so unendlich müde, und Richard kennt mich so gut – ich könnte die Sache nicht vor ihm verheimlichen.«

»Es tut mir leid«, sagte Johnny ruhig. »Ich muss gehen. Falls Sally Ihnen helfen kann, wird sie das tun. Und diese Anrufe sollten unbedingt sofort getätigt werden, bitte.«

Dann verließ er zusammen mit Danby den Raum durch eine der Terrassentüren, und Sally und Lisa blieben zurück. Sie schauten sich stumm an. Sally dachte, dass Lisa tatsächlich nicht so aussah, als sei sie in der Lage, mit Richard fertig zu werden. Aber dann hob sie den Kopf.

»Ich muss auf Richard warten«, sagte sie. »Würden Sie das mit dem Telefonieren übernehmen, Sally?«

Hill war nicht zu Hause, aber seine Frau sagte, sie würde ihr Möglichstes tun, um ihm Bescheid zu geben. Mason hingegen war sofort zu sprechen. Er nahm die Nachricht sehr ruhig entgegen und sagte, er werde einen Krankenwagen schicken und selbst ebenfalls nach Westwater kommen. Er fügte ernst hinzu: »Es tut mir leid, Mrs Heldar. Das ist ein weiterer schlimmer Schock für Sie. Machen Sie sich nicht zu viele Gedanken.«

Sie wusste nicht, ob Richard bereits nach unten gekommen war oder nicht. Sie verließ das Haus durch die Eingangstür und ging eine Weile auf dem Rasen hin und her. Zehn Minuten später kam Lisa langsam um die Ecke des Westflügels und gesellte sich zu ihr.

»Er ist fort«, sagte sie.

Es war kurz nach halb zwölf, als die Männer zurückkehrten. Man sah ihren Gesichtern an, dass der Mann im Stausee George gewesen war und dass George tot war.

»Aber«, sagte Lisa nach einer Weile, »warum hätte er hierher zurückkommen sollen? Er wollte doch nach London fahren.« Diese Frage hatten Sally und sie bereits zuvor erörtert, ohne jedoch eine einleuchtende Antwort darauf gefunden zu haben.

»Das wissen wir nicht«, sagte Richard. »Und wir werden es möglicherweise nie erfahren. Aber er ist wahrscheinlich mit dem Bus um fünf nach sieben zurückgekehrt. Christopher hat ihn, glaube ich, um kurz nach sechs am Bahnhof abgesetzt – oder irgendwo in Fanchester –, und in der Zwischenzeit hat er wohl seine Meinung geändert und beschlossen, hier zu bleiben. Er war zwischen halb neun und neun anscheinend in den ›Thaxton Arms‹ – der Colonel hat ihn dort gesehen. Ich glaube, Mason ist gerade dort und zieht Erkundigungen ein. Ich fürchte, er wird bald wieder hierherkommen – er hat gesagt, er bräuchte von allen, die George gestern gesehen haben, eine Aussage.«

Mason traf gegen halb eins auf Westwater Manor ein und befragte als Erstes Lisa und dann Sally. Offenbar ging es ihm vor allem darum, einen Eindruck von dem Gemütszustand zu gewinnen, in dem George sich am Vortag befunden hatte. Als Nächstes bat er Deane zu sich herein, und dann – was ein wenig überraschend war, denn er hatte sich die Aussagen der anderen Herren bereits am Stausee geben lassen – befragte er noch einmal Danby. Dieser musste aus dem Speisesaal gerufen werden, wo sie gerade zu Mittag aßen – auch wenn dort alle nur der Form halber saßen, denn niemand hatte Appetit. Als der Colonel zurückkehrte, machte er einen unbehaglichen Eindruck, doch er schwieg sich über seine Befragung aus. Richard verließ für eine Weile den Raum, um mit Mason zu sprechen, und hatte bei seiner Rückkehr noch ein paar weitere Neuigkeiten.

»Mason hat mit Wainwright gesprochen – das ist der Gastwirt der ›Thaxton Arms‹, der uns gestern durch die Hintertür ins Haus gelassen hat. Wainwright hat gesagt, George sei tatsächlich mit dem Bus um fünf nach sieben zurückgekehrt. Er hat ein bisschen was zu Abend gegessen und sich für die Nacht ein Zimmer geben lassen. Anscheinend ist er schon bald nach der letzten Runde ins Bett gegangen, aber am nächsten Morgen war er fort.«

»Der arme alte Wainwright hat wahrscheinlich geglaubt, dass Willesdon die Zeche geprellt hat«, sagte Danby. »Er hat ihn bestimmt nur bei sich aufgenommen, weil er ein Freund von Ihnen war. Er kannte ihn ja schließlich gut genug. Ich nehme an, als der Wirt Feierabend gemacht hat, war der Kerl dann sturzbetrunken, oder?«

»Das hat Mason nicht gesagt. Aber ich dachte, Sie hätten gesagt, dass er nicht sehr betrunken war, als Sie ihn dort gesehen haben?«

»Stocknüchtern war er aber auch nicht. Er hatte schon den ein oder anderen Drink intus. Aber schon komisch, so richtig betrunken war er nicht«, sagte der Colonel gereizt. Dann unterbrach er sich selbst. »Tja, ich nehme an, wir sollten nicht schlecht über einen Toten reden – selbst unter diesen Umständen nicht. Aber ich würde sagen, dass der Fall damit abgeschlossen ist.«

Christopher, der gegen fünf Uhr eintraf, nachdem er zunächst nach Fanchester gefahren war und dort seine eigene Aussage gemacht hatte, schien derselben Ansicht zu sein.

* * *

Der Tag der Beerdigung war ziemlich anstrengend und auch für Sally ziemlich schmerzlich, obwohl sie nicht an der Zeremonie teilnahm. Sie verbrachte den Großteil des Nachmittags in Lisas schöner und komfortabler Wohnung in Chelsea. Lisa war zwar niedergeschlagen, doch sie konnte nicht ganz verbergen, wie unendlich erleichtert sie war. Richard war außer Gefahr, und das allein zählte anscheinend für sie. Sally hatte Verständnis dafür, aber aus irgendeinem merkwürdigen Grund tat sie sich schwer damit – anscheinend im Gegensatz zu allen anderen –, Lisas Überzeugung zu teilen, dass die Sache nun vollständig erledigt war. Die gerichtliche Untersuchung zu Georges Tod würde wahrscheinlich am Montag stattfinden, und dann wäre der Fall abgeschlossen. Alles wies darauf hin, dass George der Mörder war und auch aus diesem Grund Selbstmord begangen hatte. Es war unsinnig, sich noch weiter zu fragen, ob sich jemand so unverfroren verhalten konnte, wenn er einen Mord begangen hatte, oder ob Georges Verhalten am Mittwoch tatsächlich das eines Mannes gewesen war, der plötzlich in sich zusammenbrechen und beschließen könnte, den aussichtslosen Kampf aufzugeben.

Nach dem Abendessen nahmen die Heldars wieder in der Bibliothek Zuflucht. Es bestand keine wirkliche Notwendigkeit weiterzuarbeiten, denn am Wochenende würden sie noch mehr als genug Zeit dafür haben, ihren Auftrag zu beenden, aber sie hielten es für besser, Richard und Lisa allein zu lassen. Sie waren daher ein wenig überrascht, als sich Richard um kurz vor zehn zu ihnen gesellte.

»Ich hoffe, Sie haben nichts dagegen«, sagte er. »Ich habe Lisa ins Bett geschickt – sie ist schrecklich müde –, und ich würde eigentlich ganz gerne mit Ihnen beiden reden.«

Er setzte sich in einen der großen Sessel, wobei ihm ganz offensichtlich die Wirkung nicht im Geringsten bewusst war, die durch den Kontrast zwischen seinen bleichen, feinen Gesichtszügen und dem dunklen Leder entstand. Ein Thaxton, wie ihn John Singer Sargent hätte malen können, dachte Sally. Er reichte Zigaretten herum und schien nicht recht zu wissen, wie er das Gespräch eröffnen sollte, verzichtete aber auf Smalltalk. Stattdessen schaute er eine Weile zum offenen Fenster hinaus, wandte sich dann direkt an Johnny und Sally und begann.

»Das ist jetzt eine etwas heikle Frage«, sagte er, »aber ich muss sie einfach stellen. Ich wage es auch deshalb, mich damit an Sie zu wenden, weil glaube, dass Sie mir eine ehrliche Antwort geben werden. Man scheint allgemein davon auszugehen, dass George erst Mark ermordet und dann sich selbst getötet hat. Diese Auffassung wird sowohl von Lisa als auch von Christopher geteilt, beides hochintelligente Personen, und ich glaube, auch von Mason, der zweifellos auch kein Narr ist. Aber ich selbst bin nicht davon überzeugt. Es fällt mir schwer zu glauben, dass George ein Mörder ist, und ebenso, dass er ein Selbstmörder ist. Und das heißt nicht etwa, dass ich mir Illusionen über seinen Charakter mache. Mein Verstand hat durch meinen Aufenthalt in China nicht gelitten, glaube ich, für meine Nerven gilt das indes nicht. Denken Sie, dass meine Fantasie mit mir durchgeht?«

»Schon möglich«, antwortete Johnny. »Aber wenn dem so ist, gilt das auch für mich.«

»Und für mich auch«, warf Sally ein.

Richard schien sich ein wenig zu entspannen. »Dürfte ich Ihre Argumente erfahren?«, fragte er dann.

»Ich bin mir nicht sicher, ob ich irgendwelche handfesten Argumente habe«, antwortete Johnny. »Ich habe ein Argument, das möglicherweise nicht besonders stichhaltig ist, und dann noch eine Reihe von intuitiven Vermutungen. Ich fange mal mit dem Argument an. Die Beweislage für die Anklage stellt sich folgendermaßen dar: George kam im Rover her, traf hier ein, nachdem Sie selbst bereits wieder gefahren waren – was durchaus möglich gewesen wäre, wenn er unterwegs zum Mittagessen Halt gemacht hat –, betrat das Haus, ohne dass irgendjemand sein Kommen ankündigte, fand Ihren Onkel allein im Arbeitszimmer vor, stritt sich mit ihm und tötete ihn dann. Ich bin ebenfalls der Meinung, dass George beinahe sicher hierhergekommen ist, denn es wäre sonst nahezu unmöglich, die Gegenwart des Rovers zu erklären. Aber meiner Ansicht nach hätte er das Haus auf keinen Fall unangekündigt betreten. Es steht auch fest, dass er kein Motiv für einen vorsätzlichen Mord hatte und im Grunde auch kein Motiv, Ihren Onkel überhaupt sprechen zu wollen. Also muss er gekommen sein – wie er es ja auch selbst gesagt hat –, um Sie zu sehen. Sicher wollte er nicht in Anwesenheit Ihres Onkels mit Ihnen sprechen. Falls er aber einfach so ins Haus hineinspaziert wäre, hätte er Sie mit ziemlicher Sicherheit in Gesellschaft Ihres Onkels vorgefunden. Ich bin mir durchaus bewusst, dass es hierzu ein Gegenargument gibt. George war ein Trinker, und falls er auf dem Weg hierher ordentlich ins Glas geschaut hat, lässt sich unmöglich sagen, was er getan haben könnte und was nicht. Aber er war ein Gewohnheitstrinker, und ich glaube, es hätte wohl einer größeren Menge an Alkohol bedurft, als er sich leisten konnte, damit er seine angeborene Vorsicht in den Wind geschlagen hätte. Würden Sie mir da zustimmen?«

»Ja, das würde ich«, antwortete Richard. »George konnte schon nach verhältnismäßig geringen Mengen Alkohol – oder auch vollkommen ohne Alkohol – beleidigend werden, aber es wäre schon ein gewaltiges Besäufnis nötig, um ihn derart aus dem Konzept zu bringen. Er muss zum Beispiel an dem Abend, an dem er sich mit Mark gestritten hat, eine wahnsinnige Menge getrunken haben – zweifellos auf Kosten irgendeiner anderen Person. Es ist also gut möglich, dass er sich an jenem Abend absichtlich Mut angetrunken hat. Aber für eine Begegnung mit mir hätte er keinen Grund dazu gehabt. Und ein oder zwei Gläser Gin vor dem Essen hätten ihn sicherlich nicht aus der Bahn geworfen.«

Johnny nickte. »Also können wir davon ausgehen, dass er nicht einfach so unangekündigt ins Haus hineinspaziert ist. Er hätte geklingelt und darum gebeten, Sie unter vier Augen zu sprechen, und in diesem Fall hätten wir das sicherlich von Fenton erfahren. Die einzige andere Möglichkeit, die ich für wahrscheinlich halten würde, ist, dass er sich irgendwo in der Nähe herumgetrieben und auf Sie gewartet hat, entweder im Garten, weil er hoffte, Sie könnten vielleicht allein herauskommen, oder, was wahrscheinlicher ist, irgendwo auf dem Zufahrtsweg, damit er sich Ihnen in den Weg stellen konnte, wenn Sie von hier aufbrachen. Es ist eher unwahrscheinlich, dass er sich dabei den falschen Zufahrtsweg ausgesucht hätte, deshalb die Frage: Ist es möglich, dass er dort war und Sie ihn nicht bemerkt haben? Sie waren zweifellos mit anderen Dingen beschäftigt.«

»Das ist sehr milde ausgedrückt, vielen Dank. Ich war unglaublich wütend und bin wie der Teufel gefahren. Schon möglich, dass ich ihn überrascht habe, und falls er mir hinterhergebrüllt hat, hätte ich ihn wahrscheinlich gar nicht gehört. Aber falls er mich um Viertel vor drei hat wegfahren sehen, warum ist er selbst dann erst um fünf vor halb vier aufgebrochen?«

»Nun, wir wissen nicht, wo er den Rover abgestellt hatte. Er könnte eine Weile gebraucht haben, um zum Auto zurückzukehren. Und er könnte noch irgendwo etwas trinken gegangen sein – oder es zumindest versucht haben, da ja das Wirtshaus zu diesem Zeitpunkt sicherlich geschlossen hatte. Vielleicht kann der Gastwirt der ›Thaxton Arms‹ uns mehr dazu sagen. Wie auch immer – falls er Sie hat fortfahren sehen, hätte er keinen Grund mehr gehabt, das Haus zu betreten. Und selbst, wenn er Sie nicht wegfahren sah, wäre es naheliegend, erst nachzuschauen, ob Ihr Auto noch im Hof steht, was er auch aus einiger Entfernung hätte tun können. Und dann wäre er nach Hause gefahren. Als dann die Polizei zu ihm kam, könnte er bereits irgendwo die Nachricht über den Tod Ihres Großonkels gelesen haben, sodass er es daraufhin für besser hielt zu behaupten, er sei überhaupt nicht hier gewesen.«

»Ja«, sagte Richard langsam. »All das klingt sehr viel eher wie George als die Unterstellung, er habe einen Mord begangen, würde ich sagen. Solange wir davon ausgehen, dass er nicht sturzbetrunken war, passen Vorsicht und List viel besser zu ihm als Gewalt. Fällt Ihnen noch etwas dazu ein, Johnny?«

»Soweit es den Mord betrifft, habe ich nur gewisse Zweifel – die Sally, wie ich glaube, teilt –, ob jemand, der einen anderen Menschen getötet hat, tatsächlich in der Lage wäre, zum Schauplatz seines Verbrechens zurückzukehren und sich dabei so zu verhalten, wie George es am Mittwoch getan hat. Gegen diese Zweifel sprechen wiederum eine Aussage und eine damit verbundene Bemerkung, die Christopher gemacht hat.« Er erzählte Richard, was Christopher über Georges Flucht und seine Unverfrorenheit gesagt hatte.

»Ich denke«, sagte Richard, »dass Christopher da vielleicht ein wenig ungerecht war. Er hat George noch nie leiden können. Gut möglich, dass in seiner Version von der Flucht ein Quäntchen Wahrheit enthalten ist, aber ich bezweifle, dass George wirklich so unverfroren war, wie Christopher es beschrieben hat.«

»Also gut. Kommen wir zu seinem eigenen Tod. Es gibt natürlich einige glaubwürdige Anhaltspunkte für einen Selbstmord. Reue, falls er Ihren Onkel ermordet hat. Möglicherweise Angst – wir wissen nicht, was Mason am Mittwoch zu ihm gesagt hat. Arbeitslosigkeit – nach der Szene, die sich hier abgespielt hat, muss ihm klar geworden sein, dass er jede Chance, seinen alten Job hier wieder zu bekommen, verspielt hat. Wahrscheinlich auch Geldmangel. Möglicherweise die schlussendliche und überwältigende Erkenntnis, dass er ein Versager war. Oder vielleicht lag es ja auch an den deprimierenden Folgen eines Besäufnisses, die er in den frühen Morgenstunden zu spüren bekam – Hill hat uns ja, wie Sie sich sicher erinnern, gesagt, dass er bereits zwischen sechs und zwölf Stunden tot war, wobei sechs Stunden eher wahrscheinlich sind.

Ich persönlich denke nicht, dass sein Verhalten am Mittwoch das Verhalten eines Mannes war, der kurz vor dem Selbstmord steht. Aber meine Meinung zählt nicht viel, denn der Zusammenbruch kann sehr plötzlich gekommen sein – Stunden, nachdem ich ihn das letzte Mal gesehen habe. Aber es gibt da noch ein paar andere Punkte. Wir haben einigen Grund zu der Annahme, dass die Stelle des Verwalters auf Westwater nicht seine letzte Hoffnung war. Er hat Christopher etwas von einer großartigen Arbeitsstelle erzählt, die er in Aussicht hatte. Ich gehe nicht eine Sekunde lang davon aus, dass die Stelle tatsächlich großartig war, aber irgendetwas war wahrscheinlich schon dran. Und auch Danbys Aussage ist in diesem Zusammenhang interessant. Er hat gesagt, George sei nicht betrunken gewesen, als er ihn gesehen hat, und er hat Mason gegenüber ausgesagt, dass George auch nicht besonders deprimiert gewirkt habe.«

»Wir sollten uns auf jeden Fall mit Wainwright unterhalten«, meinte Richard.

»Ja. Und noch einmal die Frage: Falls George sich tatsächlich mit Selbstmordgedanken trug, warum sollte er sich die Mühe machen, hierher zurückzukehren? Man könnte vielleicht die These aufstellen, dass er es passend fand, in der Nähe des Schauplatzes seines Verbrechens zu sterben – oder, alternativ, an einem Ort, an dem er glücklich war. Aber ich finde das nicht besonders überzeugend. Warum ist er nicht zurück in die Stadt gefahren – ich nehme an, die Polizei hat seine Zugfahrkarte nach Fanchester und zurück nach London bezahlt –, um dort einfach den Kopf in einen Gasofen zu stecken? Oder warum hat er sich nicht in den Fluss in oder in der Nähe von Fanchester gestürzt? Und warum hat er sich die Mühe gemacht, sich ein Zimmer für die Nacht geben zu lassen? Er hätte einfach nur bis zur Sperrstunde im Pub bleiben können, falls er bis zum Einbruch der Dunkelheit warten wollte. Vielleicht war das mit dem Zimmer aber auch als Irreführung gedacht. Und schlussendlich habe ich noch folgenden Punkt anzumerken:

Ich weiß nicht, ob die Polizei einen Abschiedsbrief gefunden hat. Aber wenn das nicht der Fall ist, würde das allein schon schwere Zweifel in mir wachrufen. Ich möchte nicht behaupten, dass ich George nicht für einen potentiellen Selbstmordkandidaten halte – dazu kannte ich ihn zu wenig. Aber ich möchte schon behaupten, dass er die Art von Mann war, der, wenn er Selbstmord begeht, gewollt hätte, dass seine Freunde wissen, dass und warum er es getan hat.«

»Ich gebe Ihnen vollkommen recht«, sagte Richard.

Es folgte ein kurzes Schweigen. Dann sagte Johnny: »Sie wissen natürlich, was das bedeutet. Falls George nicht Selbstmord begangen hat, dann wurde er ermordet – falls er nicht einen Spaziergang im Mondlicht gemacht hat und so betrunken war, dass er in den Stausee gefallen ist. Und dann wurde er mit ziemlicher Gewissheit deshalb ermordet, weil er irgendetwas über den ersten Mord wusste. Es ist unwahrscheinlich, dass irgendjemand sonst ein Motiv gehabt hätte, ihn aus dem Weg zu räumen.«

»Es sei denn, Sie lassen das, was er zu mir gesagt hat, als Motiv gelten«, meinte Richard mit einem schwachen Lächeln. »Aber wie auch immer – wenn George aus dem Rennen ist, werde ich wieder zum Hauptverdächtigen. Das vereinfacht die Sache, wissen Sie? Wenn George etwas über den ersten Mord wusste, dann höchstwahrscheinlich deshalb, weil er zur Tatzeit hier war. Also ist der Rover reiner Zufall – zählt überhaupt nicht mehr –, und wir stehen vollkommen am Anfang.«

Sally sagte leise: »Woher hätten Sie wissen sollen, dass George wieder hier war?«

Richard lächelte sie an. »Naja, ich wusste es nicht«, sagte er, »aber ich nehme an, er hätte mich anrufen können oder so etwas.« Er sah wieder Johnny an. »Sie wussten sofort, dass Mark ermordet wurde. Haben Sie irgendwelche derartigen Anzeichen an Georges Leichnam entdeckt?«

»Nichts Bestimmtes, nein«, antwortete Johnny. »Ich gebe zu, ich habe ziemlich genau hingesehen. Aber es war sehr schwierig. Sein Körper war mehrere Stunden lang immer wieder leicht gegen die Auslaufklappe – oder wie auch immer man das nennt – geschwemmt worden. Es gab daher, wie Sie ja auch selbst gesehen haben, Prellungen am Kopf und im Gesicht, und ich konnte unmöglich feststellen, ob ihm vor seinem Sturz ins Wasser etwas zugestoßen war. Es hätte kein besonders heftiger Schlag sein müssen, tatsächlich war es sogar wichtig, dass der Schlag nicht zu heftig ausfiel. Wer auch immer ihn angegriffen hat, hätte unbedingt darauf achten müssen, ihn dabei nicht zu töten, denn die Ärzte würden später auf jeden Fall feststellen können, ob er wirklich ertrunken ist oder ob er erst nach seinem Tod ins Wasser geworfen wurde. Aber es gibt beim Judo mehrere Schläge, die man hätte einsetzen können, um ihn bewusstlos zu machen und gleichzeitig ins Wasser zu befördern, falls er am Rand stand.«

»Und jeder dieser Schläge hätte dem Judoexperten, der auch Mark getötet hat, bekannt sein können – falls es sich tatsächlich um einen solchen Experten handelte?« Richard sprach so leise, dass Sally einen Moment brauchte, um zu begreifen, dass ihn eine nahezu unkontrollierbare Wut ergriffen hatte.

»Ja«, antwortete Johnny. »Ja, das ist gut möglich.«

Nach einem weiteren Moment des Schweigens fuhr Richard fort: »Ich werde George nicht als Mörder und Selbstmörder in die Annalen eingehen lassen, wenn er weder das eine noch das andere war, und ich bin ebenso wenig geneigt, den Mörder straflos davonkommen zu lassen, falls dieser immer noch am Leben ist. Ich habe das Thema gestern Abend bei Christopher angesprochen, doch er ist sofort davor zurückgeschreckt und hat mir mit großem Nachdruck gesagt, ich solle mich bloß nicht zu weit aus dem Fenster lehnen. Also können wir ihn schon mal vergessen. Und ich habe auch keine Lust, einen Privatdetektiv zu engagieren. Ich würde ja losziehen und selbst ermitteln, aber zum einen könnten mir die Journalisten das ein wenig erschweren, und zum anderen bin ich nicht ganz sicher, wie viel ich gegenwärtig noch ertragen kann. Es würde niemandem etwas nutzen, wenn ich kollabiere, und falls mich meine Nerven vollständig im Stich lassen, würde das eine Anklage gegen die Person erschweren, deren Schuld ich mit meinen Nachforschungen vielleicht ans Licht bringe. Ich weiß, es ist eine unglaubliche, verdammte Zumutung, Sie um so etwas zu bitten, und wahrscheinlich das Allerletzte, was Sie tun wollen, aber wären Sie bereit, sich der Sache anzunehmen?«

»Haben Sie heute die Zeitung gelesen?«, fragte Johnny zurück.

Sally hatte das nicht getan und verstand deshalb nicht, worauf er hinauswollte. Aber Richard antwortete: »Ja. Es tut mir unendlich leid, dass die Presse diese Geschichte ausgegraben hat. Das muss furchtbar unangenehm sein, sowohl für Sie als auch für Ihre Firma, und wahrscheinlich auch eine recht schmerzliche Erinnerung. Aber es legt immerhin die Vermutung nahe, dass Sie beide gute Detektive sind. Falls die Presse mit ihrem Bericht richtig liegt, haben Sie den Mörder gefunden, nachdem die Polizei bereits die falsche Person verhaftet hatte.«

»Das stimmt zwar wortwörtlich gesehen. Aber wir waren bei dieser Geschichte keinesfalls so clever, wie es klingen mag. Es war auch einiges an Glück im Spiel. Und wir befanden uns in einer äußerst vorteilhaften Ausgangssituation für Ermittlungen. Wir kannten nahezu jede der beteiligten Personen sehr gut und konnten alle befragen, die wir befragen wollten. Das können wir in diesem Fall nicht. Ich nehme an, Sie würden uns dazu ermächtigen, die Dienstboten zu befragen, und bei Wainwright und irgendwelchen anderen Leuten in der Gegend ein gutes Wort für uns einlegen. Aber wir könnten zum Beispiel unmöglich anderer Leute Dienstboten über ihre Herrschaft befragen, und wir könnten den Verdächtigen in diesem Fall wohl kaum irgendwelche Suggestivfragen stellen. Abgesehen von den üblichen Einschränkungen müssten wir auch Rücksicht auf den Ruf der Firma Heldar nehmen. Und selbst ohne diese Hürden bezweifle ich doch sehr, dass wir Erfolg hätten.«

»Ich kann Ihnen nicht widersprechen«, sagte Richard. »Und ich würde Sie auf keinen Fall bitten, gewisse Grenzen zu überschreiten. Aber selbst wenn Sie glauben, dass die Chancen für einen Erfolg nur sehr gering sind, möchte ich Sie dennoch bitten, sich der Sache anzunehmen.«

Johnny schwieg einen Moment. Dann sagte er: »Es gibt noch eine andere Sache, die Sie bedenken müssen. Wenn es nicht George war, der Ihren Onkel ermordet hat, war es höchstwahrscheinlich trotzdem jemand, den Sie kennen, und möglicherweise ein Freund von Ihnen.«

»George war ein Freund von mir«, sagte Richard.

»Ja. Das beantwortet also diese Frage. Vielleicht wird es auch nötig, schmutzige Wäsche zu waschen, um es mal so auszudrücken. Das würde zwar auf jeden Fall nicht in aller

Öffentlichkeit geschehen, aber falls diese schmutzige Wäsche Ihren Freunden gehörte, könnte das für Sie peinlich – oder möglicherweise sogar schmerzlich werden.«

»Dieses Risiko gehe ich ein.«

»Also gut. Jetzt frage ich dich, Sally. Wollen wir in dieser Sache Nachforschungen anstellen oder soll ich das allein tun oder möchtest du erst einmal eine Weile darüber nachdenken?«

Sally wollte keine Nachforschungen anstellen. Und sie wollte auf keinen Fall, dass Johnny das ohne sie tat. Aber vor ihrem geistigen Auge sah sie, wie Mark sie amüsiert und liebevoll anlächelte, und George, dessen Unverfrorenheit plötzlich etwas Bemitleidenswertes hatte. Sie sah dies alles fast so deutlich wie Richards bleiches Gesicht, und ihr wurde bewusst, dass dieser Moment für ihn eine nahezu unerträgliche Belastung darstellte. Er stand ganz plötzlich auf und sagte: »Bitte verzeihen Sie mir. Sie möchten beide sicher noch eine Nacht drüber schlafen.«

»Nein, das wollen wir nicht«, sagte Sally. »Selbstverständlich stellen wir für Sie Nachforschungen an.«

SIEBTES KAPITEL

Am nächsten Morgen rief Richard nach dem Frühstück beim Wirt der ›Thaxton Arms‹ an, vergewisserte sich, dass alle Reporter zumindest vorerst wieder nach London zurückgefahren waren, und bat ihn diskret darum, den Heldars so gut er es vermochte zu Diensten zu sein. Sie wurden daher sehr freundlich empfangen, als sie das Gasthaus nach einer Abkürzung durch den Park zwanzig Minuten später erreichten.

Wainwright ging mit ihnen in ein kleines privates Wohnzimmer, das sich auf der Rückseite des Hauses befand.

»Also«, sagte er dann, »ich weiß ja nicht, was ich für Sie tun kann, aber Mr Richard hat gesagt, ich soll Ihnen helfen, und das reicht mir vollkommen. Also bitte, schießen Sie los, Sir.«

Richard hatte ihnen gesagt, Wainwright sei ein intelligenter Mensch und man könne sich bei ihm darauf verlassen, dass er keinen Klatsch und Tratsch verbreite – zumindest nicht im Zusammenhang mit dem Herrenhaus. Er hatte ihnen daher geraten, recht offen mit ihm zu reden. Johnny berichtete ihm also kurz, was sie sich zur Aufgabe gemacht hatten, woraufhin der Wirt sie mit einem scharfen Blick ansah und meinte: »Das ist ja interessant, ist das ja. Ich war nämlich ziemlich überrascht über Mr Willesdons Selbstmord. Aber es gab ziemlich viel Gerede darüber, dass er angeblich Sir Mark umgebracht hat – die Polizei hat ja das ganze Dorf gefragt, ob ihn am Tag des Mordes jemand hier gesehen hat – also hab' ich gedacht, dass er sich wahrscheinlich aus Reue umgebracht hat. Aber wenn es jetzt ernste Zweifel daran gibt, dass er den alten Herrn ermordet hat, sieht die Sache natürlich ganz anders aus, Sir. Er kam mir auch nicht wie jemand vor, der sich jeden Moment in den Fluss stürzt. Jedenfalls ist das meine Meinung.«

»Würden Sie uns alles über den Abend erzählen, an dem er hier war – alles, woran Sie sich erinnern?«

»Aber sicher, Sir. Er ist hier vor dem Haus aus dem Bus gestiegen. Das wird so gegen Viertel vor acht gewesen sein – zwei von meinen Gästen haben ihn aussteigen sehen –, und dann ist er hier hereingekommen und hat ganz seelenruhig ein Abendessen und ein Bett für die Nacht bestellt. Ich war da nicht besonders erpicht drauf, und zwar aus mehreren Gründen. Entschuldigen Sie, wenn ich das so offen sage, aber er konnte sehr unangenehm werden, wenn er ein oder zwei Drinks intus hatte – nicht gewalttätig, das nicht, aber sehr grob und unverschämt –, und er hat in der Wirtsstube oft für Ärger gesorgt, als er noch hier in der Gegend gewohnt hat. Und ich konnte auch nicht sicher sein, dass ich mein Geld kriegen würde, denn ich habe es mehr als einmal erlebt, dass er mit leeren Taschen einfach was zu trinken bestellt hat. Und dann hielt ihn noch das halbe Dorf für einen Mörder und ich war mir da selbst auch nicht so besonders sicher, ob das nicht vielleicht doch stimmte. Aber ich konnte ihn nicht einfach wegschicken, weil er mir zwei Fünfpfundnoten gezeigt hat.«

»Da sind Sie sich ganz sicher?«, fragte Johnny ein wenig überrascht.

»Sehr sicher, Sir. Er hat die Scheine halb aus seiner Brieftasche herausgezogen und hat gesagt: ›Sie können mich nicht rauswerfen, Wainwright, es sei denn, ich wäre betrunken. Und heute Abend werde ich mich nicht betrinken!‹«

»Tatsächlich? Das ist ja interessant.«

»Ich habe es ihm nicht geglaubt, Sir. Ich habe nicht geglaubt, dass Mr Willesdon es schaffen würde, mit zehn Pfund in der Tasche einen ganzen Abend in einem Gasthaus zu sitzen und dabei einigermaßen nüchtern zu bleiben. Aber genau das hat er getan. Er hat zu Abend gegessen – ein bisschen kalte Kaninchenpastete und Käse und eine Flasche Bier – und dann ist er in die Wirtsstube gegangen und hat noch zwei Gläser Gin getrunken, – was für ihn natürlich so gut wie nichts war. Es war niemand besonders erpicht darauf, sich mit ihm zu unterhalten, und ein paar Leute haben ihn auch ziemlich unverhohlen angestarrt, aber das machte ihm anscheinend nichts aus. Er hat einfach nur allein in einer Ecke gesessen, bis dann der Colonel in die Wirtsstube gekommen ist. Das war so gegen zwanzig vor neun. Der Colonel kommt nicht besonders oft hierher, aber er hatte wohl einen Spaziergang gemacht, und es war ein warmer Abend, und da wollte er gern ein Bier trinken.

Tja, er hat Willesdon sofort da sitzen gesehen und hat gemeint: ›Was, Sie sind immer noch hier?‹ ›Ja‹, hat Willesdon geantwortet. ›Haben Sie was dagegen?‹ Der Colonel hat ihn dann eine oder zwei Minuten angestarrt, ich hab' die beiden nicht aus den Augen gelassen, weil –« Hier unterbrach sich Wainwright. »Aber ich rede ja vielleicht zu viel, Sir. Sie werden das alles schon vom Colonel selbst gehört haben.«

»Mehr oder weniger«, sagte Johnny. »Aber bitte, fahren Sie doch fort. Der Colonel kann ein wenig aufbrausend sein, nicht wahr?«

»Nun, ja, das ist richtig, Sir. Und er ist nie besonders gut mit Mr Willesdon ausgekommen. Er war nicht unbedingt mit seinem Lebenswandel einverstanden, und er fand auch, dass Willesdon keine Ahnung von den Aufgaben eines Verwalters hatte. Jedenfalls hat er nach einer oder zwei Minuten gesagt: ›Ich persönlich habe keine Einwände, aber ich wundere mich, dass Sie es wagen, sich hier nochmal blicken zu lassen.‹ Und er ist dabei sehr rot im Gesicht geworden. Mr Willesdon hat gesagt: ›Seien Sie bloß vorsichtig, alter Junge, das ist schlecht für den Blutdruck.‹ Ich hab' gedacht, der Colonel würde sofort explodieren, aber dann hat Mr Willesdon irgendetwas ganz leise zu ihm gesagt, und da sah es so aus, als würde der Colonel sich mit aller Gewalt zusammenreißen. Obwohl ich gesehen hab', wie er die Fäuste geballt hat. Die beiden haben sich dann eine oder zwei Minuten unterhalten, immer noch sehr leise – ich hab' kein Wort davon verstanden –, und dann hat sich der Colonel auf dem Absatz rumgedreht und ist nach draußen gegangen. Und Willesdon hat das Bierglas des Colonels genommen, das er stehen gelassen hatte, und hat es ausgetrunken und dabei vor sich hin gelächelt. Danach hat er weiter still und friedlich in seiner Ecke gesessen und eine Zeitung gelesen, die irgendjemand dort liegen gelassen hatte. Aber er hat nicht so ausgesehen, als wäre er wirklich bei der Sache. Er hat so ausgesehen, als würde er über etwas ganz anderes nachdenken, und dann hat er immer mal wieder vor sich hin gelächelt.«

»Er wirkte also recht zufrieden?«

»Ja, auf eine stille, ruhige Art und Weise. Und auch auf eine heimliche Weise, würde ich sagen. Mir gefiel dieser Ausdruck auf seinem Gesicht nicht gerade, ehrlich gesagt. Und ich hab' gehofft – wenn Sie entschuldigen, Ma'am – also ich hab' gehofft, dass es kein Mädel ist, an das er gedacht hat, während er da so vor sich hin gelächelt hat. Es gab da nämlich eine ziemlich üble Geschichte, als er noch auf Westwater war, mit einem der Mädchen hier aus der Gegend. Die Einzelheiten hab' ich nie erfahren, und sie war auch ohnehin ein dummes kleines Ding, aber er hat sich in der Sache nicht so verhalten wie es sich gehört hätte. Naja, wie auch immer, er hat jedenfalls da rumgesessen, bis ich Feierabend gemacht habe, und hat nichts mehr getrunken, und als alle die Wirtsstube verlassen hatten, ist er hoch ins Bett gegangen. Er hatte kein Gepäck dabei, und ich habe eine kurze Bemerkung dazu gemacht, als er mir gute Nacht gewünscht hat, aber er hat gemeint, das würde heute Nacht keine Rolle spielen. Er hat nicht gesagt ›für die eine Nacht‹, wissen Sie, sondern für ›heute Nacht‹. Das könnte man dann vielleicht schon so verstehen, als hätte er vorgehabt, sich in dieser Nacht umzubringen.

Ich habe ihn danach nicht nochmal gesehen und ich habe auch nicht gehört, wie er während der Nacht das Haus verlassen hat. Das hat auch sonst niemand gehört. Aber als ich am nächsten Morgen nach unten gekommen bin, war die Haustür entriegelt, und da habe ich mich natürlich gewundert. Er war der einzige Übernachtungsgast, deshalb bin ich hoch in sein Zimmer, um mal nachzusehen. Er war nicht da, und seine Sachen waren auch nicht mehr da. Man konnte sehen, dass er sich aufs Bett gelegt hatte, aber nicht unter die Decke. Tja, hab' ich bei mir gedacht, entweder er ist abgehauen, um die Zeche zu prellen, oder er hat was mit einem Mädel. Als er dann auch nicht zum Frühstück gekommen ist, bin ich davon ausgegangen, dass er einfach abgehauen ist. Und das war alles, bis dann die Polizei gekommen ist.«

»Sagen Sie mir doch bitte noch«, meinte Johnny. »Wissen Sie, ob er einen Abschiedsbrief hinterlassen hat?«

»Ich hab' keinen gesehen, Sir. Ich hab' natürlich sein Zimmer nicht durchsucht, das war Sache der Polizei. Aber wenn er so einen Brief hinterlassen hätte, dann hätte er ihn doch irgendwo hingelegt, wo man ihn direkt sieht, sollte man meinen.«

»Das sollte man tatsächlich meinen. Und jetzt noch eine Frage, die Ihnen die Polizei sicherlich auch schon gestellt hat. Haben Sie Willesdon an dem Tag, an dem Sir Mark gestorben ist, hier irgendwo gesehen?«

»Nein«, antwortete Wainwright. »Und ich habe auch von niemandem sonst gehört, der ihn an diesem Tag gesehen hat. Aber es gibt da einen, der erzählt hat, er hätte Mr Richards alten Rover gesehen, und anscheinend glaubt man, dass Mr Willesdon das Auto an diesem Tag gefahren hat.«

»Wann und wo hat diese Person den Rover gesehen?«, fragte Johnny.

»Also, Sir, Sie kennen doch die Straße, die westlich am Park entlangführt, und den schmalen Fahrweg, der dann davon in Richtung von Sir Marks Stausee abgeht? Ja? Tja, dieser Bursche – sein Name ist Bill Slater, und er wohnt oben auf der anderen Seite der Straße in der Pferdegasse und hat eine Schweinefarm –, der ging grad die Straße entlang nach Süden mit dem Rücken zum westlichen Parktor, irgendwann zwischen Viertel nach zwei und halb drei. Da hat ihn Mr Richards Rover überholt und ist in den Fahrweg zur Farm eingebogen. Er konnte nicht sehen, wer am Steuer saß, also hat er geglaubt, es wäre Mr Richard gewesen. Er ist selbst nicht in den Weg eingebogen, und er hat den Rover auch nicht noch mal gesehen. Aber das kann er Ihnen auch alles selbst erzählen, Sir, wenn Sie ihn fragen.«

Wainwright bestand darauf, ihnen noch etwas anzubieten, bevor sie aufbrachen, und kam mit drei Flaschen Bier zurück. Johnny sah sich verpflichtet, noch kurz auf eine geschäftliche Angelegenheit zu sprechen zu kommen, mit der Richard ihn beauftragt hatte. Richard wollte verhindern, dass den ›Thaxton Arms‹ durch Georges Bewirtung ein Verlust entstand, und hatte daher darauf bestanden, dessen Zeche zu übernehmen. Wainwright schüttelte den Kopf und sagte ruhig und bestimmt, Mr Richard sei ein echter Thaxton, aber es gebe keinen Grund, warum nun stattdessen ihm ein Verlust entstehen sollte.

***

Sie kehrten nicht sofort nach Westwater zurück, sondern gingen in den Dorfladen, wo sie freundlich empfangen und neugierig gemustert wurden. Nachdem sie sich Zigaretten gekauft hatten, fragte Johnny, bevor sie den Laden verließen, leise: »Würde es dir etwas ausmachen, wenn wir von hier aus einmal hinüber zum Stausee gingen?«

»Nein, würde es nicht, Darling.«

Sie gingen bis zur alten Steinbrücke, an einer Reihe von Cottages vorbei und entdeckten dahinter einen kleinen Pfad, der am Flussufer entlangführte. Der Fluss war offenbar auch zu den regenreichsten Zeiten nicht besonders mächtig und aufgrund der langen Dürreperiode ziemlich seicht geworden. Johnny meinte, dass sich das Gewässer weder für einen Mord noch für einen Selbstmord eigne, weshalb man sich wohl für den Stausee entschieden habe.

»Und wahrscheinlich auch, weil der sich besser als Treffpunkt eignet, denke ich«, sagte Sally. »Aber wie hat der Mörder George dazu überredet, dorthin zu kommen?«

»Darauf gibt es wahrscheinlich eine recht unschöne Antwort. Ich vermute, dass George den Mörder erpresst hat. Daraufhin könnte dieser gesagt haben: ›Ich treffe dich um zwei Uhr morgens am Stausee und gebe dir das Geld.‹ Erinnerst du dich noch an Georges hübschen kleinen Trick nach der gerichtlichen Untersuchung, Sally? ›Wenn ihr mich nicht mit zum Tee kommen lasst, rede ich mit der Presse.‹ Das kam wie aus der Pistole geschossen. Als hätte er gar nicht darüber nachdenken müssen. Ich könnte schwören, dass George der geborene Erpresser war, auf jeden Fall, was solche eher kleinen Dinge anbelangt. Und es würde mich nicht überraschen, wenn er es auch in einem größeren Zusammenhang versucht hätte.«

»Könnte er versucht haben, Danby im Gasthof zu erpressen?«

»Möglich, aber er hätte nicht viel Zeit dazu gehabt. Danby hätte ihn sehr rasch zum Schweigen gebracht, weil sie sich an einem öffentlichen Ort befanden. Aber vielleicht hat er sich bereiterklärt, ihn später zu treffen und die Sache dann zu besprechen. George könnte Einwände dagegen erhoben haben, sein gemütliches Bett verlassen zu müssen, aber falls Danby zu diesem Zeitpunkt bereits beschlossen hatte, ihn zu töten, wäre ihm sicherlich ein guter Grund eingefallen, ihn hinauszulocken. Wie du dich sicherlich erinnerst, ist Wainwright nach diesem Gespräch aufgefallen, dass George zufrieden in sich hineingelächelt hat. Und danach hat George ja auch gesagt, es spiele keine Rolle, dass er für diese Nacht nichts dabeihatte. Andererseits hatte er sich anscheinend schon vor dieser Unterhaltung dazu entschlossen, nüchtern zu bleiben.«

»Ja«, sagte Sally. »Aber falls er mit der Absicht zurückgekehrt ist, Danby zu erpressen, warum hat er dann gewartet? Wainwright hat gesagt, Danby sei nicht besonders oft in das Gasthaus gekommen, also konnte George nicht mit ihm rechnen. Warum ist er Danby nicht direkt besuchen gegangen?«

»Vielleicht hatte er das ja zu einem späteren Zeitpunkt am Abend vor. Oder vielleicht machte ja auch Danbys häusliche Situation einen solchen Besuch nicht ratsam – obwohl Danby, glaube ich, nicht verheiratet ist und alleine lebt. Mason ist das alles zweifellos auch schon durchgegangen. Danby hat den Streit nicht zugegeben, als er am Stausee befragt wurde, aber Mason muss diese Geschichte von Wainwright erfahren haben – was wahrscheinlich auch erklärt, warum er Danby während des Mittagessens noch einmal befragt hat. Aber jetzt sieh es doch mal so, Sally: Jeder der uns bekannten Verdächtigen hätte einen Grund erfinden können, George aus dem Bett zu zerren und zum Stausee zu zitieren. Aber es hätte für eine bestimmte Gruppe von Personen einen sehr viel plausibleren Grund gegeben, ihn nicht bei sich zu empfangen – nämlich alle Personen, die sich auf Westwater aufhielten.«

»Aber wusste denn auf Westwater überhaupt irgendjemand, dass er wieder hierher zurückkommen würde? Richard hat gestern Abend gesagt, dass George ihn hätte anrufen können, oder so etwas in dieser Richtung.« Sally hielt inne. »Aber die einzige Person, die einen Telefonanruf entgegengenommen hat – soweit uns das bekannt ist – war Richard selbst, und das war ein Reporter.«

»Ja. Christopher hätte natürlich wissen können, dass George wieder zurückkommen würde – sie könnten das auf dem Weg nach Fanchester vereinbart haben. George hätte Christopher aber einfach gleich an Ort und Stelle erpressen können, und bis zu den frühen Morgenstunden konnte Christopher ohnehin kein Geld auftreiben.«

»Er hätte so tun können, als hätte er eine gewisse Summe auf Westwater gelassen.«

»Schon möglich. Aber George wäre ein Treffen in London sicherlich lieber gewesen, und Christopher hätte nur schwerlich dagegen Einspruch erheben können.«

»Könnte er George die beiden Fünfpfundscheine gegeben haben?«

»Da fragst du was. Man muss sich wirklich darüber wundern. Es kommt einem sehr unwahrscheinlich vor, dass George, der ja keinen Job hatte, im Besitz von so viel Bargeld sein sollte. Das Geld hat es ihm jedenfalls ermöglicht, im Gasthaus abzusteigen, obwohl er eigentlich mehr oder weniger mittellos war.«

Es entstand ein kurzes Schweigen. Dann sagte Sally: »Da ist noch was. Falls Richard recht hatte und George wusste, wer der Mörder war, weil er sich am Nachmittag des Mordes hier in der Gegend befand, dann muss er am Mittwoch mit der Absicht hierhergekommen sein, den Mörder zu erpressen. Warum hat er sich dann aber nach Fanchester fahren lassen – warum hat er überhaupt erst gefragt, ob er sich für die Fahrt nach London den Rover ausleihen kann – und ist nicht direkt im Dorf geblieben? Sollte das einfach nur der Irreführung dienen?«

»Schon möglich. Die Alternative dazu ist, dass er zu diesem Zeitpunkt noch nicht wusste, wer der Mörder war, sondern nur einen Verdacht hegte, und dass irgendetwas, das er im Verlauf des Tages erfahren hat – entweder bei der gerichtlichen Untersuchung oder auf Westwater Manor – ihm den nötigen Hinweis geliefert hat. Damit muss er schon vorher etwas gewusst haben, das niemand sonst wusste. Er brauchte Zeit, um darüber nachzudenken, also hat er beschlossen, fürs Erste wieder wegzufahren. Oder die Bedeutung dessen, was er gehört hatte, wurde ihm erst klar, nachdem er Westwater bereits verlassen hatte. Oder, was auch möglich ist, er hat es erst unterwegs im Auto gehört.«

»Ja. Das ergibt Sinn. Dann ist er wieder zurückgekommen, zunächst einmal nur, um seinen Verdacht zu bestätigen?«

»Das vermute ich auch. Oder einfach nur, um ein wenig im Trüben zu fischen. Auf jeden Fall wollte er eine Sache herausfinden, würde ich sagen, nämlich wie viel, wenn überhaupt etwas, er für sich selbst bei der ganzen Geschichte herausschlagen konnte.«

Etwa zehn Minuten, nachdem sie vom Dorf losgegangen waren, erreichten sie den Stausee. Für eine einigermaßen nüchterne Person wäre der Weg auch im Dunkeln sehr leicht zu finden gewesen. Die Heldars waren schon einmal von Westwater hierhergekommen und kannten den Ort: die hübschen Backsteingebäude der Farm mit ihren noch nicht fertiggestellten, geschweiften Giebeln im niederländischen Stil und direkt vor ihnen, hinter einer Wiese, die Mercator in einen Garten hatte verwandeln wollen, der

Stausee. Selbst dort war der Wasserstand relativ niedrig, höchstens zwei oder zweieinhalb Meter, dachte Sally. Sie betrachtete das Wasser und fragte: »Leichen steigen nicht schon nach ein paar Stunden wieder an die Wasseroberfläche, oder?«

»Nein. Das dauert mehrere Tage. Aber das Wasser ist sehr klar, wie du sehen kannst. Danby hat gesagt, dass er George am Anzug wiedererkannt hat. Das ist recht einleuchtend. Mir ging es genauso. Die Farbe des Anzugs war ziemlich grell, wie du dich vielleicht erinnern wirst. Denkst du auch gerade an den merkwürdigen Zufall, dass Danby beide Leichen entdeckt hat?«

»Das ist mir durch den Kopf gegangen, ja. Hast du – gab es irgendwelche Anzeichen dafür, von wo aus George ins Wasser gestürzt ist?«

Johnny ging ein Stück den Pfad entlang, der etwa einen halben Meter vom Rand der steilen Böschung entfernt war. »Wir dachten, hier vielleicht – aber jetzt sieht man nichts mehr davon. Man konnte auch vorgestern kaum Spuren erkennen. Das Gras ist hier sehr kurz und bei diesem Wetter staubtrocken, also würde kaum ein Abdruck darin zurückbleiben, und auch der Pfad ist recht hart. Nichts hat darauf hingedeutet, dass an der Stelle zwei Personen gestanden haben und nicht nur eine. Der Mörder hätte auf den Grasstreifen treten können, und wenn sie sich leise unterhielten – was sie unter den gegebenen Umständen höchstwahrscheinlich getan hätten, selbst wenn es niemanden gab, der sie hätte hören können – wäre George ihm selbstverständlich gefolgt.« Johnny ging weiter. »Und jetzt möchte ich nach etwas anderem suchen. Wenn man die Aussage von Bill Slater als Anhaltspunkt nimmt – die wir überprüfen sollten, aber erst, denke ich, wenn Richard Gelegenheit hatte, den Weg für uns zu ebnen –, hat George den Rover wahrscheinlich irgendwo hier abgestellt oder irgendwo auf dem Fahrweg, der zur Farm führt. Es ist wahrscheinlich nicht wichtig, wo genau er ihn abgestellt hat, aber es würde mich interessieren, das herauszufinden, auch wenn ich bezweifle, dass wir jetzt noch irgendwelche Spuren finden werden. Das Gras ist zu trocken und dort, wo die Bauarbeiter hin- und hergelaufen sind, ist der Boden wahrscheinlich viel zu hart. Der Fahrweg ist auch nicht besonders vielversprechend, weil dort das Polizeiauto, der Krankenwagen, das Auto von Hill und das Auto des Polizeiarztes entlanggefahren sind, und zwar hin und wieder zurück. Aber wo wir schon einmal hier sind, sollten wir es wenigstens versuchen.«

Und mich dabei gleichzeitig vom Anblick des Stausees ablenken, dachte Sally. Das sah Johnny ähnlich. Sie hakte sich bei ihm unter, und er drückte leicht ihren Arm.

Das Gras und der harte Untergrund gaben nicht das Geringste preis. Das Gleiche galt für den Fahrweg. Aber als sie ihn etwa fünfzig Meter lang gegangen waren, führte zur Rechten ein schmaler Feldweg davon ab, der durch eine Öffnung in der hohen Böschung verlief. In der Mitte des Weges wuchs Gras, aber auf beiden Seiten dieses Grasstreifens waren schwache Reifenspuren zu erkennen.

Johnny untersuchte sie sorgfältig und nickte dann. »Ja«, meinte er, »das stammt von einem Dunlop-Reifen, nicht besonders neu, und das da von einem alten Firestone. Die anderen kann ich nicht identifizieren, da waren die Reifen zu abgenutzt. Aber die Spurweite würde zu der Größe des Rovers passen.«

»Die Spurweite?«

»Der Abstand zwischen den Rädern, Liebes.«

Jenseits der Böschung verlief der Feldweg noch etwa zweihundert Meter durch eine Bodenniederung, die bei jedem anderen Wetter Sumpfland gewesen wäre. Dann machte der Weg einen abrupten Knick um eine Reihe hochgewachsener Korbweiden und verlief schließlich im Sand, unmittelbar neben einem kleinen Fischerhäuschen, das ganz offensichtlich unbewohnt und ziemlich heruntergekommen war. Hier endeten die Reifenspuren zu beiden Seiten eines kleinen Ölflecks im Gras.

»Das weist auf ein etwas älteres Auto hin«, sagte Johnny. »Ich würde sagen, wir haben die Stelle gefunden.«

Sie gingen zur Farm zurück, durch das dahinter liegende Tor in der Parkmauer und auf direktem Weg zurück nach Westwater. Dabei schlugen sie ein recht schnelles Tempo an. Johnny hatte vor ihrem Aufbruch vom Fischerhäuschen auf die Uhr geschaut, um zu überprüfen, wie viel Zeit sie für die Strecke brauchten. Nach etwas mehr als einer Viertelstunde hatten sie das Haus erreicht.

* * *

Sie trafen Richard und Lisa im Salon an. Lisa war sehr skeptisch, was ihre Ermittlungen anbetraf. Sie war ganz offenbar mit Christopher einer Meinung, dass Richard sich auf diese Weise nur Schwierigkeiten einhandeln würde. Aber sie meinte zu Sally, wenn Richard Nachforschungen anstellen wolle, dann würde er eben Nachforschungen anstellen, und man könne absolut nichts dagegen tun.

Richard hörte Johnnys Bericht mit großem Interesse zu. Als die Sprache auf Danbys häusliche Situation kam, sagte er, der Colonel lebe allein, abgesehen von seinem ehemaligen Offiziersburschen, der sich um ihn kümmerte. Dem Mann wurde nachgesagt, etwas indiskret mit den persönlichen Angelegenheiten seines Dienstherrn umzugehen, insbesondere, wenn er das ein oder andere Glas Bier getrunken hatte, weshalb Danby möglicherweise einen guten Grund gehabt haben könnte, George nicht in den eigenen vier Wänden zu empfangen. Andererseits war es recht unwahrscheinlich, dass George zu zaghaft gewesen sein sollte, um Danby gegebenenfalls einfach aufzusuchen. Als er eingehender zu diesem Thema befragt wurde, meinte Richard, das Haus des Colonels sei nicht besonders groß. Der ehemalige Offiziersbursche schlafe jedoch seines Wissens über der Küche in einem Raum, den man über eine separate Treppe erreiche, und Danby hätte das Haus wahrscheinlich verlassen können, um George am Stausee zu treffen, ohne dass der ehemalige Offiziersbursche etwas mitbekommen hätte.

Für die Frage, welche Sorte von Reifen der Rover hatte, war Lisa zuständig, die sich jedoch nur noch erinnerte, dass diese bereits recht alt gewesen waren, als sie das Auto vor fast drei Jahren das letzte Mal benutzt hatte. Sie hatte nie neue Reifen aufziehen lassen. Sally hatte dafür vollstes Verständnis. Sie hatte selbst auch nur eine ziemlich vage Vorstellung, wenn es um Reifen ging.

»Es gibt einen recht seltsamen Punkt bei der Sache«, sagte Richard, nachdem Johnny mit seinem Bericht fertig war. »Warum hat George sich solche Mühe gemacht, das Auto zu verstecken? Das wäre doch kaum nötig gewesen, wenn er nur herkommen wollte, um mich abzufangen. Und selbst wenn er Mark doch ermordet haben sollte, so waren wir uns doch einig, dass er diese Tat auf keinen Fall vorsätzlich begangen haben konnte.«

Lisa zuckte mit den Schultern. »Mark sollte nicht mitbekommen, dass er in Westwater war, und in der Gegend hier war der Rover mit seinem unverwechselbaren Nummernschild nur allzu gut bekannt. Du oder ich, wir würden uns nicht so viel Mühe gegeben haben, aber Georges Gedanken sind schon immer recht verschlungene Wege gegangen.«

»Das ist wahr«, sagte Richard. »Also, was möchten Sie als Nächstes unternehmen, Johnny?«

»Ich würde gern mit Bill Slater reden. Und ich würde mich auch gerne mit den Gärtnern und den Leuten in den jeweiligen Pförtnerhäusern unterhalten. Nicht, dass ich etwas Bestimmtes im Blick hätte – nur für den Fall, dass sich zufällig irgendetwas daraus ergibt.«

»Aber gewiss. Ich werde mitkommen und Sie den Leuten vorstellen. Es gibt dabei nur ein Problem: Im westlichen Pförtnerhaus wohnt gerade niemand – zumindest nicht offiziell. Mark hat mir am Montagnachmittag erzählt, dass er einige Reparaturen und Renovierungsarbeiten daran vornehmen lässt, und wenn das Haus dann fertig ist, sollte ein altes Ehepaar namens Jakes darin einziehen. Anscheinend hat Jakes ein paar der anfallenden Arbeiten selbst erledigt und könnte also durchaus am Montagnachmittag dort gewesen sein. Ich hätte wegen dieses Umstands natürlich einen guten Grund gehabt, den Park auf dem westlichen Zufahrtsweg zu verlassen, falls ich hätte verhindern wollen, dass jemand mitbekommt, wann genau ich fortgefahren bin. Aber wir können Jakes in seinem Cottage besuchen gehen, falls er sich nicht gerade im Pförtnerhaus aufhält.«

Die Befragung der Gärtner war nicht besonders ergiebig. Der Obergärtner und der Gärtnerjunge hatten am Nachmittag des Mordes zusammen in dem Teil des Gartens gearbeitet, der auf der Ostseite des Hauses lag, und waren darüber hinaus auch ziemlich weit vom Haus entfernt gewesen. Außer zu der Zeit, als sie zum Tee in die Küche gegangen waren, hatten sie niemanden sonst gesehen. Sie hatten auch kein Auto bemerkt, und keiner von beiden konnte sich daran erinnern, eines gehört zu haben. Betts, der Hilfsgärtner, konnte ihnen ein bisschen mehr berichten. Er hatte in der Nähe des westlichen Zufahrtswegs gearbeitet, jedoch an einer Stelle, wo er von der Zufahrt aus nicht gesehen werden konnte. Er hatte mit Christopher am frühen Nachmittag ein paar Worte gewechselt, konnte jedoch nicht genau sagen, um wie viel Uhr. Vielleicht gegen halb drei. Später hatte er dann gehört, wie ein Auto den westlichen Zufahrtsweg entlanggekommen war, und aus den kreischenden Bremsen geschlossen, dass es sich um das Auto des Colonels handelte. Bedauerlicherweise war er sich auch hier bei der Uhrzeit nicht sicher. Auf jeden Fall irgendwann vor vier Uhr, denn da war er zum Tee ins Haus gegangen.

Nach dem Mittagessen holten sie Johnnys Auto aus den Stallungen und nutzten die Gelegenheit, um den Chauffeur zu befragen. Aber Morley hatte den Montagnachmittag in der Garage verbracht und – außer in der Pause, die er anlässlich der Teestunde eingelegt hatte – niemanden gesehen, noch hatte er draußen ein Auto gesehen oder gehört. Nach diesem Gespräch fuhren sie zum nördlichen Pförtnerhaus und setzten sich für eine Weile in die heiße, stickige Küche der alten Frau, die für dieses Tor zuständig war. Aber Mrs Thorne hatte am Montagnachmittag weder George noch sonst irgendjemanden bemerkt, der von Interesse gewesen wäre, und den Rover hatte sie auch nicht gesehen. Ein wenig beunruhigend war der Umstand, dass sie auch weder gehört noch gesehen hatte, wie Richard fortgefahren war. Sie war gegen halb drei ins Dorf gegangen, hatte dort eine Freundin besucht und war erst gegen vier Uhr wieder nach Hause zurückgekehrt.

Am westlichen Pförtnerhaus war niemand zu sehen. Richard schlug daraufhin vor, sie sollten als Nächstes zu Bill Slater fahren, und lotste Johnny ein kleines Stück die Straße entlang und dann die Pferdegasse hinauf. Sie fanden Slater bei seinen Schweinen. Er begrüßte Richard sehr herzlich, lehnte sich an die Tür eines der Koben und begann zu reden. Es bestand kein Zweifel, dass er den Rover gesehen hatte. Er beschrieb das Auto in allen Einzelheiten und nannte auch das Nummernschild. Er hatte das alles bereits auch Mason berichtet – aber erst, wie sie aus seinen Bemerkungen schlossen, nachdem er sich vergewissert hatte, dass nicht Richard am Steuer gesessen hatte.

Danach fuhren sie weiter die schmale Straße hinauf, die fast unmittelbar darauf eine scharfe Linkskurve machte und mit einer anderen Straße zusammentraf. Dies, meinte Richard, sei der Weg, der zum Haus der Jakes' führte und den man deshalb in der hiesigen Gegend nur als »Jakes' Lane« bezeichnete. Es war eine schmale Fahrspur, die ein paar hundert Meter südlich des westlichen Parktors auf die Hauptstraße traf. Sie hielten vor einem baufälligen Häuschen an, das Richard missbilligend betrachtete. »Kein Wunder, dass Mark sie unbedingt hier rausholen wollte«, sagte er. »Das Haus ist ja übel heruntergekommen, seitdem ich das letzte Mal hier war.«

Das Ehepaar Jakes war ihm seit seiner Rückkehr noch nicht wieder begegnet, und es war rührend, wie herzlich sie ihn willkommen hießen. Die alte Frau weinte sogar ein bisschen, und Richard ließ die übliche beherrschte Zurückhaltung fallen und legte ihr einen Arm um die Schultern. Dann stellte er Lisa vor, woraufhin Mrs Jakes in ihre Jugendtage zurückfiel und einen Knicks machte. Es dauerte eine ganze Weile, bis sie dazu kamen, Fragen zu stellen.

Jakes sprach mit dem breiten Hampshire-Akzent seiner Vorfahren, aber seine Aussage fiel sehr klar und deutlich aus. Nein, er hatte Mr Willesdon – den er ganz offenbar für einen Tunichtgut hielt – am Tag von Sir Marks Tod nicht gesehen. Genauer gesagt hatte er in der Nähe von Westwater Manor niemanden gesehen außer dem jungen Frankie Pearce – dem Gärtnerjungen –, als dieser von der Arbeit nach Hause ging, und dem Colonel.

»Wann haben Sie den Colonel gesehen?«, fragte Johnny.

Die Frage wurde, wenn auch mit einigen Unterbrechungen, beantwortet, nachdem die Jakes' eingehend die Standuhr zu Rate gezogen hatten, die Mrs Jakes' Onkel gehört hatte. Außerdem gab es noch einen ausführlichen Bericht darüber, was Mrs Jakes zu Mr Jakes gesagt hatte und was er zu ihr gesagt hatte, bevor er zum westlichen Pförtnerhaus gefahren war, um dort ein paar Tischlerarbeiten zu erledigen. Schließlich meinten sie, das sei wahrscheinlich so gegen zwanzig nach drei gewesen, jedenfalls höchstens eine oder zwei Minuten später.

»Ich bin um diese letzte Kurve gefahren, und da habe ich gesehen, wie das Auto des Colonels vorbeigefahren ist. Er hat wie verrückt gehupt – der macht immer mehr Krach als alle anderen, der Colonel. Ich bin ja selbst nie Auto gefahren, aber ich würde am Tor eher ein wenig langsamer fahren als so'n Krach zu machen, den man bis nach Fanchester hören kann. Als ich am Tor ankam, da war er gerade noch zu sehen, wie er den Zufahrtsweg hochfuhr.«

»Und da haben Sie kein anderes Auto auf der Straße gesehen?«, fragte Johnny.

»Nein, Sir, das habe ich nicht.«

»Haben Sie irgendwann an diesem Tag Mr Richards altes Auto gesehen?«

»Das alte schwarze Ding mit den drei Dreien auf dem Nummernschild? Nein, Sir.«

Während sie weiterfuhren, sagte Johnny: »Das beweist noch nicht, dass der Rover da war, aber legt nahe, dass Danby die Wahrheit gesagt hat. Wenn Jakes gerade eben um diese Kurve gekommen ist, als er den Colonel gesehen hat, dann war der Rover wahrscheinlich schon an der Einmündung von Jakes' Lane vorbei – falls er aus der Richtung des Fischerhäuschens kam. Und laut Betts' Aussage ist er zu keinem Zeitpunkt den westlichen Zufahrtsweg entlanggefahren.«

»Ja, dieser Schluss scheint sich aus alledem zu ergeben«, sagte Richard.

»Mir gefällt nicht so recht, dass laut Jakes Danbys Auto auf dem Zufahrtsweg irgendwann nicht mehr zu sehen war. Die erste Kurve ist ein ganzes Stück entfernt. Wenn er zur Farm wollte, wäre es da nicht kürzer gewesen, wenn er nur ein kleines Stück jenseits des Pförtnerhauses angehalten hätte und von dort aus zu Fuß gelaufen wäre?«

»Ein wenig, aber das fällt nicht so sehr ins Gewicht.«

»Nun, da könnten Sie recht haben oder auch nicht. Der Zeitrahmen ist ziemlich eng gesteckt.« Johnny hielt an einer

Stelle an, die sich knapp außerhalb der Sichtweite des Pförtnerhauses befand. »Nehmen wir mal an, der Colonel hat hier angehalten. Es war kurz vor halb vier. Er müsste es geschafft haben, zur Farm zu laufen, sich dort umzusehen, hierher zurückzukehren, zum Haus weiterzufahren und um Viertel vor vier im Arbeitszimmer zu sein. Er ist ein älterer Herr, und es war an jenem Nachmittag sehr heiß. Es tut mir leid, aber ich finde, wir sollten das mal ausprobieren. Möchten Sie mitkommen? Sie kennen von hier aus den kürzesten Weg.«

Richard führte sie in einem schnellen Schritttempo durch den Park. Die Farm war sehr viel näher an ihrem Ausgangspunkt gelegen als das Haus, aber sie brauchten dennoch sieben Minuten, bis sie sie erreicht hatten. Johnny schaute auf die Uhr, wartete, bis eine Minute verstrichen war, und schlug dann vor, den Rückweg anzutreten. Sobald sie das Auto erreicht hatten, fuhr er in schnellem Tempo zum Haus. Dort stiegen sie so rasch wie möglich aus, eilten zur Terrasse und betraten das menschenleere Arbeitszimmer.

»Nicht ganz achtzehn Minuten«, sagte Johnny. »Ja, ich denke, wir können ihm bis zu neunzehn Minuten zugestehen oder vielleicht sogar zwanzig. Weder er noch Jakes konnte auf die Minute genau sagen, wann er das westliche Tor erreicht hatte. Es ist also möglich, wenn auch ein wenig knapp.«

»Er geht immer sehr schnell, wenn er aufgeregt ist«, sagte Richard.

Als Nächstes bat Johnny Richard um die Erlaubnis, die Dienstboten zu befragen, aber das Resultat war nicht besonders hilfreich. Keiner der Dienstboten hatte am Nachmittag des Mordes George oder den Rover gesehen. Keiner von ihnen hatte in der Nacht von Georges Tod irgendjemanden im oder vor dem Haus gesehen. Deane, der als Nächster befragt wurde, gab dieselben Antworten, fügte jedoch noch hinzu, dass er am Montagnachmittag ein Auto auf der westlichen Zufahrt gehört habe – wahrscheinlich das des Colonels, so wie die Bremsen gekreischt hatten –, aber er konnte nicht sagen, um welche Uhrzeit das gewesen war, nur, dass er kurz vorher noch vor Mercators Arbeitszimmer gestanden hatte. Ein anderes Auto hatte er nicht gehört. Gloria gab nach einer weiteren eingehenden Befragung mit großer Erleichterung zu, sie habe nicht mitbekommen, wie Deane das Arbeitszimmer tatsächlich betreten hatte. Mason hatte sie zu diesem Punkt ebenfalls befragt, und es war ihr klar geworden, dass sie sich sehr wohl geirrt haben konnte.

Als sie wieder in der Bibliothek waren, zog Johnny das Blatt hervor, auf dem er die Zusammenfassung der Beweislage niedergeschrieben hatte.

»Aufgrund dessen, was wir in der Zwischenzeit erfahren haben, ist hier noch etwas zu ergänzen«, sagte er. »In Anbetracht von Jakes' und Deanes Aussagen war es mit ziemlicher Sicherheit nicht Danby, zu dem Mercator um fünf Minuten nach drei gesprochen hat. Danby könnte dem Arbeitszimmer zwar zwei separate Besuche abgestattet haben, aber das erscheint mir äußerst unwahrscheinlich. Wir können davon ausgehen, dass Danby nicht vor halb vier eingetroffen ist, und Mercator hätte, wenn er zu diesem Zeitpunkt noch am Leben gewesen wäre, doch bestimmt Christopher längst zu sich gebeten. Danby hätte es vor Viertel vor vier unmöglich zur Farm und wieder zurück schaffen können. Also hat er den Mord höchstwahrscheinlich nicht begangen. Die medizinischen Beweise entlasten natürlich noch niemanden. Die Ärzte haben lediglich ausgesagt, Mercator könnte zu jedem Zeitpunkt zwischen zwanzig nach zwei, als wir ihn alle noch lebend gesehen haben, und ungefähr Viertel vor vier getötet worden sein, als wir seine Leiche gefunden haben.«

»Und sie haben gesagt, dass er durchaus aufgrund eines solchen Schlages gestorben sein könnte, wie du ihn beschrieben hast.«

Johnny nickte. »Aber der Hauptunterschied«, sagte er, »liegt darin – und Richard hat darauf schon gestern Abend hingewiesen –, dass wir jetzt nicht mehr den Rover berücksichtigen müssen.«

»Also könnte wirklich jeder der Täter sein.«

»Ja. Es könnte wirklich jeder der Täter sein.«

ACHTES KAPITEL

Der Sonntag wurde kein besonders angenehmer Tag, zumindest empfand Sally das so, denn sie wusste, dass Johnny sich große Sorgen machte. Sie gingen in die Bibliothek, um ihr Projekt dort abzuschließen, doch Johnny war geistesabwesend, und so ging die Arbeit nur sehr langsam voran. Er wollte offenbar nicht über den Mordfall reden, selbst mit ihr nicht, und sie drängte ihn nicht. Aber als der Tag sich dem Ende zuneigte, war sie fast sicher, dass es nicht nur der Mordfall war, der ihm Sorgen bereitete – oder zumindest, dass es sich dabei um einen Aspekt dieses Falls drehte, der ihr bislang entgangen war.

Die gerichtliche Untersuchung zu Georges Tod wurde am Montagnachmittag abgehalten. Christopher kam aus der Stadt angereist, um als Zeuge auszusagen. Erneut mussten sie sich dem Spießrutenlauf durch die Reihen der Journalisten aussetzen und in der stickigen Wirtsstube den einzelnen Zeugenaussagen zuhören. Aber das Ergebnis stand schon im Voraus fest. Der medizinische Sachverständige ging von Selbstmord durch Ertrinken aus. Richard, Wainwright und Johnny betonten ausdrücklich, dass George keineswegs einen selbstmordgefährdeten Eindruck auf sie gemacht hatte. Aber anscheinend teilte der Untersuchungsrichter ihre Ansicht nicht, und auch die Jury war anderer

Meinung. Man befand auf Selbstmord, und der Vorsitzende der Jury fügte noch hinzu, dass die Jury der Auffassung sei, Mr Willesdon habe sich aus Reue umgebracht, weil er Sir Mark Mercator getötet hatte. Die Jury wurde für diesen Nachtrag streng gerügt, schien jedoch der Ansicht zu sein, nur ihre Pflicht getan zu haben.

Als sie nach Westwater zurückkehrten, machte Richard keinen Hehl daraus, dass er das Urteil missbilligte, und weil niemand Christopher anlügen wollte, fand dieser sehr schnell heraus, dass private Ermittlungen im Gange waren. Er war vehement dagegen und ließ sich nach einer langen, anstrengenden Auseinandersetzung nur teilweise beschwichtigen. Johnny musste ihm versichern, dass die Nachforschungen auf jeden Fall innerhalb der Grenzen des Anstands blieben.

Mit einer Mischung aus Charme und Unbefangenheit gelang es Lisa im Laufe der Diskussion, Christopher die eine oder andere Information zu entlocken. Er behauptete, George habe ihm gegenüber nicht erwähnt, dass er plane, nach Danesfield zurückzukehren, und in diesem Moment fragte Lisa ihn – sehr behutsam – ob er George die Fünfpfundscheine gegeben habe. Er wurde feuerrot im Gesicht und gab es zu.

»Er hat mir erzählt, er hätte nur noch ein paar Schillinge übrig. Ich möchte mich nicht dazu äußern, ob das nun stimmte oder nicht. Aber als ich ihm gesagt habe, da könne ich nichts machen, hat er angedeutet, dass er sich dann eben von Richard Geld leihen wolle. Ich wollte verhindern, dass er wieder hierher zurückkommt oder irgendwelche Bettelbriefe schreibt.«

»Danke, Christopher«, sagte Lisa und lächelte ihn an.

Aber Sally glaubte, den wahren Grund für Lisas plötzliche Unterstützung zu kennen. Lisa hielt George für den Schuldigen oder wollte, selbst wenn sie sich dessen nicht sicher war, zumindest verhindern, dass in der Sache weiter ermittelt wurde, weil Richard in Sicherheit war, solange die Polizei George für den Schuldigen hielt. Sie glaubte offenbar nicht daran, dass es durch irgendwelche Nachforschungen gelingen könnte, George zu entlasten, und wollte dies unter Beweis stellen – wollte Johnny und Richard zeigen, dass sie gegen eine Wand anrannten. Je eher ihnen das klar wurde, desto eher würden sie aufgeben.

Am nächsten Morgen fuhren die Heldars nach London. Lisa hatte ihnen einen Schlüssel für die Garage bei dem Kutscherhäuschen gegeben und auch die Schlüssel für den Rover. In der Mittagszeit fuhren sie zu der Garage hinaus, um sich das Auto einmal anzusehen. Es war davon auszugehen, dass auch die Polizei sich für das Auto interessiert hatte – die Beamten hatten sich wahrscheinlich von George den Schlüssel ausgeliehen –, aber sie hatten das Auto entweder von vornherein in der Garage stehen lassen oder es wieder dorthin zurückgebracht. Jedenfalls stand es dort in dem grellen elektrischen Licht, alt und ziemlich ramponiert und auch ein wenig staubig.

Johnny untersuchte die Reifen und sagte dann: »Ja. Ein Dunlop, nicht besonders neu ... ein alter Firestone ... und noch zwei weitere alte Dunlops. Und ein Ölfleck auf der Erde. Nun. Jetzt bin ich sicher, dass es dieses Auto war, das am Fischerhäuschen gestanden hat. Aber das bringt uns nicht sehr viel weiter.«

Sie warfen einen Blick ins Wageninnere, entdeckten dort jedoch nichts von Interesse. Dann fuhr Johnny zum Antiquariat und stieg dort aus. Sally übernahm das Steuer, besorgte zunächst etwas fürs Abendessen und fuhr dann nach Hause. Sie hatte den Eindruck gewonnen, dass Johnny so lange wie möglich von Westwater fortbleiben wollte, und als sie vorgeschlagen hatte, unter irgendeinem Vorwand zum Abendessen in London zu bleiben, hatte er diesen Vorschlag begeistert aufgegriffen.

Er kam erst spät nach Hause, denn bei Heldar's war sehr viel Arbeit liegengeblieben, die zu erledigen war. Er sah müde und besorgt aus. Sally reichte ihm einen Drink und servierte das Essen und redete über alles Mögliche, nur nicht über Westwater, bis sie schließlich wieder im Wohnzimmer saßen und ihren Kaffee tranken. Dann sagte sie: »Darling, möchtest du mir nicht reinen Wein einschenken? Aber natürlich nur, wenn du willst.«

Johnny schaute auf seine Armbanduhr. »Viertel vor acht«, sagte er. »Wir sollten spätestens um halb neun aufbrechen. Ja, ich würde dir gern alles erzählen. Das fällt mir auch leichter, wenn wir uns nicht gerade in Richards vier Wänden aufhalten – auch wenn das wahrscheinlich lächerlich ist.«

»Richard?«

»Darling, siehst du das denn nicht? Wenn wir George als Schuldigen ausschließen, lässt sich eine wasserdichte Anklage gegen Richard erheben, und zwar ausschließlich gegen Richard und niemanden sonst.«

Sally starrte ihn an. »Natürlich gab es immer zahlreiche Indizien, die für Richards Schuld sprachen«, meinte sie. »Aber die sind doch jetzt sicherlich gegenstandslos. Richard hätte uns doch nie um diese Ermittlung gebeten, wenn er den Mord – oder die Morde – selbst begangen hätte. Er hätte sich einfach der allgemeinen Überzeugung angeschlossen, dass George der Schuldige war.«

»Ich weiß, Sally. Es könnte aber auch ein Argument gegen diese These geben – ich bin mir da nicht ganz sicher. Doch im Augenblick stehen wir vor folgendem Problem: Richard hat uns gebeten, Georges Unschuld zu beweisen, und nachdem ich mir das ganze Wochenende über den Kopf zerbrochen habe, bin ich zu dem Schluss gekommen, dass sich dieses Ziel nur dadurch erreichen lässt, dass wir Richard zum Schuldigen erklären.«

Sally wartete, und nach einer kleinen Weile fuhr Johnny langsam fort.

»Deane ist natürlich auch noch im Rennen. Aber er ist ein derart schlechter Schauspieler, dass ich einfach nicht glauben kann, dass er uns dieses Mal nicht die Wahrheit gesagt hat. Außerdem gibt es nicht den geringsten Grund für die Annahme, dass er darüber Bescheid wusste, dass George am Mittwochabend wieder in die Gegend von Westwater zurückgekehrt ist. Danby ist auch noch eine Möglichkeit, wenn auch eine sehr entfernte. Aber der Zeitfaktor spricht sehr dagegen, dass er Mark ermordet hat. Und ich denke auch nicht, dass er genug Zeit hatte, mit George ein Treffen zu verabreden, als sie sich im Wirtshaus begegnet sind. George hätte bestimmt eine Diskussion vom Zaun gebrochen, wo und wann ein solches Treffen stattfinden sollte. Die Worte, die Wainwright akustisch nicht verstehen konnte, waren wahrscheinlich eine typisch George'sche Stichelei über Danbys alte Kopfwunde. Und außerdem bin ich sicher, dass die Zusammenkunft am Stausee schon vor Georges Eintreffen im Wirtshaus arrangiert wurde – warum sonst hätte er sich die Mühe machen sollen, nüchtern zu bleiben? Es ist auch immer noch möglich, dass der Mord von einem Mitglied der Dienerschaft begangen wurde oder von jemandem, der uns noch überhaupt nicht in den Sinn gekommen ist oder von dem wir noch nie gehört haben. Aber ich empfinde es als so gut wie unmöglich, irgendeinen der Dienstboten zu verdächtigen, und selbst die Polizei hat anscheinend trotz all ihrer weitgefächerten Ermittlungsmöglichkeiten keinen geheimnisvollen Fremden entdecken können, der sich in der Gegend herumgetrieben hat.

Es bleiben also nur noch Richard und Christopher übrig. Und es läuft auf folgende simple und eindeutige These hinaus: Entweder ist Mark Christopher nie holen gegangen, weil Richard ihn bereits ermordet hatte, oder er ist Christopher holen gegangen, und dann hat Christopher ihn ermordet.

Beide hatten eine gleichermaßen gute Gelegenheit dazu. Aber sehen wir uns doch mal an, wie es um das Motiv bestellt ist. Richard hatte ein exzellentes Motiv für einen Mord im Affekt, insbesondere, wenn man seine nervliche Verfassung bedenkt. Bei diesem Testament hätte jeder rotgesehen! Und ich kann das Motiv, das Lisa Christopher angedichtet hat, nicht recht nachvollziehen. Je näher ich ihn kennenlerne, desto weniger kann ich mir vorstellen, dass er sich zu einer Gewalttat hinreißen lassen würde, nicht einmal nachdem er provoziert worden ist wie von Lisa beschrieben. Sein Temperament und sein persönlicher Werdegang sprechen in meinen Augen sehr gegen eine solche Reaktion.

Es gibt noch ein anderes Motiv, das wir in Betracht ziehen müssen: die Frage, warum das Testament entwendet und dann versteckt wurde. Auch in diesem Fall kann ich den Grund, den Lisa Christopher unterstellt hat, beim besten Willen nicht nachvollziehen. Richard hätte das aus rein persönlichen Gründen tun können – in seinem Fall hätte ihn kein Berufsethos daran gehindert. Vielleicht ahnte er, dass die Klausel mit dem Heiratsverbot für null und nichtig erklärt werden konnte, auf jeden Fall war er sich im Klaren, dass er von dem ursprünglichen Testament nicht profitieren würde.«

»Ja«, sagte Sally. »Aber er hätte professionellen Rat benötigt. Er hat Christophers Ansichten dazu erst am nächsten Morgen erfahren, und er hat Mason noch am selben Abend von dem Testament erzählt. Warum sollte er das tun, wenn er das Testament unterschlagen wollte, selbst wenn er sich bereits dazu entschlossen hätte, es wieder auftauchen zu lassen. Um sich Ärger zu ersparen, hätte er doch am besten so getan, als hätte er es niemals zu Gesicht bekommen.«

»Ich weiß, Darling. Aber wir dürfen nicht vergessen, dass er mit seinen Nerven am Ende war – er ist mitten in der Vernehmung in Ohnmacht gefallen, wie du dich sicher erinnerst. Es könnte sehr gut sein, dass ihm die eine oder andere Aussage herausgerutscht ist. Vielleicht ist er in Ohnmacht gefallen, weil er gemerkt hat, dass er die Kontrolle verlor. Ich möchte damit nicht sagen, dass er die Ohnmacht nur gespielt hat – Mason ließe sich nicht so leicht täuschen – aber es wäre denkbar, dass er sich einfach nicht länger zusammenriss. Vielleicht hat er diese Technik während seiner Zeit im Gefangenenlager gelernt. Es ist jedenfalls eine Methode, um die Folter zumindest für den Augenblick zu beenden. Aber kehren wir zum Testament zurück. Nehmen wir an, Lisa hätte von vornherein den Verdacht gehabt, dass Richard der Mörder war – sie ist hochintelligent, wie er selbst gesagt hat, und sie scheint ihn ziemlich gut zu kennen. Sie hat mitbekommen, dass er sich für die Möglichkeit interessierte, die Heiratsklausel außer Kraft zu setzen – du wirst dich erinnern, dass sie gesagt hat, das Testament sei so gut wie das einzige Thema, über das Richard mit Christopher zu reden gewillt sei. Sie hat erraten, dass er es entwendet hat und warum. Und dann hat sie in einem recht kühnen Manöver Richards Motiv einfach Christopher zugeschrieben. Ich denke nicht, dass sie damit erreichen wollte, dass Christopher tatsächlich des Mordes angeklagt wird. Sie wollte nur ein wenig Verwirrung stiften und hoffte, dass ihre Geschichte ihren Weg von dir zu mir und von mir zu Mason finden würde.«

»Vielleicht«, sagte Sally unglücklich, »war es ja mehr als nur ein Verdacht, den sie gegen Richard gehegt hat.«

»Ja, er könnte ihr alles erzählt haben. Aber das wäre nicht unbedingt nötig.« Johnny zündete sich eine weitere Zigarette an und fuhr dann fort.

»Jetzt kommen wir zu Georges Tod. Christopher könnte gewusst haben, dass George vorhatte zurückzukehren. Aber ich denke nicht, dass George nur Christopher zuliebe wieder hergekommen wäre, und ich bin geneigt, Christophers Erklärung dazu, wie die zehn Pfund in Georges Besitz gelangten, Glauben zu schenken – mit dem einzigen Unterschied, dass es ihm bei dieser Spende eher darum ging, Lisa zu schonen als Richard. Aber Richard hat am Mittwochabend einen Telefonanruf aus Fanchester entgegengenommen. Der Anrufer wollte Fenton offenbar seinen Namen nicht nennen und hat nur behauptet, er sei ein ehemaliges Mitglied von Richards Flugstaffel – eine Behauptung, die Richard unbedingt dazu veranlasst hätte, ans Telefon zu gehen. Richard hat danach gesagt, es hätte sich um einen

Reporter gehandelt, und der unverschämte Anruf eines Journalisten hätte sicherlich die Ursache für den grimmigen Gesichtsausdruck bei seiner Rückkehr sein können. Aber auch ein erpresserischer Anruf von George hätte diese Reaktion ausgelöst. Und der Anruf wurde vor sieben Uhr durchgestellt. Zu diesem Zeitpunkt saß George noch nicht im Bus.«

»Ja, das ist in der Tat wasserdicht«, sagte Sally nach einer Weile. »Aber hätte Richard uns darum gebeten, Nachforschungen anzustellen, wenn er den Mord begangen hätte? Du hast gesagt, es könnte etwas geben, wodurch das plausibel wird.«

»Es ist sehr schwierig, einen guten Grund dafür zu finden. Aber man könnte in etwa folgendermaßen argumentieren: Man geht in der Gegend von Westwater allgemein davon aus, dass George Mark ermordet und sich dann selbst getötet hat. Aber es wird weder eine Gerichtsverhandlung noch eine Verurteilung geben. Die Allgemeinheit – und möglicherweise auch ein paar von Richards Freunden – werden nichts davon erfahren, dass George es getan hat und könnten daher Richard verdächtigen. Es kam bei der gerichtlichen Untersuchung schließlich ans Licht, dass er sich mit Mark gestritten hatte. Aber wenn bekannt würde – zumindest in seinem Freundeskreis – dass er nicht an Georges Schuld glaubte und tatsächlich eine private Ermittlung in die Wege geleitet hat, um dessen Unschuld zu beweisen – nun, dann könnte das sehr zu seinen Gunsten sprechen. Er wähnt sich auf der sicheren Seite, weil er es für so gut wie ausgeschlossen hält, dass Georges Schuld widerlegt werden kann – jedenfalls nicht von ein paar Amateuren. Und außerdem soll uns allein die Tatsache, dass er uns um diese

Nachforschungen gebeten hat, davon abhalten, ihn zu verdächtigen. Man könnte sogar argumentieren, dass er sich, wenn er Georges Unschuld wirklich hätte beweisen wollen, an einen professionellen Ermittler gewandt hätte.«

»Glaubst du das alles denn wirklich?«, fragte Sally.

»Nein, eigentlich nicht«, antwortete Johnny. »Ich bin nur ziemlich unglücklich über das Ganze. Ich fürchte, wenn wir in den nächsten Tagen nicht mehr erreichen, müssen wir unser Scheitern eingestehen und von den Ermittlungen zurücktreten.«

* * *

Sie erreichten Westwater Manor um kurz nach zehn Uhr, fuhren das Auto direkt zu den Stallungen und gingen durch den Garten zur Terrasse. Als sie sich den hell erleuchteten Fenstern des Salons näherten, redeten sie lauter, um ihr Kommen diskret anzukündigen. Aber sie hätten sich diese Mühe ersparen können, denn im nächsten Moment hörten sie eine männliche Stimme, die nicht Richard gehörte.

Sie stammte von einem rundlichen älteren Herrn mit einem fröhlichen Mondgesicht, der sich gerade mit Lisa und Richard unterhielt. Neben ihm stand ein Glas mit Whisky. Lisa entdeckte die Heldars als Erste und sprang auf. Ihr Gesicht war zu Sallys Erstaunen von einem glücklichen Ausdruck erfüllt.

»Johnny!«, rief sie. »Richards Unschuld ist bewiesen! Mr Glover hat ihn kurz nach Viertel nach drei durch das Nordtor fahren sehen!«

»Wir haben ihn gebeten zu bleiben und Ihnen die Sache selbst zu erzählen«, sagte Richard. Er stellte Mr Glover und die Heldars einander vor und holte dann Drinks für Johnny und Sally. Bei seiner Rückkehr sah er Mr Glover auffordernd an, woraufhin dieser lächelte und nickte.

»Nun«, begann er. »Ich sollte Ihnen das Ganze wohl so erzählen, so als würde ich es zu Protokoll geben. Mein Name ist James Glover. Ich arbeite als Buchhalter in einem Büro in Fanchester – ›Carsway und Glover‹ heißt unsere Firma –, und ich wohne im Rosewood Cottage in Danesfield. An dem Nachmittag, an dem der arme Sir Mark ermordet wurde, war ich gerade auf dem Weg nach Fanchester. Es war der erste Tag meiner Sommerferien. Ich war mit meiner Tochter und deren Familie verabredet. Sie wollten uns für eine Nacht besuchen kommen, und danach wollten wir alle zusammen für eine Woche nach Shanklin fahren. Weil ich sie vom Bahnhof abholen wollte, habe ich immer mal wieder auf die Uhr geschaut – und meine Frau ebenfalls. Wir sind beide ziemlich sicher, dass es fast Viertel vor drei war, als ich das Haus verließ. Der Zug sollte um zwanzig nach drei ankommen. Also muss es kurz nach Viertel vor drei gewesen sein, als ich das Nordtor von Westwater erreichte. Gerade als ich ein wenig langsamer fuhr, kam ein im vorigen Jahr zugelassener Armstrong Siddely Sapphire durch das Tor gefahren, an dessen Steuer Richard saß. Ich kenne Richard schon sein ganzes Leben lang und kann ihn unmöglich mit jemand anderem verwechselt haben. Ich habe ihm zugewinkt, aber er hat mich nicht gesehen. Er fuhr sehr schnell. Viel zu schnell.« Glover lächelte erneut. »Ich war froh, dass ich langsamer fuhr. Er ist nach rechts abgebogen – wahrscheinlich in Richtung London – und verschwand im nächsten Moment hinter einer Kurve. Ich habe ihn danach nicht noch einmal gesehen. Aber ich denke, ich habe ihn lange genug gesehen, um ihm ein Alibi zu verschaffen. Wenn ich gewusst hätte, dass die Sache wichtig war, hätte ich mich längst schon gemeldet. Aber wir waren eben am Strand auf der Isle of Wight, und da haben wir die Nachrichten aus der hiesigen Gegend natürlich nicht erfahren. Wir sind heute Nachmittag zurückgekehrt, und als ich heute Abend gerade in meinem Garten war, kam der junge Betts vorbei, der hier im Herrenhaus als Gärtnergehilfe arbeitet, und wir haben ein wenig geplaudert. Ich fürchte, ich habe einen Hang zum Tratschen – oder jedenfalls behauptet meine Frau das immer –, und ich hab' den ganzen Neuigkeiten gelauscht, die er über den Mord zu berichten hatte. Nach einer Weile dämmerte mir, dass es ziemlich wichtig war, zu welcher Uhrzeit Richard Westwater genau verlassen hatte. Also vergewisserte ich mich über den Zeitpunkt meines eigenen Aufbruchs noch einmal bei meiner Frau und bin hierhergekommen, um es Richard zu erzählen. Morgen früh gehe ich sofort zu Inspektor Mason und erzähle ihm das ebenfalls.«

Danach ging Mr Glover nach Hause. Aber eine Stunde später sagte Johnny mitten in die Dunkelheit hinein: »Das ist natürlich großartig. Absolut großartig. Aber wenn weder George noch Richard den Mord begangen haben, wer zum Teufel war es dann?«

»Ich habe keine Ahnung«, murmelte Sally schlaftrunken. »Und im Augenblick ist es mir auch ziemlich egal.«

* * *

Am nächsten Tag fuhren sie erneut nach London, und Sally versuchte, ein wenig von der liegengebliebenen Hausarbeit zu erledigen. Sie machte sich immer noch Sorgen. Jetzt, da Richards Unschuld unzweifelhaft bewiesen war, fürchtete sie, dass sie sich geirrt hatten und George doch der Schuldige war. Es schien keine andere sinnvolle Erklärung zu geben. Und wenn Richard akzeptieren musste, dass George den Mord begangen hatte, würde ihn das tief treffen. Aber wenigstens war er dann selbst aus der Schusslinie, und das war eine enorme Erleichterung. Es war schon seltsam, wie sehr Johnny und sie Richard in so kurzer Zeit ins Herz geschlossen hatten.

Johnny hatte gesagt, er würde gegen Viertel vor eins zum Mittagessen nach Hause kommen. Er kam um halb eins zur Tür herein, und sobald Sally ihn sah, wusste sie, dass etwas nicht stimmte. Nachdem er sie geküsst hatte, sagte er leise: »Ich fürchte, ich habe schreckliche Neuigkeiten, Darling. Lisa hat mich gerade angerufen, um mir zu berichten, dass Mason Richard verhaftet hat.«

»Richard verhaftet? Aber hat er denn Glovers Aussage nicht gehört?«

»Ich fürchte, es war gerade Glovers Aussage, die ihn dazu veranlasst hat, Richard zu verhaften, oder jedenfalls hat sie dazu beigetragen. Mason hat Lisa ein oder zwei Dinge erzählt – sie hat ihn anscheinend mit Fragen bombardiert. Aber wir haben jetzt keine Zeit für Einzelheiten. Lisa wollte, dass wir nach Westwater kommen, und ich habe ihr gesagt, dass wir kommen – oder jedenfalls, dass ich komme. Aber ich muss noch bei Mason vorbeischauen. Ich kann ihm wenigstens berichten, dass Richard uns gebeten hat, Nachforschungen anzustellen, obwohl ich davon ausgehe, dass Lisa ihm das bereits erzählt hat. Wie bald können wir zu Mittag essen, Darling?«

»Jetzt sofort. Es ist keine warme Mahlzeit.«

Sie brachen noch vor ein Uhr auf und ließen den Abwasch einfach stehen. Johnny wartete mit seinem Bericht, bis sie den dichten Verkehr hinter sich gelassen hatten.

Dann sagte er langsam: »Weißt du noch, wie ich mir diese eine Variante durch den Kopf gehen ließ, bei der Richard den Mord hätte begehen können, indem er sowohl den Armstrong als auch den Rover benutzte? Ich habe diese Variante damals nicht besonders ernst genommen, zum Teil, weil dabei ein Komplize notwendig gewesen wäre, aber vor allem, weil sie an Christophers Gegenwart zu scheitern schien. Richard wusste, dass Mark in den Salon gehen und Christopher zu sich holen würde, sobald er selbst fortgefahren war. Er konnte also unmöglich hoffen, dass er Mark bei seiner Rückkehr würde töten können. Nun, mir ist mittlerweile eine mögliche Lösung dazu eingefallen, und ich denke, Mason wird das auch erkannt haben. Lisa hat nämlich behauptet, er habe Richard bei seiner Verhaftung unterstellt, den Mord mit George als Komplizen begangen zu haben.«

»George? Vor ein paar Tagen hattest du noch Lisa für diesen Plan vorgeschlagen.«

»Ich weiß. Ich ging zu diesem Zeitpunkt davon aus, dass man den Rover benutzt hatte, um George die Sache in die Schuhe zu schieben. Aber in Anbetracht der Aussagen, die wir in der Zwischenzeit gehört haben, ergibt Masons Idee sehr viel mehr Sinn. Ich denke, er hat sich das Ganze wahrscheinlich folgendermaßen zurechtgelegt.« Johnny hielt einen Moment inne, um seine Gedanken zu sammeln und fuhr dann fort.

»Richard und George haben den Plan für den Mord gemeinsam ausgeheckt. Richard war dabei selbstredend der Kopf des Ganzen. George wurde zur Mithilfe überredet, indem Richard ihm zur Belohnung den Posten des Grundstücksverwalters versprach oder eine gewisse Summe Geldes oder auch beides. Wegen Christophers Anwesenheit musste der Plan kurzfristig umgearbeitet werden, aber er wurde dennoch im Wesentlichen so ausgeführt, wie er ursprünglich gedacht gewesen war.

Um etwa Viertel vor zwölf hat Richard Lisas Wohnung mit dem Armstrong verlassen. Kurz darauf hat George Lisa angerufen und verlangt, Richard zu sprechen – um zu beweisen, dass er keine Ahnung davon hatte, dass Richard nach Westwater gefahren ist. Um etwa Viertel nach zwölf – gemäß der Aussage des ›Verlegertypen‹ – ist George mit dem Rover von der Garage neben dem Kutscherhäuschen losgefahren. Um halb zwei oder auch ein wenig später ist Richard in Westwater angekommen – und hat Christopher dort vorgefunden. Ihm wurde sofort klar, dass Christophers Anwesenheit wahrscheinlich seinen gesamten Plan über den Haufen werfen würde. Du erinnerst dich sicher noch, wie heftig er auf Christophers Anwesenheit reagiert hat, und das könnte nicht nur daran gelegen haben, dass er wusste, dass Christopher in Lisa verliebt war. Ich glaube übrigens nicht, dass irgendjemand Mason davon in Kenntnis gesetzt hatte. Aber Richard hat wahrscheinlich beschlossen zu warten und zu schauen, wie sich die Dinge entwickeln. Es wäre immer noch problemlos möglich gewesen, den Mord auf einen anderen Tag zu verschieben. Ich würde sogar sagen, dass er vorhatte, Mark noch eine letzte Chance zu geben, seiner Heirat mit Lisa zuzustimmen, und ihn nur dann zu ermorden, falls er sich weigerte. Aber das würde davon abhängen, aus welchem Motiv er den vorsätzlichen Mord letztendlich begangen hätte. Und das steht noch nicht so ganz fest.

Jedenfalls ist George zwischen Viertel nach zwei und halb drei – gemäß der Aussage von Bill Slater – am Fischerhäuschen eingetroffen. Sie hatten zweieinhalb Stunden für seine Fahrt eingeplant – vielleicht auch ein bisschen mehr, denn der Rover ist ein altes Auto.

Ich gehe davon aus, dass Richard von vorneherein plante, Westwater Manor gegen Viertel vor drei zu verlassen. Das wäre der früheste Moment gewesen, in dem er das Haus hätte verlassen können, ohne dass es irgendwie verdächtig wirkte. Und er brauchte so viel Zeit wie möglich, weil er über die Terrasse wieder ins Haus zurückkehren musste. Dabei musste er eventuell unterwegs irgendwelchen Gärtnern ausweichen, Mark ermorden und wieder verschwinden – sagen wir, bis spätestens zehn vor vier. Bald darauf würde nämlich Fenton ins Arbeitszimmer kommen und verkünden, dass der Tee serviert sei, und von da an hätten wir uns wahrscheinlich in Marks Gesellschaft befunden. Aber ich bin mir ziemlich sicher, dass Richard vor seinem Aufbruch dafür gesorgt hat, dass sein Alibi auch Bestand hatte. Vielleicht hatte er vor, sich von uns zu verabschieden oder zumindest sicherzugehen, dass wir ihn auch aufbrechen sahen. Er hätte darüber hinaus auch hoffen können, dass Mrs Thorne ihn dabei beobachten würde, wie er durch das Nordtor fuhr. Das Beste wäre gewesen – zusätzlich zu alledem – dafür zu sorgen, dass irgendjemand innerhalb der nächsten zwanzig Minuten Mark noch in lebendigem Zustand sah. Das wäre natürlich heikel gewesen, denn der etwaige Zeuge wäre möglicherweise länger geblieben, als das in Richards Zeitplan gepasst hätte, aber er rechnete damit, in dieser Hinsicht ein wenig Spielraum zu haben.

In der Zwischenzeit konfrontierte Mark ihn jedoch mit dem Testament. Richard war äußerst wütend, wurde jedoch zunächst nicht gewalttätig. Es muss ihm klargeworden sein, dass Mark Christopher hatte kommen lassen, um ihm das neue Testament mitzugeben. Ich vermute, dass Richard daraufhin auf eine Idee kam, wie er Christopher lange genug aus dem Arbeitszimmer heraushalten konnte. Ich denke, er hat Mark angefleht, er möge das Testament noch einmal überdenken, und zwar in aller Ruhe und für sich allein, für etwa eine halbe Stunde. Wenn er nach Ablauf dieser Zeit dann seine Meinung noch nicht geändert hätte, könne er ja Christopher holen gehen und ihm das neue Testament überreichen. Ich könnte mir vorstellen, dass Mark sich auf diese Bitte eingelassen hat, und falls er das getan hat, würde Richard wissen, dass Mark zu seinem Wort stehen und auch genau das tun würde. Er könnte Mark gebeten haben, die Sache bis zur Teestunde zu überdenken, was ihm noch ein wenig mehr Zeit gegeben hätte, aber Mark hat ihm diese Bitte möglicherweise abgeschlagen. Wie auch immer, ich würde sagen, dass die Zeit sehr knapp bemessen war, denn Richard ist fortgegangen, ohne zu versuchen, sein Alibi zu festigen. Er war natürlich zu diesem Zeitpunkt durch den Vorfall mit dem Testament sehr aufgebracht und könnte daher den Kopf verloren haben.

Gemäß Glovers Aussage ist er am Nordtor nach rechts abgebogen – also in die Richtung, in der London liegt. Dazu war er gezwungen, weil er wollte, dass Mrs Thorne ihn in diese Richtung fortfahren sah. Aber wie du weißt, ist dieses Tal von zahllosen kleinen Sträßchen durchzogen, die sich zu den Hügeln hinaufwinden. Ich habe mir vor ein paar Tagen einmal die Karte des Anwesens angeschaut, und es gibt da eine kleine Straße, die etwa einen Kilometer vom Nordtor entfernt von der Londoner Straße abgeht. Dieses Sträßchen kreuzt sowohl Bill Slaters Pferdegasse als auch die Straße dahinter, die beinahe gegenüber der Farmstraße auf den Zufahrtsweg trifft. Diese kleinen Straßen sind natürlich recht kurvenreich, und er muss sehr schnell gefahren sein – wie ja auch Glover bestätigt hat. Aber Richard kennt diese Straßen wie seine Westentasche, und er würde auf diese Weise zur Farm gelangen, ohne durch das Dorf fahren zu müssen und auch fast ohne eine andere Straße überqueren zu müssen. Ich sage mit Absicht ›Farm‹ und nicht ›Farmstraße‹ – denn er würde mit dem Auto so weit fahren wollen wie nur irgend möglich, um Zeit zu sparen. Mit ein wenig Glück hätte er dort gegen fünf vor vier anlagen können. Sobald er ankam, übernahm George den Armstrong und ist wie der Teufel zurück nach London gefahren, wobei er so rasch er konnte auf die Hauptstraße gefahren ist. Er hat dabei wahrscheinlich einen Hut oder eine Mütze getragen, um den Umstand zu verbergen, dass er keine roten Haare hat, und vielleicht auch zusätzlich noch eine Sonnenbrille.

In der Zwischenzeit ist Richard zu Fuß durch den Park nach Westwater zurückgekehrt. Wir haben vom Fischerhäuschen ein bisschen mehr als eine Viertelstunde gebraucht, wobei wir in einem normal schnellen Schritttempo gegangen sind. Wenn er von der Farm aus losgegangen ist und sich sehr beeilt hat, könnte er es auch in zehn Minuten geschafft haben. Er musste im Garten natürlich sehr aufpassen, aber wir wissen, dass sich keiner der Gärtner zwischen dem Parktor und dem Haus oder in Sichtweite der Terrasse aufhielt. Das Arbeitszimmer konnte er um fünf nach drei erreichen. Dann könnte er Mark gesagt haben, er sei zurückgekommen, um seine Entscheidung zu erfahren, und Mark könnte geantwortet haben, dass er bei seiner Entscheidung bleibt und dass sie sich durch nichts und niemanden ändern wird. Also hat er Mark ermordet. Es ist möglich, dass er noch irgendetwas tun wollte, um sein Alibi zu stützen – und auch das von George. Vielleicht wollte er Marks Uhr zertrümmern, damit man daraus den Zeitpunkt des Mordes erkennen kann. Aber entweder hat er erneut den Kopf verloren oder er kam zu dem Schluss, dass das, was er geplant hatte, zu fingiert aussehen würde. Er nahm sich das Testament, lief durch den Park zurück, erreichte das Fischerhäuschen gegen zwanzig nach drei und machte sich im Rover auf den Weg nach London, wobei er gegen fünf vor halb vier von Danby am Westtor gesehen wurde.

Danach ist alles nur noch reine Spekulation. Aber ich denke, George wird sich, nachdem er London erreicht hat, ein Alibi verschafft haben. Er hat uns erzählt, er habe den Tee bei Lyon's eingenommen. Er könnte eine für seine Zwecke passende Filiale gegen Viertel vor fünf erreicht haben, und es wäre ein Leichtes, es so einzurichten, dass sich dort jemand an ihn erinnerte – er könnte die Aufmerksamkeit eines der Kellner auf sich gelenkt haben, und zu dieser Uhrzeit sind diese Etablissements auch nicht besonders voll. Falls er eine solche Filiale also um Viertel vor fünf betrat, und Richard es so einrichtete, dass man die Zeit des Mordes auf gegen fünf nach drei festlegen musste, dann konnte George unmöglich der Schuldige sein. Immer gesetzt den

Fall, man geht davon aus, dass George den Rover gefahren hat – was die Polizei ja mit ziemlicher Sicherheit tun würde.

Ich würde vermuten, dass die besagte Lyon's-Filiale nicht sehr weit von Lisas Wohnung entfernt gewesen sein dürfte. Dann hätte George den Armstrong in der Nähe parken können, und Richard hätte ihn dann später dort abgeholt. Möglicherweise hat George das Auto auch an einem Ort abgestellt, wo er hoffte, dass es der Polizei auffallen würde, denn das würde Richards Alibi unterstützen. Ich würde mal davon ausgehen, dass Richard bei seiner Ankunft in London den Rover nicht in die Garage bei dem Kutscherhäuschen gefahren hat. Das wäre so gegen halb sechs gewesen – eine Zeit, in der die Leute von der Arbeit nach Hause kommen –, und es hätte ihn wahrscheinlich jemand dabei beobachtet. Er hätte es wohl kaum geschafft, sich für George auszugeben, denn die Bewohner der Gasse kannten George. Ich würde sagen, Richard hat den Rover an einem im Voraus vereinbarten Ort geparkt, an dem die Polizei ihn nicht so schnell finden würde, und George sollte ihn dann später dort abholen und in der Garage abstellen. Danach würde Richard den Armstrong holen gehen, wobei er im Idealfall einem Polizisten die Gelegenheit gab, ihn zu fragen, warum er das Auto denn so lange dort stehen lassen habe. Falls das passierte, würde er einfach sagen, er sei irgendwo spät zum Tee eingekehrt. Falls nicht, würde er auf die Geschichte zurückgreifen, dass er durch seine schwachen Nerven aufgehalten wurde, derentwegen er unterwegs irgendwo hatte anhalten müssen. So oder so hätte er Lisas Wohnung dann gegen Viertel vor sechs erreicht, so wie er es auch behauptet hat.«

»Das klingt alles entsetzlich plausibel«, sagte Sally.

Im nächsten Moment bemerkte sie schockiert, dass Johnny ihr einen raschen Blick zuwarf. Sie war so daran gewöhnt, dass er seine Theorien der Einfachheit halber nicht im Konjunktiv aufstellte, dass ihr bis jetzt nicht klar geworden war, wie sehr er davon überzeugt war, dass sich auch alles tatsächlich so zugetragen hatte. Vielleicht war er sich ja nicht absolut sicher, aber seine Zweifel waren allem Anschein nach so gering, dass das keinen Unterschied mehr machte. Er hatte versucht, ihr die Sache schonend beizubringen. Er legte eine Hand auf ihr Knie und ließ sie einen Moment lang dort. Dann fuhr er leise fort.

»Und der Rest ist ganz einfach. Gut möglich, dass Richard nicht mit Georges erpresserischen Neigungen gerechnet hatte. Natürlich hätte George ihn nicht verraten können, ohne sich selbst zu verraten. Aber es könnte sein, dass er tiefer in die Sache verwickelt worden war, als er erwartet hatte, und dass er Richard daraufhin mitgeteilt hat, er hielte es für sich selbst für das Beste, vor Gericht auszusagen. Oder, was wahrscheinlicher ist, es ging gar nicht um Erpressung, sondern sie haben sich lediglich verabredet – wie zumindest George glaubte –, um sich über die schwierige Lage auszutauschen. Richard könnte dann zu der Überzeugung gelangt sein, dass er ohne George besser dran war, oder er könnte im Laufe der Unterhaltung auch einfach die Beherrschung verloren haben – auch wenn die Umstände nahelegen, dass das Ganze im Voraus geplant war.

Und da ist noch etwas, Sally. Schon die ganze Zeit seit Marks Ermordung habe ich mir ein wenig Sorgen wegen dieses vermeintlichen Unfalls von Mark gemacht. Ich habe nichts gesagt, weil ich in dieser Hinsicht überhaupt keine

Anhaltspunkte habe und auch, weil es erst so aussah, als sei der Mord nicht vorsätzlich geschehen. Denn falls der Mord nicht geplant war, käme ein vorheriger, erster Mordversuch ja schließlich nicht in Frage. Aber nehmen wir doch einmal an, jemand hätte ihm den Teppich unter den Füßen weggezogen. Das wäre natürlich ohne Vorsatz geschehen, und die Person hätte aus einem recht riskanten Impuls heraus gehandelt. Aber Richard war an jenem Tag auf Mark wütend und auch in einer recht labilen nervlichen Verfassung.«

Nach einer Weile sagte Sally: »Aber das Motiv – was ist das Motiv für einen vorsätzlichen Mord? Das kommt doch eigentlich gar nicht richtig hin. Mark war gegen seine Heirat mit Lisa, aber er konnte sie nicht verhindern. Er hätte Richard enterben können, aber zu der Zeit, in der Richard den Mord geplant haben soll, gab es überhaupt kein Testament zu Richards Gunsten, und ich kann mir auch nicht vorstellen, warum er geglaubt haben sollte, dass es ein solches Dokument eben doch gab. Und Mark machte ihm wegen Westwater ja auch gar keine Schwierigkeiten.«

»Ich weiß. Das muss Mason auch erkennen. Vielleicht geht er ja davon aus, dass es ein anderes, stichhaltiges Motiv gibt, oder er könnte der Ansicht sein, dass es in Richards Fall gar nicht unbedingt notwendig ist, die Existenz eines Motivs nachzuweisen.«

»Du meinst, dass Richard – du meinst, er glaubt, Richard sei geistesgestört?«

»Ich denke, ganz so weit würde er vielleicht nicht gehen. Aber er könnte glauben, dass Richard manchmal nicht den Umständen angemessen reagiert. Lisa hat wegen Marks Widerstand versucht, die Verlobung zu lösen. Ich weiß nicht, ob Mason dieser Umstand bekannt ist, aber Richard war ihm gegenüber anscheinend recht offen, zumindest in einigen Dingen. Richard könnte möglicherweise geglaubt haben, dass Marks Tod das Einzige war, wodurch seine Heiratspläne noch zu retten waren.«

* * *

Sie erreichten Fanchester um kurz vor drei, und Mason empfing sie sofort. Es war nicht zu übersehen, dass er betrübt war. Doch er war sehr freundlich zu ihnen. Lisa hatte ihm tatsächlich bereits von ihren Nachforschungen berichtet, und er äußerte, wenn auch widerstrebend, die Theorie – so wie es auch Johnny am Abend zuvor getan hatte –, Richard könnte die Heldars beauftragt haben, weil er auf diesem Wege seinen eigenen Ruf retten wollte und weil er gleichzeitig fest davon überzeugt war, dass sich Georges Unschuld unmöglich beweisen ließe. Johnny verwickelte ihn in eine weitere Diskussion, im Laufe derer recht schnell klar wurde, dass der Inspektor ganz ähnlichen Gedankengängen gefolgt war wie er selbst. Schließlich sagte Mason: »Hören Sie, Mr Heldar. Der Rover wurde, wie Sie wissen, zwischen Viertel nach zwei und halb drei in Westwater gesehen. Zu diesem Zeitpunkt hielten sich sämtliche uns bekannte Verdächtige auf Westwater Manor auf – mit Ausnahme von Mr Willesdon. Es kann daher davon ausgegangen werden – auch in Anbetracht der Aussage von Mr Fenwick aus der Wolframgasse – dass zu diesem Zeitpunkt Mr Willesdon am Steuer des Rover saß. Das Auto wurde erneut gesehen, wie es um fünf vor halb vier in Richtung London fuhr. Doch Mr Willesdon saß um Viertel vor fünf oder jedenfalls kurz darauf in einem Lyon's im Londoner

Stadtteil West Kensington und trank Tee. Er hat sich dort mit einer der Kellnerinnen unterhalten. Der Rover kann vom Westtor des Parks unmöglich in einer Stunde und zwanzig Minuten nach West Kensington gelangt sein. Also saß Mr Willesdon um fünf vor halb vier nicht am Steuer des Rovers. Man kann außerdem davon ausgehen, dass das Fahrzeug um diese Uhrzeit von Staffelkapitän Thaxton gefahren wurde. Der Aufenthaltsort aller anderen Verdächtigen ist zu diesem Zeitpunkt mehr oder minder verbürgt. Und wie ist es Mr Willesdon gelungen, um Viertel vor fünf wieder in London zu sein, und wie ist der Armstrong zurückgelangt, wenn er ihn nicht gefahren hat? Meiner Ansicht nach haben wir hier den Beweis für eine Komplizenschaft. Noch einmal: Wenn Sir Mark um fünf nach drei noch am Leben war, kann Willesdon ihn unmöglich ermordet haben und dann um Viertel vor fünf in West Kensington aufgetaucht sein – selbst dann nicht, wenn der Armstrong mit laufendem Motor vor der Tür auf ihn gewartet hätte.«

Johnny nickte langsam.

»Ich möchte nicht, dass Sie Miss Harz falsche Hoffnungen machen«, sagte Mason dann ernst. »Es ist eine schlimme Geschichte für sie, aber ich fürchte, sie muss den Tatsachen ins Auge sehen.«

Sally versuchte selbst, den Tatsachen ins Auge zu sehen, den ganzen Weg nach Westwater über, aber das war nicht leicht. Sie trafen Lisa im Salon an. Christopher war bei ihr. Er sah nicht allzu erfreut aus, die Heldars zu sehen, aber Lisa kam ihnen rasch entgegen, um sie zu begrüßen. Auf ihrem Gesicht waren noch die Spuren von Tränen zu sehen.

»O Johnny!«, sagte sie. »Dem Himmel sei Dank, dass Sie

gekommen sind. Gibt es irgendetwas, was Sie tun können? Haben Sie mit Mason gesprochen?«

»Ja. Ich fürchte, wir können dort im Augenblick nichts ausrichten. Ich nehme an, Christopher hat auch schon mit ihm gesprochen?«

»Ja. Er hat dasselbe gesagt. Aber es gibt doch sicherlich irgendetwas, was Sie tun können?« Sie schien größeres Vertrauen in Johnnys Fähigkeiten zu haben als in Christophers.

»Hören Sie, Lisa«, sagte Johnny ruhig. »Die Polizei kann eine plausible Anklage erheben. Es mag den einen oder anderen strittigen Punkt geben, aber Mason hat auf jedes Argument eine stichhaltige Antwort. Richard und George hätten das Verbrechen zusammen begehen können, und es ist nahezu unmöglich, dass es irgendjemand sonst getan haben könnte. Also wenn nicht neue Beweise auftauchen, können wir nichts tun, fürchte ich.«

»Aber Sie können versuchen, neue Beweise zu finden. Bitte, Johnny!«

»Lisa«, sagte Johnny sehr sanft. »Ich glaube nicht, dass es neue Beweise zu finden gibt.«

Lisa wandte den Kopf ab. »Sie halten Richard für schuldig«, sagte sie.

»Nicht unbedingt. Es ist nur so, dass ich ganz ehrlich nicht weiß, wie ich helfen könnte.«

»Heldar hat recht, Lisa«, sagte Christopher. »Ich weiß, es ist schwer, aber lassen Sie die Sache auf sich beruhen. Ich werde den besten Anwalt engagieren, den ich finden kann. Es steht keineswegs fest, dass es Mason gelingen wird, eine Jury von Richards Schuld zu überzeugen.«

Daraufhin ließ Lisa die Sache tatsächlich auf sich beruhen, aber nur – da war sich Sally sicher – für den Augenblick. Christopher versuchte sie zu dazu zu überreden, sich von ihm zurück nach London bringen zu lassen, aber sie weigerte sich. Richard war in Fanchester, also würde sie hierbleiben, und sie hoffte, die Heldars würden ihr Gesellschaft leisten, zumindest für diese eine Nacht.

Sobald Christopher widerstrebend aufgebrochen war, sah sie Johnny an.

»Sie haben eben gesagt, es sei nahezu unmöglich, dass außer Richard und George irgendjemand sonst den Mord an Mark begangen haben könnte. Aber Sie haben dabei kurz gezögert. Ich hatte den Eindruck, das lag daran, dass Christopher anwesend war, stimmt das?«

»Um ehrlich zu sein, ja«, antwortete Johnny.

»Es ist wirklich fast ausgeschlossen, dass Deane oder Colonel Danby der Täter ist. Sie hätten es gemerkt, wenn Deane lügen würde, und die Aussage von Jakes beweist nahezu sicher die Unschuld des Colonels. Er könnte das Arbeitszimmer unmöglich vor halb vier erreicht haben, und falls Mark noch lebte, nachdem Richard gegangen war, hätte Mark in der Zwischenzeit auf jeden Fall Christopher zu sich ins Arbeitszimmer geholt. Zu diesem Schluss sind Sie doch gekommen, richtig? Also gut. Es bleiben nur noch Richard und Christopher. Und Sie würden Christopher gern ausschließen, weil er ein geachteter englischer Rechtsanwalt ist.«

»Ich gebe zu, dass es mehr oder weniger darauf hinausläuft.«

»Und deshalb wollen Sie auch die Motive nicht akzeptieren, die ich in meinem Gespräch mit Sally vorgeschlagen habe.«

»Es fällt mir einigermaßen schwer, sie zu akzeptieren. Wenn ich das einmal sagen darf: Sie leben noch nicht besonders lange in England und wissen vielleicht nicht sehr viel über englische Anwälte.«

»Ich weiß genug über Christopher«, sagte Lisa langsam. »Was glauben Sie wohl verbirgt sich hinter seiner Anwaltsmaske? Haben Sie davon irgendeine Ahnung? Ich glaube nicht. Aber ich weiß es – nicht alles, aber sehr viel. Er hat einen kühlen, rasch arbeitenden Verstand, aber er ist auch zur Leidenschaft fähig – und zum Zorn. Falls er diesen Mord begangen hat, wäre er absolut dazu in der Lage gewesen, in den Salon zurückzukehren, seine Anwaltsmaske wieder aufzusetzen, eine Zeitschrift in die Hand zu nehmen und still und ruhig dazusitzen, bis jemand die Leiche entdeckt. Vielleicht hoffte er ja sogar, dass der Verdacht auf Richard fallen würde. Er hat unsere Erklärungen an dem Morgen nach dem Mord abgewehrt – Erklärungen, die zu Richards Gunsten gesprochen hätten. Er war dagegen, dass Sie Nachforschungen anstellen, die Georges Unschuld beweisen sollten. Er hat sich gegen alles gestellt, was wir versuchen wollten. Ich flehe Sie an, Johnny, vergessen Sie, dass er ein englischer Anwalt ist, und ziehen Sie Christopher in Betracht.«

»Ich kann ihn so viel in Betracht ziehen, wie Sie möchten«, sagte Johnny. »Er hätte den Mord begehen können – er hätte beide Morde begehen können. Aber ich glaube nicht, dass das irgendjemand beweisen kann.«

»Nichtsdestotrotz«, sagte Lisa hartnäckig. »Ich bitte Sie, über ihn nachzudenken.«

NEUNTES KAPITEL

Johnny lag bis zwei Uhr morgens wach und dachte gehorsam über Christopher nach, doch brachte ihn das nicht im Geringsten weiter.

»Ich habe alle möglichen Ansätze versucht«, sagte er, als sie am nächsten Tag in ihrer Wohnung zu Mittag aßen. »Ich habe unter anderem versucht, mich an irgendetwas zu erinnern, was Christopher gesagt oder getan hat, das untypisch für ihn war – jedenfalls nicht typisch für die Person, als die er sich uns gegenüber gezeigt hat. Dabei sind mir nur zwei Dinge eingefallen, und beide lassen sich mit seiner Sorge um Lisa erklären. Das erste war die Geschichte mit den zehn Pfund und das zweite, dass er so rasch angeboten hat, George nach Fanchester zu fahren. Er empfand eine große Abneigung gegen George, und doch gab er mir keine Gelegenheit, für ihn einzuspringen. Das hat mich dann dazu gebracht, über die Unterhaltung nachzudenken, die seinem Angebot vorausging. Ich habe mich gefragt, ob George im Laufe dieser Unterhaltung etwas fallen gelassen hat, aus dem hervorging, dass er um Christophers Schuld wusste. Ob er also absichtlich etwas gesagt hat – irgendwie hat er da allzu berechnend gewirkt, genau wie in dem Moment, als er uns alle dazu erpresst hat, ihn mit zurück nach Westwater Manor zum Tee zu nehmen. Eine solche Andeutung wäre ein guter Grund für Christopher gewesen, so rasch wie möglich die Chance eines Gesprächs unter vier Augen zu ergreifen. Ich bin die Unterhaltung in meinem Kopf noch einmal gründlich durchgegangen – ich möchte, dass du mir gleich sagst, ob ich sie ungefähr richtig wiedergebe –, und obwohl es eine deutliche Anspielung gibt, die sich auf Christopher bezieht, ist es doch im Großen und Ganzen sehr viel wahrscheinlicher, dass er sich an Richard als seinen Komplizen gewandt hat.

Also: Am Anfang des Gesprächs hat George gefragt, ob er den Rover haben könne. Das hat bei Richard für Verwirrung gesorgt, aber er hat wahrheitsgemäß geantwortet, dass der Rover nicht in Westwater sei. George hat dann die Gelegenheit ergriffen, Richard davon zu berichten, dass man ihn dabei gesehen habe, wie er in London die Garage des Rovers betrat, und dass er selbst die Polizei angelogen und behauptet habe, nicht mit dem Auto gefahren zu sein. Richard dachte, es könne ein wenig seltsam aussehen, wenn er jetzt zusammen mit George den Raum für ein privates Gespräch verließ, und außerdem hatte er ohnehin genug durchgemacht und keine Kraft mehr für weitere Auseinandersetzungen, also versuchte er, ihn dazu zu bewegen, das Haus zu verlassen und sich gegebenenfalls später mit ihm in Verbindung zu setzen. Dieses Arrangement hat nicht funktioniert, und so ist Christopher in die Bresche gesprungen, aus echter Besorgnis um Lisa und Richard. Unglücklicherweise verhielt er sich recht unfreundlich und hat George verärgert. Das legt eine grundlegende Abneigung gegen George nahe, nicht aber, dass George ihn zu diesem Zeitpunkt zu erpressen versuchte. Dann wurde Lisa George gegenüber recht kurz angebunden, und George reagierte unverschämt, zum Teil wegen der allgemeinen Haltung ihm gegenüber, aber hauptsächlich, weil er das Gefühl hatte, von seinem Komplizen im Stich gelassen zu werden. Danach hat er diesen sehr hässlichen Scherz über Kriegsgefangenenlager gemacht –«

»Konzentrationslager«, korrigierte ihn Sally.

»Konzentrationslager? Bist du sicher? Ja, ich denke, du hast recht. Aber warum Konzentrationslager? Richard war doch wahrscheinlich in irgendeiner Art von Kriegsgefangenenlager.«

»Vielleicht fand George, dass es einem Konzentrationslager ähnelte. Schlimm genug dafür war es bestimmt.«

»Mag sein. Aber George war selbst Kriegsgefangener. Man sollte meinen, dass er dann eher diesen Begriff benutzen würde. Aber egal. Es ist kein besonders wichtiger Punkt. George hat sich dann verabschiedet und hat noch etwas über ein Restaurant namens Emil's hinzugefügt, in dem er zusammen mit Lisa und Richard essen gehen wollte und von dem er meinte, dass es ein Lieblingslokal von Christopher sei. Ich denke, diese Bemerkung war von Bedeutung. Es kam mir ein wenig an den Haaren herbeigezogen vor, und er ist auch eine ganze Weile darauf herumgeritten. Aber es könnte auch als reine Beleidigung gedacht gewesen sein. In dem Augenblick, in dem er das gesagt hat, habe ich es so verstanden, dass er damit andeuten wollte, dass sowohl George als auch Christopher dort mit Richards Verlobter gegessen haben, während Richard selbst in einem Gefangenenlager dahinsiechte. Kannst du dich genau daran erinnern, was George gesagt hat?«

Sally dachte an die empörende kleine Szene zurück, sah George wieder in der Tür stehen und grinsen, dazu Richards kalkweißes Gesicht. »George hat gesagt: ›Lass uns doch nochmal abends bei Emil's essen gehen, ich bin sicher, das würde Dickie auch gefallen. Selbst Sheringham hat nichts gegen dieses Restaurant einzuwenden, nicht wahr?‹ Dann hat er, glaube ich, etwas darüber gesagt, dass das Essen dort gut sei und dann etwas darüber, dass der alte Emil voller Erinnerungen stecke.«

»Voller Erinnerungen. Das ist merkwürdig. Aber ich kann beim besten Willen nicht erkennen, was das für eine Bedeutung haben könnte. Ich kann mir nicht vorstellen, dass dieser Emil irgendetwas über den Mord an Mark weiß, ganz gleich, wer ihn begangen hat. Der Plan könnte in seinem Restaurant ausgeheckt worden sein, aber wer auch immer dort darüber diskutiert hat, wird verdammt gut aufgepasst haben, dass niemand das Gespräch belauschen konnte. Es sei denn, George war betrunken, was nicht auszuschließen ist.«

»George hat noch etwas gesagt, kurz bevor er den Raum verlassen hat – über eine neue Anekdote, die er beim Essen erzählen könnte. Das könnte auch etwas zu bedeuten haben.«

»Gut möglich. Aber das war wahrscheinlich nur für Richard bestimmt.«

Sie beendeten schweigend ihre Mahlzeit und machten sich an den Abwasch. Dann sagte Sally plötzlich: »Weißt du noch, du hast einmal die Theorie aufgestellt, dass George nicht wusste, wer der Mörder war, und nur einen Verdacht hatte und nach Westwater gekommen ist, um seinen Verdacht zu bestätigen. Es kam mir ein wenig so vor, dass er in dem Moment, als er darum bat, den Rover auszuleihen, sozusagen auf den Busch geklopft hat. Aber das würde bedeuten, dass er die Wahrheit gesagt hat, als er behauptete, der Rover sei nicht in der Garage gewesen. Ansonsten hätte er ja keine neuen Informationen zu diesem Thema gebraucht. Aber das kann unmöglich sein – er muss diesbezüglich gelogen haben –, denn wer sonst hätte mit dem Rover nach Westwater fahren können?«

»Ja, ich fürchte, das bringt uns nicht weiter. Er muss –«

Johnny, der normalerweise äußerst geschickt war, ließ den Teller fallen, den er gerade abtrocknete, und bemerkte gar nicht, wie dieser an der Kante der Spüle zerschellte. Er starrte Sally an.

* * *

Kurz nach sieben Uhr am selben Abend standen Sally und Johnny vor einem Restaurant in Soho. Es war ein kleines, recht schlicht wirkendes Etablissement. Die Fenster waren von Vorhängen verdeckt, und über der Tür stand lediglich ein Wort: »Emil's«. Es war das einzige Restaurant mit diesem Namen, das im Telefonbuch gestanden hatte.

Auch das Innere war recht schlicht gehalten, und es war sehr ruhig. Das Dekor war freundlich und zurückhaltend, das Licht gedämpft. Das Ganze wirkte nicht besonders teuer, aber geschmackvoll. Zu dieser relativ frühen Stunde waren nur wenige Tische besetzt.

Ein großer, korpulenter Mann mittleren Alters kam ihnen mit einem professionellen Lächeln entgegen, um sie willkommen zu heißen.

»Guten Abend, Madame, guten Abend, Monsieur. Ich freue mich, Sie hier begrüßen zu können. Wo möchten Sie sitzen?« Er sprach mit einem starken deutschen Akzent.

»Irgendwo, wo es ruhig ist, denke ich«, sagte Johnny. »In der Ecke dort, wenn das in Ordnung ist?«

»Gewiss, Monsieur.« Er geleitete sie zu dem Tisch, der für zwei Personen gedeckt war, und rückte den Stuhl für Sally zurecht. »Hier wird Ihnen auch nicht zu heiß sein, in der Nähe des Ventilators.« Dann rief er einen Kellner herbei, der ebenfalls ein Deutscher zu sein schien, und Johnny bestellte, nachdem er sich kurz mit Sally besprochen hatte.

Das Essen war in der Tat hervorragend. Das Gleiche galt für den Wein. Emil's war ganz zweifellos eine Entdeckung, zumindest in kulinarischer Hinsicht.

Das Restaurant füllte sich, und der Besitzer war mit anderen Gästen beschäftigt. Aber als die Heldars ihren Kaffee tranken, kehrte er zu ihnen zurück.

»Madame hat das Essen gemundet, hoffe ich?«

»Ja, sehr, vielen Dank«, antwortete Sally herzlich.

»Das ist gut. Ich denke, ich hatte noch nicht das Vergnügen, Madame und Monsieur hier zu begrüßen, auch wenn ich hoffe, Sie wiederzusehen. Dürfte ich fragen, ob Ihnen jemand mein Restaurant empfohlen hat? Ich weiß gerne, wer meine Freunde sind.«

»Ja«, antwortete Johnny. »Ein Mann, den wir vor kurzem kennengelernt haben, hat gemeint, Ihr Restaurant sei sehr gut, und er hatte vollkommen recht. Aber er ist leider mittlerweile verstorben. Vielleicht haben Sie davon ja in der Zeitung gelesen. Sein Name war George Willesdon.«

Das professionelle Lächeln erstarb, und das Gesicht nahm den Ausdruck professioneller Wehmut an. Dieser Mann war wie Christopher, dachte Sally, mit dem Unterschied, dass Christopher nur eine einzige Maske hatte und Emil wahrscheinlich ein Dutzend. Waren es nur diese Masken, die ihr den Eindruck einer gewissen Vorsicht vermittelten – wie es auch bei Christopher der Fall war –, oder sah sie leichtes Misstrauen in den dunklen Augen? Johnny hatte im Vorfeld darauf hingewiesen, dass sie sehr behutsam vorgehen mussten. Ein Wirt ließ sich nun einmal nur äußerst widerstrebend mit der Polizei ein, und sei es auch noch so indirekt.

Nach einer kaum merklichen Pause sagte Emil: »Ja, in der Tat. Ich habe die Nachricht vom Tod des armen Mr Willesdon gelesen. Eine äußerst tragische Geschichte. Sehr bedauerlich.«

»Ich nehme an, Sie kannten ihn besser als wir«, sagte Johnny. »Wir sind ihm nur ein einziges Mal begegnet. Sein Tod hat uns sehr schockiert und auch ziemlich überrascht.«

»Ich kannte ihn – wie man eben einen Gast kennt«, sagte Emil. »Er ist recht oft hierhergekommen, auch wenn ich ihn vor dem tragischen Vorfall mehrere Wochen nicht gesehen hatte. Ich hatte den Eindruck, dass er vielleicht kein besonders glücklicher Mensch war. So ist das manchmal mit diesen jungen Männern, die für den Krieg ausgebildet wurden und sich in Friedenszeiten ein wenig verloren fühlen. Das gilt besonders für Piloten. Aber eigentlich weiß ich nichts darüber, denn ich kannte ihn nicht wirklich.«

»Wir kannten ihn auch nicht«, warf Sally ein. »Aber wir – es tut uns sehr leid für ihn.«

»Mir ebenso, Madame.« Er schwieg einen Moment lang. »Madame und Monsieur sind ihm kurz vor seinem Tod begegnet?«

»Am Tag davor«, antwortete Johnny.

»Tatsächlich? Das muss dann ja wahrhaftig ein großer Schock gewesen sein. Und auch eine Überraschung, wie

Monsieur, glaube ich, sagte? Es gab keine Anzeichen für seine Absicht?«

»Wir konnten keine erkennen«, sagte Johnny, wobei er das erste Wort leicht betonte.

»Ich verstehe«, sagte Emil leise. Er sah Johnny einen Augenblick lang direkt in die Augen. Dann schien er eine Entscheidung getroffen zu haben. »Wenn Madame und Monsieur ein paar Minuten warten würden?«, murmelte er. »Ich muss mich da noch um das ein oder andere kümmern.« Er ging zu einem anderen Tisch hinüber, das Gesicht wieder von einem professionellen Lächeln erfüllt.

Sie warteten fünf Minuten und sahen dann, wie Emil ein paar Worte mit ihrem Kellner wechselte und danach leise durch eine Türöffnung verschwand, die durch einen Vorhang verdeckt war. Kurz darauf kam der Kellner an ihren Tisch und sagte diskret: »Monsieur Emil würde sich freuen, wenn Madame und Monsieur sich auf einen Likör zu ihm in sein Büro gesellen würden.«

»Mit dem größten Vergnügen«, sagte Johnny.

Der Kellner geleitete sie zu der Türöffnung mit dem Vorhang, über einen schmalen Flur, der den Geräuschen nach zu schließen zur Küche führte, und dann eine Treppe mit nackten Holzstufen hinauf. Oben öffnete er eine Tür und führte sie in einen kleinen, karg möblierten Raum.

Emil, der hinter seinem Schreibtisch gesessen hatte, erhob sich bei ihrem Eintreten. »Ich bin sehr erfreut, Madame und Monsieur zu sehen. Ich hoffe, Sie machen mir die Freude, ein Gläschen Likör mit mir zu trinken?«

Er zog einen Stuhl für Sally heran, füllte drei Gläser aus einer Flasche mit Kirschlikör und trank dann mit ernster Miene auf ihre Gesundheit. Dann sah er sie und Johnny über den Schreibtisch hinweg an. Er wirkte immer noch ein wenig vorsichtig, dachte Sally, aber die devote Haltung war verschwunden, zusammen mit all seinen Masken.

»Ich nehme an«, sagte er leise, »dass Sie Mr und Mrs Heldar sind.«

Johnny nickte. »Das wissen Sie aus der Zeitung?«, fragte er.

»Ja. In der Zeitung standen die Namen derer, die sich zum Zeitpunkt von Sir Mark Mercators Tod in Westwater aufhielten – unter anderem eben auch die von Mr und Mrs Heldar, die in der Vergangenheit in einem Mordfall erfolgreich Ermittlungen angestellt hatten. Es gab auch eine Fotografie von Madame, zusammen mit gewissen anderen Personen, auf ihrem Weg zu der gerichtlichen Untersuchung zu Sir Marks Tod. Und Sie sind nicht nur deshalb hierhergekommen, weil Willesdon meinte, dies sei ein gutes Restaurant.«

»Nein«, sagte Johnny. Er erklärte knapp und offen die Situation. »Wir sind davon überzeugt, dass sowohl Thaxton als auch Willesdon unschuldig sind. Aber wir haben keine Beweise. Eine Bemerkung, die Willesdon am Tag seines Todes gemacht hat, brachte uns auf den Gedanken, dass Sie uns möglicherweise weiterhelfen können. Willesdon hat – wie wir glauben – angedeutet, dass Sie etwas über eine der in diese Sache verwickelten Personen wissen, die niemandem sonst bekannt ist.«

Emil starrte in sein Glas hinunter. Schließlich sagte er: »Es stimmt, dass ich etwas weiß. Aber ich kann unmöglich sagen, ob es irgendetwas mit dieser Angelegenheit zu tun hat, und ich denke ohnehin, dass es der Polizei längst bekannt sein wird.«

»Ich glaube nicht, dass der Polizei irgendetwas bekannt ist, das zu Ungunsten der Person spricht, die wir im Sinn haben«, meinte Johnny.

Emil runzelte die Stirn. »Man hat in Sir Marks Papieren nichts gefunden?«

»Ich glaube nicht. Es gab zumindest keine Anzeichen dafür.«

Wieder entstand ein Schweigen. Dann sagte Emil: »Wenn ich das gewusst hätte, dann hätte ich mich wahrscheinlich als Zeuge gemeldet. Aber ich hätte es nur sehr widerstrebend getan. Sie werden sicher verstehen, dass ich mich in einer schwierigen Situation befinde. Es ist äußerst unliebsam für den Betreiber eines Restaurants, mit der Polizei in Berührung zu kommen. Aber Sie sind nicht von der Polizei. Würden Sie mir Ihr Wort geben, dass Sie meine Informationen, falls sie im Fall von Richard Thaxton nicht weiterhelfen, weder der Polizei noch an irgendjemanden sonst weitergeben werden?«

»Ich gebe Ihnen mein Wort«, sagte Johnny, »dass – falls ich vollkommen sicher bin, dass Ihre Worte Thaxton nicht helfen können – niemand außer uns dreien, die wir hier versammelt sind, davon erfahren wird.«

Emil sah ihm einen Moment lang in die Augen. Dann nickte er und begann seine Geschichte. »Willesdon ist zum ersten Mal im Sommer des Jahres 1949 hierhergekommen, bald nachdem ich dieses Restaurant gekauft hatte. Er kam recht oft – wenn er über Geld verfügte. Aber es gab Zeiten, da das nicht der Fall war. Eines Abends, zu Beginn des Frühlings im Jahr 1950, brachte er zwei Freunde mit, die sich gerade erst verlobt hatten. Sie kamen, um die Verlobung zu feiern. Der junge Mann war Richard Thaxton. Die Frau stellte Willesdon mir als Miss Harz vor, und er sprach sie mit Lisa an. Aber das ist nicht der Name, den sie benutzt hat, als ich ihr das erste Mal begegnet bin. Da nannte sie sich Helga Forst. Ich kann mich unmöglich irren. Sie war damals ein wenig rundlicher, und ihre Haare waren anders, auch ihre Augenbrauen, glaube ich. Aber ich habe sie in dem Moment wiedererkannt, als sie das Restaurant betrat.« Sein Gesicht veränderte sich und hatte plötzlich jegliche Weichheit und Geschmeidigkeit verloren. Der breite Unterkiefer verspannte sich, und der Mund wurde hart.

»Wenn dies mein Haus gewesen wäre – mein Zuhause – hätte sie es niemals betreten dürfen. Aber ich bin nur ein Restaurantbesitzer und muss an meinen Ruf denken. Also blieb sie dort sitzen und aß und trank, und alle Männer starrten sie an. Sie wirkte« – er zögerte, während er nach dem richtigen Wort suchte – »so entzückend. So charmant. Und so zart und weich und sanftmütig. Und korrekt. Immer korrekt.« Die letzten beiden Worte hatte er auf Deutsch gesagt. Seine Stimme klang harsch und hasserfüllt.

»Sie hat mich natürlich nicht wiedererkannt. Damals war ich einer von vielen – einer von Tausenden. Ich war unrasiert, dreckig, zu einem Skelett abgemagert. Aber ich habe sie wiedererkannt, und es gelang mir nicht ganz, meine Gefühle zu verbergen. Ihr ist das nicht aufgefallen, und Thaxton auch nicht – er war verliebt. Aber Willesdon hat es sehr wohl bemerkt. Am darauffolgenden Abend ist er zurückgekehrt und hat mich gefragt, was ich über sie wisse. Ich war immer noch ein wenig erschüttert – ihr Anblick hatte Erinnerungen in mir wachgerufen, die ich verzweifelt versucht hatte, so tief wie möglich zu vergraben, um nicht den Verstand zu verlieren. Ansonsten hätte ich ihm vielleicht nicht erzählt, was ich Ihnen jetzt erzähle.

Ich bin zum Teil jüdischer Abstammung und habe drei Jahre – die letzten drei Jahre des Krieges – in einem Konzentrationslager verbracht. Sie ist oft in dieses Lager gekommen. Sie war die Geliebte des Lagerkommandanten, eines Mannes namens Schleicher. Er war ein böser Mensch – ein Mann, der die Grausamkeit um ihrer selbst willen liebte. Aber sie war noch schlimmer als er. Sie ist gekommen, um zuzusehen, wie –« Er verstummte und sagte dann plötzlich ganz ruhig:

»Dinge, über die ich in Gegenwart von Madame nicht sprechen werde.«

Nach einer Weile sagte Johnny: »Hat Willesdon irgendwann noch einmal über sie gesprochen?«

»Ich glaube nicht. Und er hat sie auch nie wieder mit in mein Restaurant gebracht. Aber sie ist zwei oder drei Mal mit einem anderen Mann hergekommen. Er war Engländer – vielleicht fünfunddreißig Jahre alt – nicht besonders groß – blond – ziemlich gutaussehend. Ein professionell wirkender Mann. Vielleicht ein Anwalt. Er war in sie verliebt.«

»Ja«, sagte Johnny. »Wir kennen ihn. Noch eine letzte Frage: Sie haben Sir Mark berichtet, was Sie über die Frau wussten, und haben ihm dies auch in schriftlicher Form mitgeteilt?«

Wieder schwieg Emil eine Weile. »Ist es notwendig, dass ich darauf antworte, damit Richard Thaxton gerettet werden kann?«

»Es ist notwendig. Wir müssen beweisen können, dass Sir Mark die Wahrheit kannte.«

»Also gut. Ich habe ihm gegenüber geschworen, dass ich nichts sagen würde, aber ich denke, er ist überhaupt nur wegen Richard Thaxton zu mir gekommen. Richard Thaxton zu Gefallen werde ich also mein Wort brechen. Sir Mark hat mit Hilfe einiger meiner jüdischen Freunde herausgefunden, dass ich im Konzentrationslager war. Er ist im September 1950 zu mir gekommen, und ich habe ihm auf seine Bitte hin eine unterzeichnete Erklärung zu dieser Frau gegeben. Er hat mir ein paar Fotografien gezeigt, und es bestand kein Zweifel, dass es sich um ein und dieselbe Person handelte. Er wusste bereits, dass sie im Konzentrationslager gewesen war, aber er wollte Beweise von mehreren Personen einholen. Ich glaube, ich war der Einzige, der sich in England aufhielt. Sir Mark sprach von einem Mann in Deutschland – einem alten Freund von ihm –, den ich im Lager gekannt hatte, einem Juden namens Klaus Mandelbaum. Aber Sie sagen mir jetzt, dass keine einzige derartige Erklärung gefunden wurde. Sie hat sie zweifellos alle verschwinden lassen.« Er schwieg erneut und wischte sich mit einer seiner gewaltigen Hände in einer Geste unendlicher Erschöpfung über die Stirn. »Falls es nötig ist – und ich kann an Ihren Gesichtern erkennen, dass es sehr wohl nötig ist – werde ich diese Geschichte auch der Polizei erzählen.«

* * *

Sally rief am folgenden Nachmittag Lisa an – sehr widerstrebend, denn sie hasste es, jemandem etwas vorzumachen – und sagte ihr, sie hätten abends eine geschäftliche Verabredung und würden es daher heute nicht mehr schaffen, nach Westwater zu kommen. Sie hatten davon abgesehen, Wainwright vorab anzurufen, denn der Klatsch aus der Telefonzentrale in Danesfield könnte sich bis nach Westwater verbreiten. Zudem achteten sie darauf, dass sie nicht vor der Sperrstunde bei den ›Thaxton Arms‹ anlangten. Aber Wainwright schien dankbar für ihr Kommen zu sein. Sein freundliches Gesicht war vor Besorgnis ganz spitz geworden, und er sah sehr müde aus. Anscheinend hatte seine Wirtsstube zwei Abende in Folge als Veranstaltungsort für empörte Solidaritätsbekundungen für Richard Thaxtons gedient. Selbst der Colonel, der anscheinend die ganze Zeit wie ein grimmiger Löwe durch die Gegend lief und die größten Anstrengungen unternahm, den Polizeichef einzuschüchtern, hatte seinen Gefühlen in der Wirtsstube Luft gemacht, und Wainwright gingen allmählich die Kräfte aus. Johnny sprach ihm Mut zu, soweit ihm das möglich war, ohne zu viel zu verraten, und dann ließen sie sich von ihm ein Zimmer für die Nacht geben. Das Bett war recht bequem, doch keiner von beiden schlief besonders gut.

Nach dem Frühstück nahm Wainwright sie auf Johnnys Bitte hin mit zum Postamt und stellte sie der jungen Frau vor, die für die Telefonvermittlung verantwortlich war und die, wie sich herausstellte, zufällig auch an dem Abend vor Georges Tod Dienst getan hatte. Sie war gerne bereit, alles zu erzählen, was sie wusste.

»Ja, Mr Heldar. Es gab zwischen sechs und sieben Uhr zwei Anrufe für das Herrenhaus – die stehen hier in den Aufzeichnungen. Sie kamen beide aus einer Telefonzelle in Fanchester. Der erste Anruf war um fünf vor halb sieben und war für Miss Harz. Es war ein ausländischer Herr, der angerufen hat.«

»Ein ausländischer Herr?«, fragte Johnny.

»Ja. Ich glaube, er war ein Deutscher. Er sprach Englisch mit Mr Fenton, als dieser ans Telefon ging, aber er hatte einen sehr fremdländischen Akzent und hat gesagt, sein Name sei Mr ... Mr ... Smit, oder so ähnlich. Es klang jedenfalls nicht wie Smith.«

»Könnte es Schmidt gewesen sein?«

»Ja, ich glaube, das war es. Er hat darum gebeten, mit Miss Harz zu sprechen, und Mr Fenton klang ein wenig skeptisch – vielleicht dachte er ja, der Herr sei ein Reporter, der nur so tat, als wäre er ein Ausländer.« Das Mädchen zögerte und wurde ein wenig rot. »Ich hätte natürlich nicht zuhören dürfen.«

»Ich bin froh, dass Sie es getan haben. Fahren Sie doch fort, bitte.«

»Naja, Mr Fenton hat dann gesagt, er würde Miss Harz Bescheid geben und nach ein paar Minuten ist sie ans Telefon gegangen. Der Herr sprach in einer fremden Sprache mit ihr – es klang, als wäre es Deutsch, und Miss Harz ist doch aus Deutschland, nicht wahr? Außerdem hat er, grad bevor er aufgehängt hat, noch ›Heil Hitler!‹ gerufen. Sie haben eine ganze Weile geredet – sein Anruf hat insgesamt neun Minuten gedauert, wenn man das Gespräch zwischen ihm und Fenton mitrechnet, und Fenton musste ja Miss Harz auch noch holen gehen. Aber von der Unterhaltung mit Miss Harz habe ich dann kein Wort mehr verstanden. Nur, dass der Herr nicht besonders nett klang. Er sprach recht ruhig, aber es war da so ein ziemlich hässlicher Ton in seiner Stimme. Und Miss Harz hat zunächst sehr scharf mit ihm gesprochen, und danach wurde sie irgendwie leise und geheimnistuerisch.«

»Jetzt beantworten Sie mir doch bitte noch folgende Fragen: Sind Sie ganz sicher, dass der Herr ein Deutscher war? Als er Deutsch sprach, gab es da irgendetwas, das den Eindruck vermittelt hat, es könnte eine Fremdsprache für ihn gewesen sein?«

Das Mädchen dachte einen Moment lang nach. »Ja, stimmt, das wäre möglich. Er hat langsamer gesprochen als Miss Harz. Jedenfalls zuerst. Und dann hat sie auch angefangen, langsamer zu sprechen, und ein oder zwei Mal hat er sie etwas gefragt und sie hat dann, glaube ich, wiederholt, was sie vorher gesagt hatte.«

»Ich verstehe«, sagte Johnny. »Und der zweite Anruf, Miss Hadley?«

Der zweite Anruf hatte Miss Hadley sehr wütend gemacht. Sie erzählte ihnen alles über den Reporter, der Fenton gegenüber behauptet hatte, ein alter Staffelkamerad von Richard zu sein und der Richard dann fünfhundert Pfund für vertrauliche Einzelheiten zu Mercators Mord und dem Gefangenenlager in China angeboten hatte.

ZEHNTES KAPITEL

Eine Dreiviertelstunde später saßen die Heldars in Masons Büro und Johnny berichtete. Mason hörte zu, zunächst höflich und dann mit gespannter Konzentration.

»Wenn sie ihre Wohnung unmittelbar nach Willesdons Anruf verlassen hätte, könnte sie die Wolframgasse noch vor ihm erreicht haben. Fenwick hat Willesdon anscheinend gegen Viertel nach zwölf gesehen. Wir sind den Weg von ihrer Wohnung zur Garage gestern zu Fuß zügig gegangen und haben es in einer Viertelstunde geschafft. In höchstens drei weiteren Minuten hätten wir den Rover aus der Garage holen und damit wegfahren können.

Sie könnte das Fischerhäuschen zwischen Viertel nach zwei und halb drei erreicht haben. Sie kannte den Ort wahrscheinlich, weil sie und Thaxton ziemlich viele Spaziergänge in der Gegend gemacht haben, während sie sich in der Zeit nach Mercators Unfall auf Westwater Manor aufhielten. Ich erinnere mich daran, dass Thaxton damals erzählt hat, sie hätten jeden Quadratmeter des Anwesens ›abgegrast‹. Wir haben keine Fußstapfen auf dem Pfad gefunden, der zu dem Häuschen führt, aber sie ist wahrscheinlich auf dem Gras gelaufen, das in der Mitte wächst. Sie konnte es nicht verhindern, dass der Rover Spuren hinterließ, aber das war nicht besonders schlimm, denn selbst wenn man die Spuren als diejenigen des Rovers identifizieren würde, ließ sich das auf die verschiedenste Weise interpretieren. Aber sie durfte es nicht riskieren, Fußstapfen zu hinterlassen, die unverkennbar von einer Frau stammten.

Danach ist sie quer durch den Park gelaufen und hat an irgendeiner Stelle in Sichtweite der nördlichen Zufahrt – und möglicherweise auch des Hofes – darauf gewartet, dass Thaxton wegfährt. Möglicherweise hat sie den Hof auch gar nicht gesehen, denn sonst hätte sie Sheringhams Auto dort bemerkt, was möglicherweise zu einer Planänderung geführt hätte. Jedenfalls hat sie, sobald sie sah, dass Thaxton fort war, einen Umweg durch den Park gemacht – sie konnte es schließlich nicht riskieren, auf der Rasenfläche gesehen zu werden – und hat das Arbeitszimmer irgendwann zwischen drei Uhr und fünf nach drei erreicht. Sie hoffte, Mercator allein vorzufinden, aber falls er nicht allein gewesen wäre, hätte sie ihre Anwesenheit damit erklären können, dass sie gekommen sei, um einen letzten Appell an ihn zu richten. Er war jedoch allein – wahrscheinlich brauchte er eine Weile, um sich nach dem Streit mit Thaxton wieder genügend zu fangen, bevor er Sheringham holen ging. Sie hat ihm wahrscheinlich noch einmal eine letzte Chance gegeben, ihrer Heirat mit Thaxton zuzustimmen, und die Antwort, die er darauf gab, hat Deane mitangehört.

Dann hat sie ihn getötet, wobei sie den Schlag benutzt hat, über den wir zu Beginn dieser ganzen Angelegenheit schon gesprochen haben. Ein solcher Schlag kann auch von einer Frau erfolgreich ausgeführt werden, falls diese von einer sachkundigen Person instruiert wurde. Sie könnte diese Technik im Konzentrationslager gelernt haben. Dann hat sie das Testament auf seinem Schreibtisch gesehen –

oder vielleicht hatte er es ihr ja auch gezeigt – und nahm es an sich. Das Motiv dafür war dasselbe, das sie später auf wenig überzeugende Weise versucht hat, Sheringham anzudichten.«

Johnny erklärte Mason, wie dieses Motiv aussah: »Falls es keine Hoffnung gab, die Heiratsklausel für ungültig zu erklären, wäre es sicherer, das Testament zu zerstören, denn dieses könnte auf ein Mordmotiv ihrerseits hinweisen. Falls Sheringham – dessen Rat sie sich für einen hypothetischen Fall hätte einholen können – dies aber für durchaus möglich hielt, könnte sie dafür sorgen, dass das Testament wieder auftauchte. Dann aber war sie zum Handeln gezwungen, weil Thaxton, wie sich herausstellte, das Testament bereits gesehen und Ihnen davon erzählt hatte. Falls es daraufhin nicht wieder aufgetaucht wäre, hätte die Sache für ihn sogar noch schlimmer ausgesehen als sie das ohnehin schon tat.

Sie ist zum Fischerhäuschen zurückgekehrt und mit dem Rover fortgefahren, wobei sie um fünf vor halb vier von Danby am Westtor gesehen wurde. Dieser Umstand birgt natürlich ein gewisses Problem. Ich zweifle daran, dass sie darauf hoffte, ein überzeugendes Alibi auf die Beine zu stellen. Sie hat sich wohl darauf verlassen, dass sie scheinbar kein Motiv hatte und daher niemand auf die Idee kommen würde, dass sie mit der ganzen Angelegenheit etwas zu tun hatte. Aber Thaxton hätte London eigentlich lange vor ihr erreichen müssen – er fuhr den Armstrong und darüber hinaus hatte er auch noch vierzig Minuten Vorsprung auf einer direkteren Route –, und es war gut möglich, dass er bei seiner Ankunft in London sofort zu ihrer Wohnung ging. Sie musste also um jeden Preis verhindern, dass er ihr auf die Schliche kam. Es war purer Zufall, dass er unterwegs durch sein labiles Nervenkostüm aufgehalten wurde, und selbst dann muss die Sache sehr knapp gewesen sein. Sie musste den Rover bei ihrer Ankunft in London wieder in der Garage abstellen und ging damit das Risiko ein, in der Gasse zum Kutscherhäuschen von Leuten gesehen zu werden, die von der Arbeit heimkehrten. Doch in dieser Hinsicht ist sie anscheinend ungeschoren davongekommen.«

»Ja«, sagte Mason langsam. »Nun, es stimmt, sie hat kein Alibi. Ich hatte das routinemäßig überprüft. Sie hat behauptet, den ganzen Nachmittag zu Hause gewesen zu sein, von dem Moment an, als Willesdon sie angerufen hat, bis kurz nach halb sechs, als sie zu ein paar Geschäften in der Nähe ihrer Wohnung gegangen ist und etwas fürs Abendessen gekauft hat. Die Leute in den Geschäften haben das bestätigt. Und anscheinend hatte Thaxton ursprünglich auch vor, auf dem Heimweg in Richmond Halt zu machen und dort noch einen Freund aus der Royal Air Force zu besuchen. Diesen Plan hat er dann jedoch wieder verworfen, weil er zu aufgewühlt war.«

»Gut möglich, dass sie es war, die ihm diesen Besuch überhaupt erst vorgeschlagen hat. Oder sie wird zumindest gewusst haben, dass er diesen Besuch plante. Sie hat auf ihrem Weg zurück von der Garage zur Wohnung ihre Einkäufe erledigt, und falls er bei ihrer Heimkehr schon auf ihrer Türschwelle stand, dann war sie eben nur kurz fort, um etwas fürs Abendessen zu besorgen. Und falls er sich gegen den Besuch entschieden hatte und früher bei ihr angekommen wäre, hätte er sicher nicht endlos auf sie gewartet. Sie hätte dann später erzählen können, sie sei einfach nur spazieren gewesen oder hätte sich die Haare gewaschen oder etwas in der Richtung, als er an der Türe klingelte. Irgendetwas Plausibles wäre ihr sicher eingefallen.«

»Ja, das ergibt alles Sinn«, sagte Mason. »Aber Sie haben mir noch keinen einzigen Beweis geliefert, Mr Heldar.«

»Ich weiß«, sagte Johnny. »Ich kann erstmal nur fortfahren. Das Motiv für den ersten Mord liegt also jetzt klar auf der Hand. Miss Harz hat die Neigung, ihre eigenen Motive entsprechend angepasst anderen Leuten zuzuschreiben – oder genauer gesagt, sie dichtet sie Sheringham an.« Er wiederholte die Geschichte von Marks angeblichen Vorwürfen, was Lisa und Christopher anbelangte. »Ich fand das sehr interessant, weil das ein plausiblerer Grund für Marks Widerstand gegen die Heirat war als die Tatsache, dass sie Deutsche ist. Ich hatte schon zuvor das Gefühl gehabt, dass es für diesen Widerstand einen sehr guten Grund geben musste. Sie hat ja selbst gesagt, dass sie an dem Nachmittag von Mercators Unfall kurz mit ihm allein war, und meiner Meinung nach hat er ihr da gesagt – oder sie daran erinnert –, was er über ihre Kontakte zu dem Konzentrationslager wusste, und dass er, falls sie die Verlobung nicht löste, Thaxton schriftliche Beweise für diese Kontakte vorlegen würde.«

»Jetzt warten Sie mal kurz«, sagte Mason. »Wollen Sie damit andeuten, dass sie es geschafft hat, die unterzeichneten Dokumente in die Hände zu bekommen, von denen Emil gesprochen hat?«

»Das wäre möglich, aber ich glaube es nicht. Falls diese Dokumente immer noch existiert hätten, glaube ich nicht, dass sie Mercator ermordet hätte. Es sei denn, sie hätte ohne jeden Zweifel gewusst, wo sie sich befinden und hätte Zugriff darauf gehabt. Und Mercator war viel zu klug, als dass er ihr gesagt hätte, wo er sie aufbewahrt. Falls er sie Thaxton gezeigt hätte, hätte sich Thaxton mit Sicherheit geweigert, sie zu heiraten. Und Mercator war ein Mann mit großem Einfluss – er hätte dafür sorgen können, dass ihr der Boden in England zu heiß unter den Füßen geworden wäre, auch wenn ich bezweifle, dass er so weit gegangen wäre. Strafrechtlich war ihr jedenfalls nicht beizukommen – es gab keinen Grund zu der Annahme, dass sie eine Kriegsverbrecherin war –, und im schlimmsten Fall hätte sie sich irgendwo anders ein neues Leben aufbauen können. Doch falls die Dokumente nach ihrem Mord an Mercator ans Licht gekommen wären, hätte man sie mit Sicherheit gehängt.« Johnny hielt inne.

»Das sind natürlich größtenteils Spekulationen«, sagte er dann langsam. »Mercator war ein sehr gerechter Mensch, und diese Gerechtigkeit war ihm sehr wichtig. Thaxton hat einmal angedeutet, dass Mercator ein wenig von seinem Gewissen geplagt wurde wegen seiner zum Teil recht antideutschen Gefühle. Er hatte diese schriftlichen Erklärungen gesammelt, bevor Thaxton abgeschossen wurde, und wollte ihn damit von der Heirat mit Miss Harz abbringen – er wusste wahrscheinlich, dass ihm das nur mit einem schriftlichen Beweis gelingen konnte. Als Thaxton dann abgeschossen wurde, könnte Mercator zu der Überzeugung gelangt sein, dass er nur eigenen Vorurteilen Vorschub leistete, wenn er gegen Miss Harz vorging. Also könnte ich mir vorstellen, dass er die Dokumente daraufhin vernichtet hat. Es steht uns kein Urteil darüber zu, ob er damit recht getan hat oder nicht – es war allein seine Entscheidung. Ich glaube darüber hinaus, dass er zunächst keine Schritte unternahm, die Dokumente wieder zu beschaffen, als er hörte, dass Thaxton noch lebte. Vielleicht hoffte er ja, dass Thaxton nicht zu Miss Harz zurückkehren würde. Thaxton war schließlich mehr als vier Jahre lang fort gewesen und in der Zwischenzeit sicherlich gereift. Aber als Mercator die beiden zusammen sah, wusste er, dass Thaxton genauso verliebt war wie eh und je. Am Tag seines Unfalls fiel meiner Frau und mir auf, dass Mercator merkwürdig erschüttert wirkte.

Ich nehme an, dass er Miss Harz, als er mit ihr allein war, mitgeteilt hat, dass er die schriftlichen Erklärungen zerstört hat, jedoch vorhabe, sich die Dokumente aufs Neue zu besorgen. Beim ersten Mal wird es ihn sicherlich einiges an Zeit gekostet haben, die Zeugnisse zu beschaffen, und das Ganze hat möglicherweise langwierige und mühevolle Anfragen bei seinen deutschsprachigen Kontakten mit sich gebracht. Ich könnte mir vorstellen, dass er in Deutschland einige geschäftliche Kontakte hatte, zu denen auch Personen mit jüdischer Abstammung gehörten. Beim zweiten Mal würde es sehr viel leichter und schneller gehen, sich die jeweiligen Erklärungen zu besorgen, jedenfalls in den meisten Fällen, weil er ja nun wusste, an wen er sich zu wenden hatte. Emil hat einen Mann namens Klaus Mandelbaum erwähnt, von dem wahrscheinlich eine der unterschriebenen Erklärungen stammt. Sie haben uns bei einer unserer Unterhaltungen gefragt, ob Mercator in unserer Gegenwart irgendwann einmal den Namen Klaus erwähnt hat, Herr Inspektor.«

»Das habe ich«, sagte Mason. »Es gab da einen unvollendeten Brief, der unter dem Löschblatt auf Sir Marks Schreibtisch lag und der in seiner eigenen Handschrift verfasst war. Wir vermuteten, dass er den Brief versteckt hat, als jemand unvermutet sein Arbeitszimmer betrat – höchstwahrscheinlich der Mörder. Der Brief war auf Deutsch geschrieben, aber ich habe ihn übersetzen lassen. Es stand in etwa Folgendes darin: ›Lieber Klaus, es tut mir leid, Dich erneut behelligen zu müssen, aber allmählich frage ich mich, ob Du meinen Brief vom 4. August überhaupt erhalten hast.‹ Das war alles. Ein Nachname oder eine Adresse stand nicht darauf.«

»Ich verstehe«, sagte Johnny. »Ja, das würde passen. Ich kann weiterhin nur mutmaßen, aber ich glaube, am Tag von Mercators Unfall – dem 4. August – hat sich Folgendes abgespielt. Thaxton stürmte hinaus, nachdem Mercator sich geweigert hatte, seine Haltung zu dessen Verlobung zu ändern. Sobald er fort war, hat Mercator einen kurzen Brief an Klaus geschrieben, um ihn um eine neuerliche schriftliche Erklärung zu bitten. Nach London zu fahren und mit Emil zu sprechen, wäre sicherlich der schnellere Weg gewesen, aber vielleicht hatte er das auch noch vor. Er könnte zu der Überzeugung gelangt sein, dass mehr als nur eine Erklärung nötig war, um Thaxton zu überzeugen. Jedenfalls ist er aus dem Arbeitszimmer gekommen und hat seinen Brief auf den Tisch am Fuß der Treppe gelegt, auf dem die ausgehende Post gesammelt wird. Er dachte wahrscheinlich, Thaxton und Miss Harz seien bereits abgereist. Ich habe keine Ahnung, warum sie das noch nicht getan hatten. Thaxton muss im Auto gewartet haben oder auf jeden Fall draußen, während sie noch einmal zurückgekommen ist, vielleicht, weil sie etwas vergessen hatte. Als sie ins Haus kam, sah sie Mercator dort auf dem Teppich stehen. Er hat sie hingegen nicht bemerkt. Vielleicht stand sie außerhalb seines Blickfelds oder vielleicht auch in dem etwas dunkleren Teil der Halle. Unterhalb der Treppe herrscht zu dieser Tageszeit nur sehr trübes Licht, und Mercators Sehkraft hatte stark nachgelassen. Miss Harz sah, wie er den Brief auf den Tisch legte, und ahnte, dass es dabei um sie selbst ging. Ich möchte jetzt nicht behaupten, dass es sich um eine vorsätzliche Tat handelte – sie hat einfach nur gesehen, dass sich ihr hier eine Gelegenheit bot, hat kurz überlegt und sich dann entschieden, diese Gelegenheit zu ergreifen. Sie könnte den Teppich mit einem scharfen Ruck unter seinen Füßen weggezogen haben. Dabei konnte sie natürlich nicht damit rechnen, dass damit ihr Problem ein für alle Mal gelöst war, auch wenn es durchaus denkbar war, dass sich ein Mann in Mercators Alter bei einem solchen Sturz die Hüfte brechen oder an dem Schock oder einer Lungenentzündung sterben würde. Aber die Chancen standen gut, dass er das Bewusstsein verlieren würde und sie den Brief dann entwenden konnte. Er würde wahrscheinlich gar nicht merken, dass der Brief nie zugestellt worden war, und sie würde dadurch zumindest ein paar Tage Zeit gewinnen. Und falls er das Bewusstsein verlor, würde er sich an die Minuten unmittelbar vor seinem Sturz wahrscheinlich nicht mehr erinnern und hätte keine Ahnung – selbst, wenn er es im betreffenden Moment noch gemerkt hatte –, dass ihm jemand den Teppich unter den Füßen weggezogen hatte.

Miss Harz ist damit natürlich ein ziemlich großes Risiko eingegangen. Aber wie sich herausstellte, war dieses Risiko durchaus gerechtfertigt. Ich vermute, dass Mercator sich sehr wohl an den Unfall erinnerte und erriet, dass sie dafür verantwortlich war, und dass er es unter anderem deswegen so eilig damit hatte, ein neues Testament aufzusetzen. Er wusste, dass sie wahrscheinlich ein zweites Mal versuchen würde, ihn zu töten, und er wollte Thaxton nicht enterben, wenn er dies verhindern konnte. Ich habe gestern Nachmittag mit meinem eigenen Anwalt gesprochen – ich habe ihm das Ganze als hypothetischen Fall dargelegt –, und er meinte, dass es seiner eigenen Erfahrung nach selbst einem erfahrenen Geschäftsmann nicht bewusst sein könnte, dass man eine solche ›Heiratsbeschränkungs-Klausel‹ mit ziemlicher Sicherheit für ungültig erklären kann. Ein Mann – und insbesondere ein sehr mächtiger Mann – kann sich nur schwer vorstellen, dass er sein Vermögen nicht ganz genauso hinterlassen kann, wie er möchte, insbesondere wenn ihm das sehr am Herzen liegt. Ich denke nicht, dass Mercator auch nur eine Sekunde geglaubt hat, dass sein Testament Thaxton davon abhalten würde, Miss Harz zu heiraten. Aber falls die Beschränkungsklausel unanfechtbar gewesen wäre, könnte das Miss Harz davon abgehalten haben, ihn zu heiraten. So wie er die Sache sah, war dies die einzige Möglichkeit, die ihm blieb, entweder als Übergangslösung, um die Heirat zu verhindern, bis er von Klaus den notwendigen Beweis erhielt, oder als permanente Maßnahme, falls er starb und der Beweis aus irgendeinem Grund nicht ans Licht kam. Auf gewisse Weise hat er Miss Harz also in die Hände gespielt.«

Johnny schwieg erneut einen Moment und zündete sich eine Zigarette an. Er runzelte die Stirn. Sally wusste, dass er es hasste, all diese Beschuldigungen aussprechen zu müssen.

»Nachdem Miss Harz Mercator getötet hatte, mischte sich Willesdon ein. Wir wissen, dass er durch Emil von ihrer Vergangenheit erfahren hat, und ich vermute, dass er sie seither erpresst hat. Wahrscheinlich ging es dabei gar nicht mal um Geld – jedenfalls nicht um größere Summen. Er hätte sie mit der Enthüllung ihrer Vergangenheit schließlich nicht in lebensbedrohliche Schwierigkeiten bringen können – und wenn er es doch gekonnt hätte, dann hätte er – wie ich vermute – nicht lange genug gelebt, um eine solche Drohung in die Tat umzusetzen. Nein, es lag vielmehr in seinem Interesse, irgendwelche Güter und Dienstleistungen aus ihr herauszuholen. Was er eben so gerade brauchte: die Benutzung des Rovers, lange nachdem sie das Auto eigentlich hätte verkaufen wollen, eine kostenlose Garage, auch nachdem Miss Harz aus der Gasse mit dem Kutscherhäuschen fortgezogen war, ein Brief an Thaxton mit der Bitte, Willesdon den Posten als Grundstücksverwalter zu geben, oder die Zusage, Willesdon bis zum Verkauf von Westwater in der Stellung zu behalten, nachdem er sich längst als inkompetent erwiesen hatte. Aber als er wusste, dass sie sich eines Mordes schuldig gemacht hatte, lagen die Dinge natürlich vollkommen anders.«

Johnny gab Mason in kurzen Zügen die Unterhaltung wieder, die an dem Nachmittag vor Georges Tod geführt worden war, und fuhr dann fort.

»Willesdon war wahrscheinlich davon ausgegangen, so wie er es ja auch zu uns gesagt hat, dass Thaxton mit dem Rover gefahren war, und als die Polizei ihn diesbezüglich befragte, hat er vermutet, dass Thaxton der Mörder war, und ist nach Westwater gekommen, um seinen Verdacht zu bestätigen. Aber dann wurde ihm klar, dass Thaxton die Wahrheit sagte, als er behauptete, mit dem Armstrong hergekommen zu sein – eine Behauptung, die sich durch Zeugen bestätigen ließ. Nun wusste er, dass nur Miss Harz die Schuldige sein konnte, und das sagte er ihr auch. Er tat dies auf recht gerissene Weise, denn alles, was er sagte, schien sich an Thaxton zu richten. ›Der arme alte Dickie befindet sich in einer nicht grad angenehmen Lage.‹ Das war wahrscheinlich der erste Hinweis. Der zweite war: ›Leute, die aus Konzentrationslagern kommen, sind gerne mal ein bisschen empfindlich‹. Wir dachten alle, er würde eigentlich Kriegsgefangenenlager meinen, aber er meinte ganz genau das, was er gesagt hat – womit er Miss Harz daran erinnerte, dass er über ihre Vergangenheit Bescheid wusste. Der eher konstruiert wirkende Hinweis auf Emil und sein Restaurant sollte eine weitere Erinnerung sein. Und zum Schluss, kurz bevor er den Raum verließ, hat er noch gesagt: ›Und ich habe jetzt eine brandneue Anekdote, die ich beim Essen erzählen kann.‹ Das hat ihr dann endgültig die Augen geöffnet. Sie war äußerst aufgebracht, aber weise genug, nicht zu versuchen, diesen Umstand zu verbergen. Stattdessen tat sie so, als wäre sie wegen Richard wütend.

Danach täuschte sie Kopfschmerzen vor und tauchte erst zum Abendessen wieder auf. Ich weiß noch, wie ich dachte, dass es ihr gar nicht ähnlich sah, Richard in einer solchen Situation im Stich zu lassen. Aber sie brauchte offenbar ein wenig Zeit für sich allein, um über ihre weitere Vorgehensweise nachzudenken. Sie muss allein gewesen sein, als Fenton zu ihr kam, um ihr zu sagen, dass jemand sie am Telefon zu sprechen wünsche.« Johnny erzählte Mason, was ihnen das Mädchen aus der Telefonzentrale berichtet hatte. »Thaxton könnte über den Anruf Bescheid gewusst haben. Es ist gut möglich, dass Fenton zunächst im Salon nach ihr gesucht hat. Aber sie hätte sich irgendeine Geschichte ausdenken können, falls Thaxton sie dazu befragt hätte. Ich bin mir ziemlich sicher, dass der Anrufer Willesdon war. Er war Kriegsgefangener in Deutschland und könnte daher ein wenig von der Sprache aufgeschnappt haben, und das ›Heil Hitler!‹ am Ende des Gesprächs war typisch für ihn. Vielleicht hat sie ihm Geld versprochen. Auf jeden Fall hat sie ihn dazu überredet, sich am Stausee mit ihr zu treffen.

Als Danby dann am nächsten Morgen kam und vom Fund einer Leiche berichtete, hat Miss Harz – mit wenig überzeugenden Argumenten – versucht, mich davon abzuhalten, mit ihm zusammen zum Fundort zurückzukehren. Sie bat mich zu bleiben und mit Thaxton zu reden, damit er nicht sofort von dem Fund erfuhr. Ich glaube, sie hat sich daran erinnert, dass ich den Schlag wiedererkannt hatte, mit dem Mercator getötet wurde, und befürchtete deshalb wahrscheinlich, ich könnte dem Leichnam von Willesdon ebenfalls ansehen, dass dieser ermordet worden war. In dieser Hinsicht hat sie mich jedoch überschätzt. Ich fürchte, ich habe zwar gemutmaßt, dass Willesdon bewusstlos geschlagen wurde, aber ich konnte keinerlei Beweise dafür finden. Tatsächlich habe ich mich in dieser Hinsicht höchstwahrscheinlich vollkommen geirrt, denn ich glaube nicht, dass eine Frau in der Lage wäre, einen so jungen Mann wie Willesdon bewusstlos zu schlagen, mag sie in der Kampfkunst auch noch so bewandert sein. Aber sie konnte ihn mit ein oder zwei Judoschlägen ins Wasser hinunterbefördern und auch für kurze Zeit bewegungsunfähig machen.« Johnny beeilte sich, so schnell wie möglich über die recht brutalen Details hinwegzugehen. »Bei einem Mann, der sich aufgrund seines gewohnheitsmäßigen Alkoholkonsums in relativ schlechter körperlicher Verfassung befindet, hätten diese Schläge sogar weit größere Wirkung erzielt. Er wäre bewusstlos geworden und damit nicht zu Gegenwehr in der Lage gewesen. Das kalte Wasser hätte ihn zwar wiederbelebt, jedoch andererseits auch den Schock verschlimmert. Auf jeden Fall hätte er nicht um Hilfe rufen können.«

Es folgte ein langes Schweigen. Schließlich fragte Mason: »Sonst noch etwas, Mr Heldar?«

»Ja, nämlich die Art und Weise, wie sich Miss Harz die ganze Zeit über verhalten hat. Wir glaubten alle, sie würde für Thaxton kämpfen, und bis zu einem gewissen Grad tat sie das ja auch, aber letztendlich hat sie vor allem für sich selbst gekämpft. Zunächst war sie, glaube ich, bereit, Thaxton die Konsequenzen tragen zu lassen. Sie hat ihn wahrscheinlich am Tag des ersten Mordes nach Westwater geschickt, zum Teil aus genau diesem Grund, zum Teil aber auch, weil sie ihn ohnehin für den Nachmittag aus dem Weg schaffen musste. Sie haben beide erzählt, dass Miss Harz während des Wochenendes versucht hat, die Verlobung zu lösen, und dass sie Mercators Widerstand als Grund angegeben hat. Thaxton hat uns gegenüber angedeutet, er sei an jenem Tag nach Westwater gekommen, weil er wusste, dass er sie verlieren würde, falls es ihm nicht gelang, seinen Onkel zu überreden. Auf diese Weise hatte sie sehr geschickt den Weg für einen Streit zwischen den beiden geebnet. Als sie den ersten Mord plante, konnte sie sich nämlich noch nicht sicher sein, ob die Möglichkeit bestand, dass Thaxton Mercators Vermögen erben würde. Sie konnte jedoch ebenso wenig darauf warten, dass Mercator ein neues Testament aufsetzte. Wahrscheinlich glaubte sie auch nicht daran, dass er das tun würde, solange Thaxton noch mit ihr verlobt war. Und Thaxton war zwar recht wohlhabend, aber nicht reich. Dann tauchte das neue Testament auf. Aber Thaxton hätte nicht erben können, falls man ihn des Mordes anklagte. Das Gesetz hätte es nicht zugelassen, dass er – oder seine Erben – zum Nutznießer seines eigenen Verbrechens geworden wäre. Also musste sie ihn beschützen, was die Sache auch für sie selbst sehr viel leichter machte, denn das gab ihr einen Vorwand, für sich selbst zu kämpfen. Sie sorgte dafür, dass man Richard für vernehmungsunfähig erklärte, und organisierte dann ein Treffen aller ihr bekannten Verdächtigen, zum Zweck eines Informationsaustauschs. Auf diesem Wege konnte sie herausfinden, wie die Dinge für sie beide standen. Als Nächstes führte sie ein vertrauliches Gespräch mit meiner Frau, in dem sie ihr ein paar Lügen auftischte und wenig glaubwürdige Anschuldigungen gegen Sheringham äußerte. Ich glaube, da sie eine Ausländerin ist, wusste sie tatsächlich nicht, wie wenig glaubwürdig diese Anschuldigungen waren. Ich könnte mir vorstellen, dass es ihr durchaus entgegengekommen wäre, wenn man Deane oder Danby für schuldig befunden hätte. Aber sie passte sehr auf, was sie über Willesdon sagte – zumindest, bevor sie ihn endgültig zum Schweigen gebracht hatte. Falls Willesdon nämlich bei der Polizei in ernstliche Schwierigkeiten geraten wäre, hätte er keine Sekunde gezögert und alles über ihre Vergangenheit erzählt, was er wusste. Nach seinem Tod wähnte sie sich jedoch auf der sicheren Seite. Unsere Nachforschungen bereiteten ihr keine allzu großen Sorgen, und sie war so klug, kaum Einwände dagegen zu erheben. Aber als Thaxton dann schließlich verhaftet wurde, trieb sie es zu weit. Sie hätte die Sache auf sich beruhen lassen sollen, aber sie wollte uns unbedingt auf Sheringham ansetzen – den einzigen anderen Verdächtigen, der immer noch für den Mord in Frage kam. Und wenn wir nicht über Sheringham nachgedacht hätten, wären wir wahrscheinlich nie auf die Idee gekommen, dass sie die Täterin sein könnte.«

* * *

Mason rief Johnny noch am selben Abend an und berichtete ihm kurz über die weiteren Entwicklungen. Der nächste Tag war ein Samstag, und sie gingen nachmittags auf seine Einladung hin erneut zu ihm und bekamen von ihm die ganze Geschichte zu hören.

»Staffelkapitän Thaxtons Aussage unterstützt Ihre Theorie zum Verlauf des Unfalls. Er ist in den Salon gegangen, um sie zu holen, und sie hat ihn gefragt, wie das Gespräch mit Sir Mark verlaufen sei. Sie waren fast fünf Minuten dort – sie wollte wahrscheinlich sichergehen, dass er nichts über ihre Vergangenheit erfahren hatte. Dann hat sie behauptet, noch einmal kurz nach oben gehen zu müssen, und er hat gesagt, er warte im Auto auf sie, weil er Sir Mark nicht noch einmal begegnen wolle. Er hat draußen ungefähr fünf Minuten auf sie gewartet, bis sie wieder aus dem Haus kam. Das ist natürlich alles andere als ein Beweis, aber für mich persönlich bestätigt das die Sache. Fenton kann sich nicht daran erinnern, welche Briefe an jenem Nachmittag auf dem Tisch lagen, aber wir werden uns mit Klaus Mandelbaum in Verbindung setzen, und ich nehme an, dass er uns mitteilen wird, nie einen Brief von Sir Mark erhalten zu haben, der auf den Tag des Unfalls datiert ist. Er könnte uns auch noch weitere Informationen über Miss Harz' Vergangenheit liefern.«

»Ihre KZ-Vergangenheit«, sagte Johnny. »Aber ich habe mich gefragt, wie es ihr gelungen ist, nach England zu kommen. Sie ist bereits seit einigen Jahren hier, und es kann für Deutsche nicht leicht gewesen sein, so kurz nach dem Krieg ins Land einzureisen.«

»Darüber habe ich einige Nachforschungen angestellt. Wie Sie ja wissen, hat sie ihren Namen geändert. In ihrer Position war es ihr wahrscheinlich ein Leichtes, bei Kriegsende einen anderen Namen anzunehmen. Sie könnte zum Beispiel die Identität einer jungen Frau angenommen haben, die im Konzentrationslager ums Leben kam. Jedenfalls hat sie, nachdem sie zu Lisa Harz wurde, einen kanadischen Offizier geheiratet. Das war recht kurz nach Kriegsende, den Mitgliedern der Streitkräfte war es damals noch nicht erlaubt, deutsche Mädchen zu heiraten, aber irgendwie haben es die beiden geschafft, damit durchzukommen. Er hat sie nach England gebracht, ist dann selbst nach Kanada zurückgegangen und hat sich von ihr scheiden lassen. Die Heirat war möglicherweise nur ein Mittel zum Zweck, um sie aus Deutschland herauszuholen und ihr eine sichere Staatszugehörigkeit zu verschaffen. Staffelkapitän Thaxton wusste über diese Ehe Bescheid. Sie hatte ihm irgendeine rührselige Geschichte aufgetischt und behauptet, schnöde verlassen worden zu sein. Er hat nur Sir Mark davon erzählt, was nur verständlich ist, und weil sie wieder ihren angeblichen Mädchennamen angenommen hatte, schöpfte in diesem Zusammenhang niemand Verdacht. Nach der Scheidung hat sie begonnen, als Fotomodell zu arbeiten – oh, nichts Schlüpfriges! Es war absolut respektabel, nur für Werbung und solche Sachen –, und danach wurde sie zum Modell für Modefirmen und schaffte es im Nullkommanichts an die Spitze. Dabei ging sie das, wenn auch recht geringfügige Risiko ein, dass man sie auf einer ihrer Fotografien als

Helga Forst wiedererkennen könnte. Aber es war recht unwahrscheinlich, dass das in England passieren würde, und darüber hinaus hatte sie ja auch ihr Erscheinungsbild ein wenig geändert, wie Emil meinte.«

Mason schwieg einen Moment lang. Er sah müde aus und ließ hinter dem Polizisten plötzlich den Menschen erkennen.

»Ich sollte das natürlich nicht sagen, aber ich danke dem Himmel, dass es auf diese Weise endete. Sie hätte es natürlich verdient gehabt zu hängen, denn ihre Morde waren außerordentlich gefühllos und kaltblütig, und es gibt keine mildernden Umstände. Aber ich bin dankbar um Staffelkapitän Thaxtons willen. Ich bezweifle, dass er eine Gerichtsverhandlung verkraftet hätte.«

»Dürfen wir erfahren, wie es ihr gelungen ist?«, fragte Johnny.

»Sie hatte unterhalb eines Glasjuwels, mit dem ihr Lippenstift-Etui verziert war, eine kleine Zyankalikapsel versteckt. Sehr raffiniert. Ich hatte in Anbetracht ihrer Vergangenheit schon an so eine Art Selbstmordpille gedacht – einige Nazis hatten so etwas, wie Sie sich vielleicht erinnern – und habe sie deshalb genau beobachtet. Aber ich war noch nicht dazu gekommen, sie zu durchsuchen, weil ich noch keine offizielle Anklage gegen sie erhoben hatte. Ich fürchte, sie hat einfach nur abgewartet, bis sie sicher war, dass ich zu viel wusste und sie nicht davonkommen würde. Vorher hatte sie die ganze Zeit Theater gespielt, hat das tapfere Opfer gemimt, das zu Unrecht verdächtigt wird. Irgendwann hat sie schließlich sehr ruhig gesagt: ›Also gut, ich komme mit Ihnen. Das wollen Sie doch von mir, oder?‹ Dann hat sie ihre Puderdose und ihren Lippenstift hervorgeholt und sich geschminkt. Es sah gar nicht einmal wie gespielte Tapferkeit aus, einfach nur so, als würde sie sich für die Fahrt frischmachen. Sie hat das Zeug geschluckt, bevor ich auch nur eine Hand rühren konnte.«

Nach einer Weile sagte Sally: »Ich nehme an, Staffelkapitän Thaxton ist auf Westwater Manor, Herr Inspektor?«

Mason nickte. »Soweit ich weiß, ja. Und er ist allein dort, von der Dienerschaft einmal abgesehen – selbst Mr Deane ist abgereist. Es ist schon seltsam – Thaxton hat die Sache wesentlich ruhiger aufgenommen, als ich erwartet hatte. Ich dachte, ich müsste Himmel und Hölle in Bewegung setzen, um ihn davon zu überzeugen, dass sie die Täterin ist, aber er schien die Sache recht schnell zu akzeptieren. Mr Sheringham hat es viel schwerer aufgenommen – oder zumindest sah es oberflächlich betrachtet so aus.«

Während sie aus der Stadt hinausfuhren, sagte Sally: »Ich bin unendlich dankbar, dass die Sache auf diese Weise ein Ende genommen hat, aber war es nicht ein bisschen unvorsichtig von Mason, sie wissen zu lassen, dass sie keine Chance mehr hatte, bevor er sie durchsuchen konnte?«

»Nun, sie war sehr gerissen«, sagte Johnny. »Möglicherweise arbeitete ihr Verstand schneller als der von Mason. Oder vielleicht auch nicht. Vielleicht wäre sie ja auch ungeschoren davongekommen. Denn eingehend betrachtet, gibt es eigentlich keinen einzigen Beweis für ihre Schuld.«

Sally musste eine oder zwei Minuten darüber nachdenken, bevor ihr dämmerte, was das vielleicht bedeutete.

* * *

Sally und Johnny verspürten nicht den geringsten Wunsch, noch einmal nach Westwater zurückzukehren, aber sie mussten ihr Gepäck abholen. Dabei wollten sie Richard auf keinen Fall stören. Schließlich waren sie für das verantwortlich, was ihm zugestoßen war, und falls er sie überhaupt jemals wiedersehen wollte, dann gewiss nicht bereits an diesem Wochenende.

Sie erreichten das Haus um halb sechs, der Hof lag bereits im Schatten. Die Eingangstür stand offen. Johnny klingelte, und nach einer oder zwei Minuten tauchte Fenton auf. Er lächelte tatsächlich ein wenig, als er sie dort stehen sah.

»Guten Abend, Madam. Guten Abend, Sir. Ich bin sehr froh, Sie wiederzusehen. Mr Richard ist in der Bibliothek, wie ich glaube.«

»Wir wollen Mr Richard nicht stören, Fenton«, sagte Sally. »Wir sind nur gekommen, um unser Gepäck abzuholen.«

»Mr Richard hat sich schon gedacht, dass Sie dies tun würden, Madam. Er hoffte, Sie sprechen zu können, sobald Sie hier eintreffen.«

Dieser Wunsch war wohl Richards Pflichtgefühl geschuldet, dachte Sally niedergeschlagen. Sie würden es also jetzt hinter sich bringen müssen – sie alle drei.

Richard war so ausgezehrt, dass er fast wie ein alter Mann aussah. Aber er erhob sich rasch und lächelte sie an.

»Kommen Sie rein«, sagte er. »Ich freue mich, Sie zu sehen. Würden Sie uns bitte ein paar Drinks bringen, Fenton?«

Sally war so verwirrt, dass sie nur eine vage Antwort zustande brachte. Richard zog einen Stuhl für sie heran, und sobald Fenton gegangen war, sah er ihr einen Moment lang in die Augen.

»Es ist schon gut«, sagte er sanft. »Ich hatte Angst, Sie würden versuchen wegzulaufen, aber ich hoffe, Sie bleiben.« Dann reichte er eine Packung Zigaretten herum.

Als die Drinks kamen, verteilte er sie, setzte sich dann wieder und lächelte Sally erneut an.

»Es ist nicht ganz so schlimm, wie Sie denken«, sagte er.

»Nein, Richard?«

»Nein.« Er war jetzt sehr ernst. »Ich würde es Ihnen gern erklären, zum Teil, weil es mir helfen würde, und zum Teil, weil ich hoffe, dass es auch Ihnen ein bisschen helfen wird. Ich möchte nicht, dass Sie das Gefühl bekommen, der angerichtete Schaden sei irreparabel. Es ist schlimm, natürlich ist es das – aber das ist nicht Ihre Schuld. Wenn irgendjemand für diese ganze Sache verantwortlich ist, dann bin ich das, weil ich mich überhaupt erst mit Lisa eingelassen habe. Nein, nein, es ist schon gut – ich habe keinen Schuldkomplex. Aber der Schaden könnte wesentlich schlimmer sein, denn ich war nicht ganz so sehr in Lisa verliebt, wie Sie alle gedacht haben.« Er schwieg einen Moment, runzelte ein wenig die Stirn und schaute aus dem Fenster.

»Bevor ich nach Korea ging, war ich unsterblich in sie verliebt. Ich war damals noch jung. In den vier Jahren meiner Gefangenschaft habe ich Erfahrungen gemacht, durch die ich innerlich um zehn oder fünfzehn Jahre gealtert bin. Aber auch während ich fort war, blieb ich unsterblich in sie verliebt. Der Gedanke an Lisa gab mir die Kraft, in dem Kriegsgefangenenlager durchzuhalten. Das Bild, das ich von ihr im Kopf hatte, war natürlich falsch, aber das spielte keine Rolle. Wichtig war, dass es mir die Kraft gab durchzuhalten – es gab sonst nichts, das die gleiche Wirkung gehabt hätte. Ich werde ihr dafür immer sehr dankbar sein. Aber als ich zurückkehrte, lagen die Dinge plötzlich anders. Während der ersten ein, zwei Tage war noch alles in Ordnung – über allem lag ein Zauber, und wenn meine Nerven mir nicht gerade zu schaffen machten, fühlte ich mich ein bisschen wie ein Gott auf einer funkelnden Wolke aus Watte. Es war alles ein wenig surreal. Dann lichtete sich der Nebel, und ich erkannte allmählich, dass Lisa nicht die Person aus meinen Träumen war. Ich meine damit nicht, dass ich das Gefühl hatte, es stimme irgendetwas nicht mit ihr, sie entsprach nur einfach nicht dem Bild, das ich mir von Lisa gemacht hatte. Ich wollte mir das erst nicht eingestehen und habe mir eingeredet, meine Nerven spielten mir einen Streich. Als dieses Gefühl immer stärker wurde, versuchte ich mich zu überzeugen, dass ich mich geändert hatte und nicht sie. Ich war über sie hinausgewachsen. Dafür konnte sie nichts. Sie war mir viereinhalb Jahre lang treu geblieben und hatte mich während des Großteils dieser Zeit für tot gehalten. In meinen klareren Momenten wusste ich nur zu genau, dass sie niemals in Christopher verliebt gewesen war. Und sie war immer noch in mich verliebt – zumindest glaubte ich das. Das war eine wirklich bemerkenswerte Leistung – und für eine derart attraktive Frau umso bemerkenswerter. Sie hatte unfassbar viel Geduld mit mir, wenn mich meine Nerven plagten, und nachdem Mark getötet wurde, schien sie um meinetwillen vor Angst zu sterben und wollte scheinbar Himmel und Erde in Bewegung setzen, um meine Unschuld zu beweisen. Was konnte ich also tun? Ich war immer noch in sie verliebt, bis zu einem gewissen Grad jedenfalls, und selbst im anderen Fall hätte ich die

Sache zu diesem Zeitpunkt unmöglich beenden können. Ich habe mir gesagt, dass die meisten Ehen nach einer Weile ihren Zauber verlieren und ich letztendlich verdammtes Glück hatte.« Er schwieg erneut eine Weile. »Also, wie Sie sehen: Es ist nicht so schlimm, wie Sie dachten. Und wenigstens« – er erschauderte kurz, und seine Stimme wurde brüchig – »bleibt uns eine Gerichtsverhandlung erspart.«

Johnny stand rasch, aber ohne sichtbare Eile auf und kümmerte sich um eine weitere Runde von Getränken. Sie unterhielten sich eine Weile über belanglose Themen, bis Richards Stimme wieder einigermaßen normal klang, und dann sagte Sally: »Werden Sie hierbleiben, Richard, oder zurück in die Stadt fahren oder was wollen Sie tun?«

»Hierbleiben, denke ich«, antwortete er. »Ich weiß nicht genau, wie die rechtliche Lage im Augenblick aussieht, aber soweit ich es beurteilen kann, gehört das Anwesen so oder so mir. Marks letztes Testament … Nun ja, es gibt viel zu tun hier. Ich kann seine Modernisierung fortsetzen, und ich werde auch keinen weiteren Verwalter mehr einstellen.« Er zögerte einen Moment. »Wenn Ihnen der Gedanke nicht allzu sehr widerstrebt, hoffe ich, dass Sie mich ab und zu einmal besuchen kommen. Aber wenn Ihnen nicht danach zumute ist, würde ich es verstehen.«

»Wir würden sehr gern kommen«, sagte Sally. Dann zögerte auch sie, bevor sie schließlich fortfuhr: »Wenn Sie möchten, können wir dieses Wochenende noch hierbleiben. Aber wenn Sie lieber keine Gesellschaft haben möchten, kennen Sie uns gut genug, um uns das ehrlich zu sagen.« Die gerichtliche Untersuchung zu Lisas Tod würde am Montag stattfinden. Richard wurde dafür nicht gebraucht, aber es war gut möglich, dass sein Pflichtgefühl ihn zwang, trotzdem hinzugehen. Johnny würde es vielleicht gelingen, ihn davon abzuhalten. Oder schlimmstenfalls könnten sie ihn dorthin begleiten.

»Das fände ich wunderbar«, sagte er sofort. »Aber sind Sie denn ganz sicher …?«

»Ganz sicher«, sagte Sally.

Nach einer kleinen Weile sagte Richard: »Das würde Mark bestimmt gefallen – die Vorstellung, dass Sie hier sind. Übrigens, hat sich Christopher wegen des Testaments mit Ihnen in Verbindung gesetzt?«

»Wie meinen Sie das?«

»Offenbar noch nicht. Dann wird er das zweifellos bald tun. Haben Sie sich denn noch nie gefragt, warum Mark statt seiner zwei Krankenschwestern nicht Sie beide gebeten hat, sein Testament zu bezeugen?«

»Nein«, antwortete Sally, immer noch ein wenig verwirrt.

»Naja, es ist eigentlich nicht an mir, Ihnen das zu erzählen, aber Christopher dürfte sich mittlerweile an meine Indiskretionen gewöhnt haben. Sie konnten das Testament nicht bezeugen, weil Sie darin begünstigt werden. Mark wollte, dass Sie sich von den Möbeln und dem übrigen Dekor, das er aus Hampstead mit hierhergebracht hat, aussuchen, was auch immer Ihnen gefällt, und er hat seinen Testamentsvollstreckern aufgetragen, Sie zu ermutigen, so viel auszusuchen, wie Sie möchten.«

Sally brachte kein Wort hervor. Doch Richard schien das zu verstehen.

»Also habe ich eine exzellente Ausrede, Sie wieder nach Westwater einzuladen«, meinte er schließlich sanft.

LESEPROBE

HENRIETTA HAMILTON

MORD IN DER WILLOW STREET

EIN FALL FÜR SALLY UND JOHNNY

Aus dem Englischen
von Dorothee Merkel

erscheint im Oktober 2025
ISBN 978-3-608-96617-6

KLETT-COTTA

ERSTES KAPITEL

»Was möchtest du heute Nachmittag machen?«, fragte Sally Heldar.

»Nun, heute früh bin ich mit den Kartoffeln fertig geworden«, antwortete Johnny. »Und jetzt würde ich gern mit dem Kopfsalat und den Erbsen weitermachen.« Dann sah er zu den Eichenbalken an der Küchendecke hinauf und fügte mit ostentativer Gleichgültigkeit hinzu: »Ich hatte gehofft, dass meine Frau mir vielleicht dabei zur Hand gehen würde.«

»Das ließe sich eventuell einrichten«, bemerkte Sally würdevoll. »Aber nur nach einer angemessenen Pause.«

Gemeinsam spülten sie das Geschirr vom Mittagessen und gingen dann ins Wohnzimmer. Es war April und noch nicht warm genug, um draußen zu sitzen, aber es herrschte herrliches Frühlingswetter. In dem kleinen Garten blühten die Narzissen, und der Apfelbaum streckte seine Blüten in den klaren blauen Himmel hinauf oder breitete sie wie rosafarbenen Frost über die alten Backsteinmauern. Auch im Inneren des Hauses leuchteten überall Narzissen und hoben sich von der dunklen Holzvertäfelung und den alten Eichenmöbeln ab. Sally empfand – nicht zum ersten Mal – eine tiefe Dankbarkeit, dass Johnnys Großtante Charlotte ihnen dieses Cottage hinterlassen hatte. Johnny

– Leseprobe –

saß ihr gegenüber, ohne Krawatte und in der Kleidung, in der er immer die Gartenarbeit verrichtete. Er trug eine hässliche Flanellhose, eine schäbige Tweedjacke, ein khakifarbenes Hemd, das schon vollkommen zerfetzt war, und sah wunschlos glücklich aus. Durch das kleine Fenster, das auf die Wiese hinausging, hatte sie ein Auge auf Peter, der schlafend in seinem Kinderwagen lag. In ihrer kleinen Welt war alles in Ordnung.

Plötzlich schrillte das Telefon, das auf einem Tischchen neben ihr stand. Ein wenig verärgert und leicht besorgt hob sie den Hörer ab. Es kam so gut wie nie vor, dass am Wochenende jemand hier anrief.

»Minningham 2048«, meldete sie sich.

»Sally, es tut mir furchtbar leid, euch zu stören, aber ich wollte fragen, ob ich heute Nachmittag mal zu euch runterkommen könnte.«

Es dauerte einen Moment, bis sie Tims Stimme erkannte. Zunächst hatte sie nicht einmal gemerkt, dass es sich um die Stimme eines Mitglieds der Heldar-Familie handelte. Tim Heldar war Johnnys Cousin, aber im Grunde genommen war er eher so etwas wie ein kleiner Bruder. Sie fragte sich, ob etwas mit der Verbindung nicht stimmte. Dann begriff sie, dass es daran nicht gelegen hatte.

»Ich würde ganz gern mit euch beiden reden, wenn es euch nichts ausmacht. Es ist ziemlich dringend.«

»Natürlich, Tim. Komm ruhig. Möchtest du hier übernachten?«

»Nein, vielen lieben Dank, ich bleibe nur für ein Stündchen oder so. Ich muss vor dem Abendessen wieder in der Stadt sein. Ich werde so etwa um halb vier bei euch eintreffen.«

– Leseprobe –

»Alles klar«, sagte Sally. »Wir werden hier sein.«

Sie legte den Hörer auf. Johnny fragte: »Was ist los, Darling?«

»Ich weiß nicht, aber irgendwas ist im Busch. Wahrscheinlich wird er uns endlich von diesem Mädchen erzählen.«

»Das wäre ja eine Erleichterung«, sagte Johnny.

Sie wussten, dass es da ein Mädchen gab, und sie wussten, dass es zum ersten Mal in Tims Leben etwas Ernstes zu sein schien, aber das war auch schon alles. Tim war sich wahrscheinlich nicht einmal darüber im Klaren, dass Sally und Johnny überhaupt etwas von der Sache wussten. Aber während der letzten beiden Monate hatten sie mitbekommen, wie er sämtliche Stadien der Verzückung durchlaufen hatte, die für einen sehr verliebten jungen Mann typisch sind. Sie hatten jedoch auch gemerkt, dass er sich wegen irgendetwas schreckliche Sorgen machte. Es war nicht einfach nur die Angst, dass seine Liebe womöglich nicht erwidert wurde – da waren sie sich sicher. Und es war auch nicht – oder jedenfalls nicht nur – die Aussicht auf die neue Verantwortung, die ihn in diesem Zusammenhang erwartete. Es gab da noch irgendetwas anderes. Die Geschichte ging sie nichts an, oder jedenfalls erst dann, wenn er sich dazu entschied, ihnen davon zu erzählen, aber allmählich hatten sie sich Sorgen gemacht, dass er es nicht schaffen könnte, allein damit fertig zu werden. Er war vierundzwanzig Jahre alt, aber im Gegensatz zu ihnen selbst hatte er keine Kriegswirren erleben müssen, die ihn gezwungen hätten, schon vorzeitig erwachsen zu werden. Zwei Jahre in der Armee zu Friedenszeiten, drei Jahre in Oxford und das letzte Jahr im Familienunternehmen – einem stillen, wenn auch weltberühmten Antiquariat – hatten ihn nicht älter werden lassen, als er es den Jahren nach war.

* * *

Sie waren gerade damit fertig geworden, den Kopfsalat und die Erbsen zu pflanzen, und hatten sich bereits saubere Sachen angezogen, als sie auf dem kleinen Zufahrtsweg das vertraute Knattern von Tims altem Morris hörten. Als er die kleine Diele betrat, war Sally schockiert. Tim sah heute tatsächlich älter aus als er in Wirklichkeit war. Wegen seiner dichten, maisfarbenen Haare, porzellanblauen Augen, feinen Gesichtszüge und makellosen Haut hielten ihn die meisten Leute für einen blutjungen Studenten. Doch jetzt war er leichenblass und hatte dunkle Ringe unter den Augen, als hätte er seit Tagen nicht mehr geschlafen. Fast hätte man ihn für einen Mann von dreißig Jahren halten können.

Es schien so, als würde er sich geradezu schmerzlich anstrengen, ruhig und sachlich zu wirken. Nachdem er die ihm angebotene Zigarette entgegengenommen und sie angezündet hatte, platzte er nach mehreren vergeblichen Versuchen, etwas zu sagen, – lauter, als er gewollt hatte – mit den Worten heraus: »Ich bin gekommen, um euch zu erzählen, dass ich wahrscheinlich bald heiraten werde. Das hoffe ich jedenfalls.«

»Wie schön«, sagte Sally behutsam. »Aber es läuft nicht alles so, wie du dir das wünschst, oder? Ist das das Problem, Tim?«

»Oh, am Ende wird schon alles gutgehen«, sagte er unglücklich. »Jedenfalls gehe ich davon aus. Aber im Moment ist alles ein einziges, schlimmes Chaos. Sie steckt in Schwierigkeiten und weigert sich, mir irgendetwas Genaueres zu erzählen. Deshalb kann ich ihr auch nicht helfen. Und selbst wenn ich über alles Bescheid wüsste, bin ich nicht sicher, ob ich sie überhaupt aus diesem Schlamassel herausholen könnte. Aber ich glaube, Johnny könnte es vielleicht.«

»Dann schieß mal los«, sagte Johnny ruhig.

Tim sah ihn dankbar an und begann zu erzählen.

»Ihr Name ist Prudence Thorpe. Ich habe sie vor zwei Monaten auf einer Party kennengelernt. Ihre Familie lebt in Northamptonshire. Der Zweig mütterlicherseits gehört mehr oder weniger zum Landadel, wobei ›mehr oder weniger‹ die Formulierung ist, die sie selbst benutzt hat. Ihr Vater stammt aus einer Familie von Fabrikanten irgendwo in Yorkshire, die unglücklicherweise steinreich ist.«

»Deswegen würde ich mir keine Sorgen machen«, sagte Sally und lächelte ihn an. Niemand, der Tim jetzt ansah, konnte auch nur für eine Sekunde auf den Gedanken kommen, er sei des Geldes wegen an Prudence Thorpe interessiert.

Tim schaffte es immerhin, Sallys Lächeln zu erwidern. »Doch, ein bisschen beunruhigt mich das schon«, sagte er. »Aber im Vergleich zu den anderen Problemen ist dieses Thema vollkommen unwichtig. Jedenfalls ist Prue auf eine sehr teure Schule und dann nach Paris gegangen. Und als sie wieder nach Hause zurückkehrte, wollte ihre Mutter, dass Prue auf dem Land wohnen bleibt und sich in den dortigen Heiratsmarkt einbringt. Doch das wollte Prue wiederum nicht. Sie setzte stattdessen ihren eigenen Kopf durch und ging nach London, um dort im Institut von Mrs Wisbech einen Sekretärinnenlehrgang zu machen. Als sie vor etwa drei Monaten damit fertig war, hat sie fast sofort einen

Job bekommen, was sie unter anderem ihren guten Französischkenntnissen zu verdanken hatte. Die Stelle war bei einem Mann namens Frodsham, der in Richmond wohnt – wohnte.«

Johnny blieb reglos sitzen, aber Sally fiel auf, dass er plötzlich aufhorchte. Tim fuhr indessen fort: »Frodsham war gebürtiger Engländer – oder vielmehr, sein Vater war Engländer – aber seine Mutter ist Französin. Ich glaube, sein Vater war Künstler und hat den Großteil seines Lebens in Paris verbracht. Jedenfalls wurde Frodsham selbst in Paris geboren und ist auch dort aufgewachsen. Während dieser ganzen Zeit ist er kein einziges Mal nach England gereist. Er kam erst vor vier Jahren hierher, als er so um die vierzig war. Deshalb war er auch« – hier biss Tim für einen kurzen Moment grimmig die Zähne zusammen – »in allen ausschlaggebenden Belangen durch und durch Franzose. Wie auch immer, er ist jedenfalls zusammen mit seiner Mutter hierher nach England gezogen – warum, weiß ich nicht – und hat ein Haus im Londoner Stadtteil Richmond gekauft. Vielleicht gehört die Gegend aber auch noch zu Twickenham. Es ist auf alle Fälle am Middlesex-Ufer, direkt an der Themse. Anscheinend war Frodsham recht gut betucht, jedenfalls hatte er es offenbar nicht nötig, einen Beruf auszuüben. Aber um sich die Zeit zu vertreiben, hat er ein Buch geschrieben, und zwar über den Satanskult in Frankreich. Er hat das Buch auf Französisch geschrieben und suchte eine intelligente Sekretärin mit guten Französischkenntnissen, die es auf der Schreibmaschine für ihn ins Reine tippen und auch ein paar Recherchen für ihn machen würde. Er konnte wohl alle notwendigen Referenzen vorlegen, denn Prue hat den Job durch die Vermittlung der hochgeachteten Agentur von Mrs Wisbech bekommen. Dieser Umstand reichte ihrer Familie als Empfehlung, und für Prue galt das natürlich auch. Sie hat bisher ein ziemlich behütetes Dasein geführt und ist sehr unerfahren.«

Sally vermied es, Johnny anzusehen. Gott gebe, dachte sie insgeheim, dass Tim nie einen Grund haben würde, diese so naiv ausgesprochene Meinung zu revidieren.

»Zuerst«, sagte er, »mochte Prue diesen Frodsham ganz gern. Es klingt so, als hätte er einen gewissen Charme besessen. Und sie glaubte, sein Interesse am Teufelskult sei rein wissenschaftlich – insbesondere, was dessen üblere Aspekte anging. Abgesehen von diesem Kult gab es offenbar auch ein paar Frauen, für die er sich interessierte. Das hat Prue mitbekommen, weil sie mehrere entsprechende Telefonate mitangehört hat. Für eine dieser Frauen interessierte er sich anscheinend besonders. Sie wohnte in Richmond und war verheiratet. Und außerdem« – hier biss Tim erneut grimmig die Zähne zusammen – »hat Frodsham auch versucht, Prue selbst zu umgarnen. Sie glaubte natürlich, sie würde schon mit ihm fertig. Und obwohl ihr die Situation nicht gerade zusagte, wollte sie doch auch nicht kündigen. Es war eine Frage der Selbstachtung. Sie wollte sich auf keinen Fall eingestehen müssen, schon bei ihrem ersten Jobversuch gescheitert zu sein. Und sie hatte auch Angst, dass ihre Familie ihr dann sagen würde, sie solle nach Hause zurückkehren. Sie ist noch nicht volljährig – noch nicht ganz zwanzig – und ihr Vater ist ein bisschen altmodisch. Und ihre Mutter scheint eine sehr dumme Person zu sein.

So standen die Dinge, als ich sie kennenlernte, und schon bald darauf hat sie mir von all diesen Entwicklungen erzählt. Ich meinte daraufhin, sie solle sofort bei Frodsham kündigen. Ich habe ihr gesagt, ich wolle sie heiraten. Dann würde bestimmt niemand mehr von Scheitern reden. Sie bräuchte nur zu erzählen, dass sie kündigt, weil sie vorhat zu heiraten. Aber ich fürchte, ich habe das Ganze ziemlich vermasselt. Ich war sehr wütend auf Frodsham, und ich habe im Vorfeld nicht genügend über die Sache nachgedacht. Ich fürchte, ich habe ihr gegenüber deshalb wohl etwas anmaßend geklungen.«

»Daran zweifle ich nicht im Geringsten«, sagte Sally. »Ein typisch Heldar'scher Fehler. Auch wenn er manchmal sein Gutes hat.«

Tim grinste. »Diesmal aber leider nicht«, sagte er. »Außerdem war mein Vorschlag nicht besonders taktvoll. Ich habe ihr einen Ausweg angeboten, obwohl sie gar keinen Ausweg wollte.«

Sally sah ihn nachdenklich an. Eine derartige Klarsicht war ein neuer Zug an ihm. War es möglich, dass ihn diese Erfahrung am Ende doch hatte reifen lassen?

»Wir hatten einen kleinen Streit«, fuhr er fort. »Aber danach war ich vorsichtiger. Frodsham wurde gleichzeitig jedoch immer schwieriger, und vergangenen Dienstag hat Prue dann gesagt, dass sie mich heiraten würde. Das Ganze ist recht heikel – ihre Familie ist so reich, und ich habe nichts außer meinem Gehalt –, aber es schien mir die einzige Lösung zu sein.«

Das war typisch für ihn, dachte Sally. Die Heldar'sche Leidenschaft für Ritterlichkeit war bei Tim noch unverfälscht vorhanden, ohne dass sie durch irgendwelche Hintergedanken gehemmt wurde, wie sie die Erfahrung mit sich bringt.

– Leseprobe –

»Sie meinte, sie würde Frodsham direkt am nächsten Tag kündigen«, fuhr er fort. »Wenn auch mit einer Frist von zwei Wochen. Sie bestand darauf, dass es nicht weniger sein dürfe. Und dann, am nächsten Abend, hat sie mir gesagt, sie habe ihre Meinung geändert. Sie schien zwar immer noch vorzuhaben, Frodsham zu kündigen, aber sie hat unsere Verlobung wieder rückgängig gemacht. Nicht endgültig, anscheinend, aber bis auf Weiteres. Sie hat mir viele Gründe genannt – wir seien beide noch sehr jung, sie wolle noch eine Weile unabhängig sein, bevor sie heiratet und so weiter. Aber nichts davon war der wahre Grund. Ich bin mir ziemlich sicher, dass an jenem Tag irgendetwas passiert ist, dass sie dazu gebracht hat, sich umzuentscheiden. Sie wirkte sehr besorgt und verstört und sah aus, als hätte sie einen Schock erlitten. Aber sie wollte mir nicht erzählen, was passiert war. Ich musste all meine Überredungskünste aufbringen, bis sie sich endlich bereit erklärt hat, mich am darauffolgenden Abend zu treffen. Doch am nächsten Tag hat sie mich dann gegen halb sechs im Laden angerufen und gesagt, sie habe eine Erkältung und könne nicht ausgehen. Sie klang nicht so, als sei sie erkältet, aber ich konnte nichts tun, und sie wollte keine Verabredung für einen anderen Abend vereinbaren.

Das war am Donnerstag. Am Freitagabend – also gestern – habe ich auf dem Nachhauseweg eine Abendzeitung gekauft und daraus erfahren, dass Frodsham am Abend zuvor ermordet worden war.«

Johnny nickte. »Ich habe die Meldung auch gesehen«, sagte er. »Zu diesem Zeitpunkt hatte das für mich natürlich noch keinerlei Bedeutung.«

»Nein, sicher nicht. Nun, ich bin dann sofort zu Prues

Wohnung in South Kensington gegangen – sie teilt sie sich mit einem anderen Mädchen – und da habe ich die Geschichte dann aus ihr herausgeholt, zumindest einen Teil davon. Frodsham war an jenem Abend allein zu Hause – seine Mutter und sein Kammerdiener waren beide ausgegangen. Als seine Mutter um kurz nach halb elf Uhr heimkehrte und in die Bibliothek ging, hat sie ihn tot in seinem Sessel aufgefunden. Jemand hatte ihm ins Herz geschossen. Jules – der Kammerdiener – ist wenige Minuten später nach Hause gekommen und hat sofort die Polizei angerufen. Als Prue dann wie gewöhnlich um zehn Uhr am nächsten Morgen dort eintraf, fand sie sich plötzlich in einem französischen Trauerhaus wieder, in dem es vor Polizeibeamten wimmelte.

Und jetzt kommen wir zu dem eigentlichen Problem. Prue hat sich geweigert, offen mit mir zu sprechen, aber ich konnte sehen, dass sie Angst hatte, und deshalb habe ich sie mit meinen Fragen ziemlich bedrängt. Schließlich hat sie zugegeben, dass sie am Abend zuvor zurück nach Richmond gegangen ist, und dass sie vor Frodshams Haus von jemandem gesehen wurde. Sie behauptet, sie habe das Haus nicht betreten. Und sie sagt die Wahrheit.« Tim sah Johnny unverwandt an. »Ich bin mir da ganz sicher, auch wenn die Polizei ihr nicht glaubt. Aber sie will mir nicht sagen, warum sie zurückgegangen ist oder was sie dort gemacht hat. Wie kann ich ihr da helfen?« Er sah entsetzlich unglücklich aus und gleichzeitig auf herzergreifende Weise jung. »Ich hätte dir die ganze Geschichte auch heute früh erzählt, wenn du im Laden gewesen wärst, Johnny. Ich will, dass sie mit dir redet, und sie hat gemeint, sie würde das vielleicht auch tun. Aber sie wollte noch einmal darüber nachdenken und war deshalb dagegen, dass wir uns heute treffen. Sie hat gesagt, ich könne sie heute Abend anrufen.«

Es entstand ein langes Schweigen. Dann sagte Johnny langsam: »Ich kann nichts tun, wenn sie nicht mit mir redet, Tim. Und selbst wenn sie das tun sollte, ist es durchaus möglich, dass ich ihr nicht helfen kann. Sally und ich haben zwei Mordfälle aufgeklärt, wie du weißt, doch das hatten wir eher dem Glück zu verdanken als einer besonders geschickten Vorgehensweise. Aber falls sie sich bereit erklärt, mit mir zu reden, werde ich selbstverständlich tun, was ich kann. Übrigens, was ist denn eigentlich mit ihrer Familie? Sind die denn gar nicht an der Sache interessiert?«

»Die sind gerade irgendwo mitten im Pazifik«, antwortete Tim. »Sie machen eine Kreuzfahrt nach Neuseeland und Australien, über die Panamakanal-Route. Es wird noch ziemlich lange dauern, bis sie zurückkehren, es sei denn, diese Geschichte hier käme ihnen zu Ohren, und ich hoffe bei Gott, dass sie das nicht tut. Sie würden sehr viel mehr Schaden anrichten, als Gutes bewirken.« Er zögerte einen Moment und fügte dann hinzu: »Danke, Johnny.«

* * *

Tim ließ sich dazu überreden, noch zum Tee zu bleiben. Doch er wirkte die ganze Zeit rastlos. Als sie fertig waren, riss ihm plötzlich der Geduldsfaden, und er beschloss, in Prues Wohnung anzurufen. Am anderen Ende nahm jemand den Hörer ab, aber es war offenbar nicht Prue. Tim hörte der anderen Person ein oder zwei Minuten lang zu, runzelte heftig die Stirn und sagte dann: »Also gut, Clare. Ich komme jetzt wieder zurück – ich bin im Augenblick in Sussex. Ich werde um kurz nach sechs bei dir sein. Falls sie in der Zwischenzeit zurückkehrt, lass sie nicht aus dem Haus gehen, bevor ich nicht dort bin.«

Er drehte sich zu Johnny und Sally um. »Das war Prues Mitbewohnerin«, erklärte er. »Prue hat die Wohnung gegen halb zwei verlassen und ist seitdem nicht zurückgekehrt. Und sie wollte Clare nicht sagen, wo sie hingeht.«

»Hat sie irgendwelches Gepäck mitgenommen?«, fragte Johnny.

»Nein. Also ist sie nicht vor lauter Panik weggelaufen. Das sähe ihr auch nicht ähnlich. Ich fahre jetzt zurück in die Stadt, und ich werde in ihrer Wohnung auf sie warten, bis sie zurückkommt. Würdest du mit mir kommen, Johnny?«

»Also gut«, sagte Johnny. »Ich komme mit, aber –« Er verstummte. Jemand klopfte an der Haustür.

»O mein Gott!«, sagte Tim mit einer Schärfe, die verriet, wie angespannt seine Nerven waren.

»Komm mit nach oben«, sagte Johnny ruhig. »Ich muss mich umziehen. Sally wird sich um den Besucher kümmern.«

In das obere Stockwerk gelangte man über eine schmale Treppe, die vom Wohnzimmer abging. Sally sah die beiden nach oben verschwinden, während sie selbst zur Eingangstür ging.

Sie hatte einen der hiesigen Nachbarn erwartet, die sie nach und nach besser kennenlernten. Doch als sie die Tür öffnete, stand eine vollkommen fremde junge Frau vor ihr – eine junge Frau mit einem schmalen, blassen Gesicht, das von einem Schal eingerahmt wurde. Sie sagte ernst: »Bitte verzeihen Sie die Störung. Aber ist das hier das Cottage namens ›Thatchers‹?«

– Leseprobe –

»Ja?«, fragte Sally zurück.

»Sie müssen Mrs Heldar sein. Ich bin Prudence Thorpe. Vielleicht hat Tim Ihnen von mir erzählt.«

Das Flurfenster über ihnen stand offen. Im nächsten Moment waren polternde Schritte auf der Treppe zu hören.

»Das hat er in der Tat«, sagte Sally. »Und hier kommt er auch schon.«

Tim kam wie ein Tornado aus dem Wohnzimmer geschossen. »Dir ist nichts passiert?«, fragte er fast brüsk.

»Nein, es geht mir gut«, sagte Prue. Sie wirkte immer noch recht still und zurückhaltend, doch sie ergriff Tims ausgestreckte Hände. »Ich dachte, naja, ich bin zu dem Schluss gekommen, dass ich doch ganz gern mit deinem Cousin reden würde, also bin ich mit dem Zug hergekommen und habe vom Bahnhof aus den Bus zum Dorf genommen.«

»Du hättest mir Bescheid geben sollen. Ich hätte dich gefahren.«

»Ich habe mich erst kurz vor dem Mittagessen dazu entschieden, und wusste nicht, wo du warst. Ich habe es im Laden versucht, aber da ist niemand ans Telefon gegangen. Du hattest mir erzählt, dass du eventuell hierherfahren würdest, also bin ich auch einfach hergekommen.«

»Jetzt bist du jedenfalls hier«, sagte Tim. Er sah sie an. Die Schroffheit der Erleichterung war aus seinem Blick und seiner Stimme verschwunden, und nun erinnerte er sich auch an seine exzellenten Heldar-Manieren und stellte Prue Sally offiziell vor, und dann auch Johnny, der im Türrahmen zum Wohnzimmer aufgetaucht war.

Sally ging in die Küche, um eine frische Kanne Tee zu kochen, und dachte währenddessen verwundert über ihre

Besucherin nach. Prue sah nicht im Geringsten wie jemand aus, der einen Mord begangen haben könnte. Aber Tims Geschichte hatte sehr viel merkwürdiger geklungen, als ihm das bewusst war, und es gab da einige Dinge in Prues Verhalten, die einer Erklärung bedurften. Sally trug das Tablett ins Wohnzimmer, schenkte den Tee ein und beobachtete das Mädchen dabei so unauffällig wie möglich.

Prue war weder hübsch noch schön, aber dennoch erstaunlich attraktiv. Ihr kleines Gesicht mit der leicht stupsigen Nase und dem breiten, dreieckigen Mund, das von wilden, dunklen Locken umrahmt wurde, erinnerte an ein Kätzchen. Falls sie bei ihrem Aufbruch Makeup getragen hatte, war davon jetzt nichts mehr zu sehen, aber das machte überhaupt nichts, denn ihre Haut war so klar und rein wie die eines Kindes. Wie sie da in ihrem scharlachroten Pullover und grauen Flanellrock saß, sah sie aus, als wäre sie höchstens fünfzehn Jahre alt.

Sobald sie sich ein wenig mit Tee gestärkt hatte, fragte Tim sanft: »Und? Machst du jetzt endlich reinen Tisch, Darling?«

»Ja«, antwortete Prue. »Genau zu diesem Zweck bin ich hergekommen.« Sie sah Johnny an. »Das Ganze ist ein entsetzliches Schlamassel, aber Tim hat gemeint, Sie seien gut im Aufklären von Mordfällen.«

»Nun, so gut nun auch wieder nicht«, sagte Johnny. »Aber wir werden unser Möglichstes tun.«

»Danke. Also, eigentlich hat alles am Dienstag angefangen. Frodsham hat mich gebeten, ihm beim Verfassen eines Briefs zu helfen – das tat er manchmal, weil er nicht so gut Englisch konnte. Der Brief war an eine Mrs Nantwich gerichtet, die in Hampstead wohnt. Frodsham hat darin be-

– Leseprobe –

hauptet, dass sie ihm Geld schuldet – fünfundsiebzig Pfund, genauer gesagt. Anscheinend hatte sie kurz nach dem Krieg in Paris gelebt und als ihr das Geld ausgegangen war, hatte er ihr unter die Arme gegriffen. Doch jetzt weigerte sie sich, ihm das Geld zurückzuzahlen. Er wollte, dass ich den Brief tippe und selbst unterschreibe, mit der Begründung, ein unterkühlt klingender Brief, der auch noch mit dem offiziellen Titel ›Sekretärin‹ unterzeichnet war, sei effektiver als ein Brief, der von ihm persönlich stammt. Ich fand, ein Brief von seinen Anwälten wäre am Ende doch sicherlich am effektivsten, aber das wollte ich nicht offen aussprechen. Wir haben den Brief gemeinsam formuliert, und er hat mich dann aufgefordert, ihn mit der Hand ins Reine zu schreiben, damit er ihn sich noch einmal durchlesen konnte. Danach habe ich ihn abgetippt und unterschrieben. Er meinte, er wolle den handschriftlichen Entwurf ebenso behalten wie den Schreibmaschinendurchschlag, für den Fall, dass sich später irgendwelche Fragen ergeben sollten. Ich hielt das für etwas übertrieben, aber es stand mir schließlich nicht zu, ihm zu widersprechen. Ich nehme an, ich bin ein entsetzlicher Dummkopf gewesen, und jedem anderen wäre sofort klar gewesen, dass es sich um Erpressung handelte, aber ich habe das nicht erkannt.«

Tim murmelte kaum hörbar etwas vor sich hin. Er war sehr weiß, was bei den Heldars meist ein Zeichen von Zorn war.

»An diesem Abend«, erzählte Prue weiter, »habe ich Tim versprochen, ihn zu heiraten und Frodsham zu kündigen. Ich habe dann auch tatsächlich am nächsten Tag meine Kündigung eingereicht, und Frodsham hat keine Einwände erhoben. Aber dann hat er mir die Sache mit dem Brief auseinandergesetzt. Er hat gesagt, ich sei in die Erpressung verwickelt, und er könne, wenn er wolle, der Polizei gegenüber behaupten, ich sei diejenige gewesen, die Mrs Nantwich erpresst hatte, und er habe überhaupt nichts damit zu tun. So wie er es dargestellt hat, klang es entsetzlich glaubwürdig, aber ich habe es trotzdem nicht ganz glauben wollen. Hätte er so etwas tun können?«

»Unter den gegebenen Umständen nicht«, antwortete Johnny. »Er hätte Sie nicht beschuldigen können, ohne sich selbst zu belasten, und hätte Sie deshalb wahrscheinlich ganz aus der Sache herausgelassen. Aber fahren Sie doch bitte fort.«

»Naja, das war nicht das einzige Problem. Sie wissen über das Buch Bescheid, das er über den Teufelskult schrieb? Nach der Sache mit der Erpressung hat er mich an ein paar der übleren Facetten dieses Kults erinnert – die schwarzen Messen und sowas – und dann hat er gesagt, wenn er sich dazu entschließen sollte, Gerüchte in die Welt zu setzen, dass ich mich an solchen Sachen beteiligt hätte, während ich für ihn arbeitete, würde es mir sehr schwerfallen, meinen Namen reinzuwaschen, und das würde auch meine Familie mit in den Schmutz ziehen. Es war mir natürlich klar, dass er so etwas nicht tun konnte, ohne seinen eigenen Ruf zu ruinieren, aber es gibt ja Leute, denen es nichts ausmacht, für Teufelsanbeter gehalten zu werden – wie zum Beispiel dieser Aleister Crowley. Aber ich begriff nicht, worauf er mit alledem hinauswollte. Und dann hat er gesagt, dass ich womöglich ein oder zwei seltsame Dinge mitbekommen hätte, während ich in seinem Haus arbeitete – dass ich vielleicht denken könne, es handele sich um einen recht seltsam geführten Haushalt – aber solange ich über all diese Dinge

– Leseprobe –

den Mund hielt, würde er selbst auch nichts unternehmen, das mir schaden könnte. Ich habe gesagt, ich hätte nicht die geringste Ahnung, was er damit meinte, und da sagte er etwas über ungewöhnliche Beziehungen. Ich begriff noch immer nicht, und da meinte er, wenn ich tatsächlich keine Ahnung hätte, wäre ja alles gut, aber ich solle sehr vorsichtig sein. Ich könne in zwei Wochen gehen – er wirkte irgendwie erleichtert über diesen Umstand –, und da mein Arbeitsverhältnis ein recht abruptes Ende gefunden habe, würde er mir einen Scheck über fünfzig Pfund ausstellen. Meine Reaktion darauf war recht kühl – es klang in meinen Ohren ein wenig zu sehr wie Schweigegeld.«

»Und Sie haben auch jetzt noch keine Ahnung, was das war, von dem er wollte, dass Sie es nicht ausplaudern?«, fragte Johnny.

»Nun ja, mittlerweile schon. Nach dem Gespräch ist mir dann klar geworden, dass er wahrscheinlich seine Geliebte meinte. Er hatte so eine Art Affäre mit einer Frau namens Addleston, die in Richmond wohnt.«

»Hatten Sie irgendwelche handfesten Beweise dafür, mit denen Sie möglicherweise als Zeugin in einer Scheidungsklage hätten auftreten müssen? Wussten Sie definitiv, dass diese Frau Frodshams Geliebte war?«

»Ich habe es mehr vermutet, als dass ich es wusste«, antwortete Prue. »Aber ich glaube schon, dass sie es war. Genau weiß ich es jedoch nicht. Ich habe sie nie zu Gesicht bekommen. Sie hat etwa zehn Tage vor dem Mord angerufen, als Frodsham gerade nicht da war, und mich gebeten, ihm etwas auszurichten. Ich fand es irgendwie unangenehm, wie sie redete. Etwa drei Tage vor diesem Anruf war ihr Mann in Frodshams Haus gekommen und hatte eine Szene gemacht.

– Leseprobe –

Er ist einfach in die Bibliothek eingedrungen – nachdem er es irgendwie geschafft hatte, an Jules vorbeizukommen – und hat angefangen, über seine Frau zu reden. Frodsham hat mich in den kleinen Salon geschickt, wo auch meine Schreibmaschine steht. Aber der ist direkt neben der Bibliothek, und deshalb konnte ich es auch nicht verhindern, alles mitanzuhören. Addleston war ganz offenbar felsenfest davon überzeugt, dass seine Frau Frodshams Geliebte war.«
Prue sah unglücklich aus. Die Szene war offenbar sehr unerquicklich gewesen.

»Aber Sie wissen es nicht mit Bestimmtheit«, meinte Johnny. »Und scheinen auch keinerlei Beweise dafür zu haben. Und der Ehemann weiß anscheinend auch nicht sehr viel mehr als Sie. Ich möchte mal bezweifeln, dass Frodsham sich wegen dieser Geschichte solche Mühe gegeben hätte, Sie zum Schweigen zu bringen, auch wenn man das nicht ausschließen kann. Keine anderen Ideen, was der Grund gewesen sein könnte? Also gut, dann fahren Sie fort.«

»Also, ich wollte nicht, dass Tim sich an mich bindet, solange die Gefahr besteht, dass ich in solche Sachen wie Teufelskult oder Erpressung verwickelt werde, deshalb habe ich unsere Beziehung beendet – jedenfalls insoweit er mich das tun ließ. Ich brauchte auch ein wenig Zeit, um über alles nachzudenken. Ich wusste einfach nicht, was ich tun sollte. Ich konnte wegen dieser Erpressungsgeschichte schließlich nicht zur Polizei gehen – jedenfalls nicht einfach so. Es war ja möglich, dass Mrs Nantwich sich ein Verbrechen zuschulden hatte kommen lassen. Und da ich dabei geholfen hatte, sie zu erpressen, wollte ich die Sache für sie nicht noch schlimmer machen. Ich wäre gern zu ihr gegangen, um sie zu fragen, ob sie nicht selbst zur Polizei gehen

– Leseprobe –

wollte, aber ich hatte Angst, ihr Ehemann könne zugegen sein. Es war ja schließlich sehr gut möglich, dass es bei der Erpressung um eine Untreue ihrerseits ging – vielleicht ja mit Frodsham. Ich habe mir schreckliche Sorgen gemacht. Als ich dann am Donnerstagnachmittag gerade das Haus verlassen wollte, konnte ich hören, wie Frodsham mit ihr telefoniert hat. Die Tür zur Bibliothek stand einen Spaltbreit offen.

Frodsham führte das Gespräch auf Französisch. Er sagte: ›Der Brief meiner Sekretärin hat dir also nicht gefallen? Das tut mir aber schrecklich leid, *ma chère*.‹

Ich habe drinnen vor der Haustür gewartet, und nach einem kurzen Moment fuhr er fort: ›Ich denke, du kommst heute Abend wohl besser mal her. Außer mir wird niemand zu Hause sein.‹

Doch dann hörte ich plötzlich ein leises Knarzen am anderen Ende der Eingangshalle. Es war dort recht dunkel, aber ich konnte gerade noch die Gestalt von Jules dem Kammerdiener erkennen, der zum Fuß der Treppe hinüberging und offenbar auf dem Weg zum Wohnzimmer der alten Madame war. Dabei bewegte er sich nahezu lautlos, wie das so seine Art war. Ich wollte mich auf keinen Fall beim Lauschen erwischen lassen, also bin ich rasch aus dem Haus geschlüpft. Unterwegs habe ich dann über mein weiteres Vorgehen nachgedacht, und als ich zu Hause ankam, hatte ich eine Entscheidung getroffen.

Ich hatte Frodsham keine Uhrzeit nennen hören, aber ich wusste, dass er normalerweise um acht zu Abend aß. Weil ich jedoch mitbekommen hatte, dass Madame ausgehen würde, wollte ich kein Risiko eingehen und hielt es daher für klüger, schon um Viertel nach acht am Haus zu sein.

– Leseprobe –

Zu diesem Zeitpunkt würde es auch einigermaßen dunkel sein.«

So wie Prue es beschrieb, war »The Poplars« – wie Frodshams Haus hieß – nicht gerade leicht zu erreichen. Es stand nicht direkt an einer Straße, sondern am Ende eines langen, »Willow Street« genannten Pfads, der zu schmal war, als dass irgendeine Art von Automobil dort hätte entlangfahren können. Auf einer Seite des Pfads befanden sich Häuser mit Gärten und auf der anderen Seite weitere kleine, schmale Gärten, die zum Flussufer abfielen und zu den Hausbooten gehörten, die dort vertäut lagen. Das eine Ende des Pfads, an dem »The Poplars« stand, konnte man auch vom Treidelpfad oder den kleinen Seitenstraßen von Twickenham erreichen, das andere Ende befand sich nicht weit von der Richmond Bridge. Das war auch die Seite, von der aus Prue sich an jenem Abend dem Haus genähert hatte.

»Auf halber Strecke macht der Pfad eine scharfe Biegung nach links, und ich war schon ganz in der Nähe dieser Stelle, als ich Schritte hörte, die mir entgegenkamen. Ich war nicht besonders erpicht darauf, dort gesehen zu werden, also bin ich rasch an der Abzweigung vorbei und ein Stück den anderen Weg hochgelaufen, bis ich die Schritte vorbei gehen hörte. Daraufhin bin ich sofort wieder zurückgegangen und habe das Ende des Pfads ohne weitere Zwischenfälle erreicht. Dort habe ich mich dann in den schmalen Toreingang eines Hausboot-Gartens gestellt, genau dem Tor gegenüber, das auf das Grundstück von »The Poplars« führt. Ich war früh dran, denn ein paar Minuten nach meiner Ankunft hörte ich die Turmuhr einer fernen Kirche Viertel nach acht läuten.

Während ich dort wartete, ist mir die Zeit nur sehr langsam vergangen. Die Turmuhr hatte gerade Viertel vor neun geschlagen, als ein Mann aus der Richtung der Richmond Bridge kam. Er ist unter einer Straßenlaterne entlanggegangen – der einzigen, die es an diesem Ende des Pfads gibt – und ich habe ihn wiedererkannt. Es war der Mann, der zwei Wochen vorher diese Szene in der Bibliothek gemacht hatte.

Er hat das Tor zum Grundstück von »The Poplars« aufgeschoben und ist über den Pfad zur Haustür geschwankt. Ich habe nicht viel Erfahrung mit betrunkenen Männern, aber ich war mir ziemlich sicher, dass Addleston in diesem Moment sternhagelvoll war.«

Durch die Stäbe des schmiedeeisernen Tors hatte Prue dann beobachtet, wie Frodsham die Eingangstür öffnete. Seine Gestalt zeichnete sich vor dem in der Eingangshalle brennenden Licht ab. Addleston drängte sich an ihm vorbei ins Haus und blieb ungefähr zehn Minuten darin. Während dieser Zeit fuhren zwei Züge vorbei – auf der Southern-Region-Strecke, die am Garten von »The Poplars« entlang und über das Ende des Pfads hinwegführte. Es waren zwar elektrisch betriebene Züge gewesen, aber Prue war am nächsten Tag zu der Überzeugung gelangt, dass das von ihnen verursachte Geräusch – in Kombination mit den stark belaubten Bäumen, die das Haus umgaben – durchaus dazu hätte führen können, dass sie einen im Innern abgegeben Schuss überhört hätte.

Zu dem Zeitpunkt, als Addleston das Haus wieder verließ, hatte Prue sich gerade ein wenig vom Tor entfernt, weshalb sie nicht sehen konnte, ob Frodsham ihn zur Tür begleitet hatte oder nicht. Addleston ging sehr langsam und schwankte mehr denn je. Sie drückte sich rückwärts in die

Hecke, als er vorbeiging. Im Licht der dort stehenden Straßenlaterne konnte sie sehen, dass sein Gesicht schweißüberströmt und kalkweiß war.

Er war eben erst verschwunden, als sie auf dem schmalen Weg, der zwischen der Gartenmauer von »The Poplars« und dem Bahndamm entlangführte, die Schritte einer Frau hörte. Ein kleines Stück diesen Weg entlang gab es eine Tür in der Mauer, die als Hintereingang zum Garten von »The Poplars« diente, und Prue war plötzlich der Gedanke gekommen, dass Mrs Nantwich – falls es tatsächlich Mrs Nantwich war – diesen Weg nehmen könnte. Als Prue aus ihrer Deckung hervortrat, um die Frau abzufangen, war diese gerade vor der Tür in der Mauer stehengeblieben. Es war dort sehr dunkel, und Prue konnte nur eine schwarze Gestalt erkennen, aber sie gab sich keine Zeit zum Überlegen und fragte rasch: »Mrs Nantwich?«

Sie gewann den Eindruck, dass die Frau sich versteifte und ein wenig durch die halb geöffnete Tür zurückzog.

»Wer sind Sie? Was wollen Sie?« Die Stimme klang rau und recht tief.

»Ich möchte mit Ihnen reden«, antwortete Prue verzweifelt. Das Ganze war sehr viel schwieriger als sie sich das im Vorfeld vorgestellt hatte, aber sie redete trotzdem weiter. »Ich weiß, dass Frodsham Sie erpresst, und ich möchte, dass Sie mit mir zusammen zur Polizei gehen, falls Ihnen das irgend möglich ist –«

»Sie sind Frodshams Sekretärin, nicht wahr? In diesem Fall gehe ich kaum davon aus, dass Sie es tatsächlich auf sich nehmen würden, zur Polizei zu gehen, denn das würde zu einer äußerst unangenehmen Erfahrung für Sie werden. Weiter habe ich Ihnen nichts zu sagen.«

– Leseprobe –

Prue hatte versucht, noch mehr Fragen zu stellen, aber in diesem Moment war erneut ein Zug an ihnen vorbeigefahren, der ihre Stimme mit seinem Rattern übertönt hatte. Und als der Zug fort war, musste sie feststellen, dass die Gartentür geschlossen und die Frau verschwunden war.

Sie beschloss zu warten und noch einmal mit Mrs Nantwich zu sprechen, sobald diese das Grundstück verließ, auch wenn sie das Gefühl hatte, dass das eigentlich ein hoffnungsloses Unterfangen war. Um sich die Zeit zu vertreiben, ging sie langsam wieder zurück zur Willow Street, doch gerade, als sie sich der Straßenlaterne näherte, hörte sie hinter sich einen Mann den Weg entlangkommen. Es schien ihr klüger, rasch weiterzugehen. Wieder kam ein Zug vorbei, aber als der Lärm verklungen war, hörte sie hinter sich immer noch die Schritte des Mannes. Die Vorstellung, dass ihr jemand auf diesem schmalen, dunklen Pfad folgte, gefiel ihr überhaupt nicht, also nahm sie die Abzweigung, hinter der sie schon einmal Zuflucht gefunden hatte. Dabei handelte es sich um eine von Neubauten gesäumte Straße. Sie erweiterte sich an diesem Ende zu einem kleinen Platz, in dessen Mitte ein Dickicht aus Flieder und Goldregen wuchs. Mittlerweile hatte Prue ein wenig Angst bekommen – die Schritte hatten zwar langsam, aber merkwürdig zielstrebig geklungen – und kroch deshalb so rasch sie konnte in das Dickicht. Die Straße war hell erleuchtet, und im nächsten Moment konnte sie aus ihrem Versteck einen sehr großen Polizisten vorbeigehen sehen. Daraufhin fand sie, dass sie für diese Nacht mehr als genug erlebt hatte, und ging nach Hause.

Später kam ihr der beunruhigende Gedanke, dass Mrs

Nantwich ihrem Arbeitgeber vielleicht von ihrem Einmischungsversuch erzählt haben könnte. Aber weil sie es als feige empfunden hätte, am nächsten Morgen nicht wieder zur Arbeit zu erscheinen, ging sie hin. Unmittelbar nach ihrem Eintreffen wurde sie von einem Kommissar von Scotland Yard, der selbst eben erst an den Tatort gerufen worden war, gefragt, ob sie sich am Abend im Haus oder in dessen Nähe aufgehalten habe. Sie hatte dies verneint (was, wie sie Johnny erklärte, nur als vorübergehende Lüge gedacht gewesen war, um in Ruhe über die Situation nachdenken zu können). Später am Vormittag wurde sie erneut zum Kommissar gebeten, und als sie die Halle durchquerte, sah sie dort den Polizisten vom Vorabend stehen. Sie nahm an, dass er, als sie unter der Straßenlaterne entlanggelaufen war, ihr Gesicht gesehen und eine Beschreibung von ihr abgegeben hatte, bevor sie zum ersten Mal verhört worden war. Und jetzt hatte man ihn wohl hergeholt, um sie zu identifizieren. Sie dachte rasch nach und gab dann zu, sich am Abend zuvor auf der Willow Street aufgehalten zu haben. Aber obwohl Kommissar Innes hartnäckig versuchte, sie umzustimmen, weigerte sie sich zu sagen, warum sie dort gewesen war, und sie erwähnte auch nichts von Addlestons oder Mrs Nantwichs Gegenwart.

»Ich konnte ihnen nicht von Mrs Nantwich erzählen, denn falls sie Frodsham ermordet hatte, wäre ich ja dann zum Teil verantwortlich gewesen. Und Addleston kam mir genauso verdächtig vor, aber es wäre nicht fair gewesen, der Polizei von seiner Anwesenheit zu berichten und ihre zu verschweigen. Es war eine entsetzlich schwierige Situation.«

Sally musste unwillkürlich ein wenig lächeln. Es schien

ganz so, als wäre die Ritterlichkeit, die für die Heldars so typisch war, durchaus auch bei den Thorpes zu finden.

Am Freitagabend hatte Tim Prue dann bekniet, sich mit seinem Cousin, dem Amateurdetektiv zu treffen, und sie war tatsächlich zu der Überzeugung gelangt, es könnte besser sein, das Ganze Johnny zu erzählen statt der Polizei. Obwohl ihre Entscheidung also eigentlich schon gefallen war, hatte sie sich nochmal ein wenig Zeit nehmen wollen, um über die ganze Geschichte nachzudenken. Möglicherweise hatte ihr vorsichtiges nordenglisches Naturell sie davon abgehalten, eine übereilte Entscheidung zu treffen. Sie hatte an diesem Vormittag einen langen Spaziergang durch die Kensington Gardens gemacht und als sie zurückkehrte, hatte sie einen Beschluss gefasst.

»Es gibt da noch etwas, das ich erwähnen sollte«, sagte sie zuletzt. »Die Polizei hat mich gefragt, ob ich Grund zu der Annahme hätte, dass Frodsham einen Revolver besaß, und ich habe das bejaht. Er bewahrte ihn in einer Schublade seines Schreibtischs auf. Es war ein großer Revolver in einem Holster aus Leder. Er hat die Schublade einmal aufgeschlossen, um etwas herauszuholen, als ich gerade danebenstand. Und Madame hat gesagt, der Revolver sei verschwunden. Zumindest hat sie das aus den Fragen geschlossen, die die Polizeibeamten ihr gestellt haben – sie versteht nämlich kaum Englisch und musste vermittels eines Dolmetschers verhört werden. Sie hat gesagt, es sei ein britischer Armeerevolver gewesen, den Frodsham sich in Frankreich besorgt habe.«

Johnny nickte. »Noch etwas?«

»Nein, ich glaube nicht. Obwohl, da ist noch eine Sache – auch wenn ich nicht glaube, dass sie mit dem Mord in irgendeiner Form in Verbindung steht. Frodsham war krank. Beziehungsweise nicht nur krank, sondern sterbenskrank. Er hatte eine Art Herzleiden. Vor etwa vier Monaten ist er zum Arzt gegangen und danach zu einem Spezialisten, und da hat man es ihm dann gesagt.« In ihrer klaren Stimme schwang Mitleid mit und auch ein Anflug von Ergriffenheit, was Sally erneut vor Augen führte, wie jung sie doch war. »Madame wusste davon, und Jules, aber sonst niemand.« Sie schwieg einen Moment. »Frodsham war ein seltsamer Mensch. Ich mochte ihn nicht, nachdem ich ihn ein wenig besser kennengelernt hatte, aber er – naja, er hatte etwas Besonderes an sich. Er war ein bisschen so wie eine Filmfigur, die Orson Welles spielen würde – eine sehr ausgefallene, irgendwie überlebensgroße Person. Oder vielleicht sah er sich selbst auch nur so – als überlebensgroß. Ich weiß es nicht.«

»Ich verstehe«, sagte Johnny. »Also, Prue, ich werde Sie jetzt zu Scotland Yard fahren, und dort werden Sie den Beamten die ganze Geschichte noch einmal erzählen.«

»Ich hatte befürchtet, dass Sie das sagen würden«, meinte Prue kläglich. »Sie – Sie könnten nicht erst herausfinden, wer es getan hat und es dann der Polizei erzählen?«

»Sie wissen sehr wohl, dass ich das nicht kann, Prue.« Dann fügte er sanft hinzu: »Für so eine Frage sind Sie doch eigentlich längst zu erwachsen.«

»Ja«, antwortete Prue sofort. »Es tut mir leid.«

* * *

Sally ließ die anderen in Tims Auto vorausfahren. Es dauerte immer ein bisschen länger, Peter für eine Reise fertig zu machen und das Cottage so herzurichten, dass man es für ein paar Tage verlassen konnte. Erst etwa eine Stunde später brach sie in Johnnys Austin A40 auf. Zwar würde sie die Stadt lange nach Peters Schlafenszeit erreichen, aber das ließ sich dieses eine Mal nicht vermeiden.

Johnny hatte großes Glück gehabt, als er nach seinem Austritt aus der Armee die Wohnung am St Cross Square gefunden hatte. Sie befand sich im ersten Stock eines umgebauten Hauses aus der Regency-Ära, in einem stillen, abgelegenen Teil von Bloomsbury, dessen Gebäuden es irgendwie gelungen war, von der ansonsten üblichen Umwandlung zu Hotels oder Büroräumen verschont zu bleiben. Die Wohnung war erstaunlich geräumig, mit hohen Decken und bodentiefen Fenstern, die auf schmiedeeiserne Balkone hinausgingen und von denen aus man in einen grünen Garten und auf den Platz vor dem Haus schauen konnte. Deshalb hatten sie auch nach Peters Geburt keinen Grund gesehen, diese Wohnung zu verlassen. Sally kam gegen neun Uhr dort an, aber Johnny kehrte erst um Viertel nach zehn heim, und Tim führte Prue anscheinend zum Essen in irgendein Restaurant aus. Alle drei waren von Kommissar Innes einzeln vernommen worden, wobei Johnny und Tim zu dem Bericht befragt worden waren, den Prue ihnen gegenüber abgegeben hatte, und Tim im Übrigen auch zu seinem eigenen Alibi für den Donnerstagabend. Glücklicherweise hatte er eines vorweisen können, an dem nicht zu rütteln war. Johnny mochte Innes, aber er zeigte sich dennoch ein wenig besorgt.

»Was hältst du von Prue?«, fragte er, als sie sich zum Abendessen an den Tisch setzten.

»Ich weiß nicht recht. Wenn ich ihr unter anderen Umständen begegnet wäre, hätte ich sie sicher sofort ins Herz

– Leseprobe –

geschlossen. Aber es gibt da ziemlich viele Dinge, die noch der Erklärung bedürfen.«

»Ganz genau. Alles in allem bin ich geneigt, ihre Geschichte zu glauben. Aber ich wünschte, sie hätte nicht so lange damit hinterm Berg gehalten, und soweit ich weiß, lässt sich nichts davon beweisen – jedenfalls bis jetzt nicht. Und Innes hat meine Variante sehr sorgfältig mit seiner eigenen abgeglichen.«

»Was meinst du, hat die Polizei die handgeschriebene Fassung und den Durchschlag des Erpresserbriefs gefunden? Oder nicht?«

»Ich würde sagen: Nein. Auch wenn Innes sich mir diesbezüglich nicht anvertraut hat. Ich würde davon ausgehen, dass Frodsham beides sofort vernichtet hat, auch wenn er Prue gegenüber später wahrscheinlich weiterhin so getan hätte, als besäße er immer noch ein in ihrer Handschrift verfasstes Exemplar. Aber selbst wenn diese Papiere aufgetaucht sein sollten, würde das noch nicht beweisen, dass Prue nicht sehr wohl gewusst hat, was sie da tat.« Johnny schwieg einen Moment. »Innes hatte die Geschichte von Frodshams erstem Streit mit Addleston wahrscheinlich bereits von jemand anderem gehört, aber Prue muss bis zu ihrer jetzigen Aussage unter sehr dringendem Verdacht gestanden haben. Ich nehme an, dass ihr heute jemand gefolgt ist, obwohl sie nichts davon gemerkt hat.«

»Euch ist niemand zurück in die Stadt gefolgt?«

»Nein. Aber es würde mich nicht überraschen, wenn die Polizei die Anweisung hatte, unterwegs nach uns Ausschau zu halten. Wahrscheinlich hat jemand Tims Auto vor unserem Cottage stehen sehen und das Nummernschild durchgegeben.« Johnny seufzte kurz. »Ich habe mit der jungen

Dame unterwegs ein sehr ernstes Gespräch geführt und ihr gesagt, dass ich mich mit dem Anwalt ihres Vaters in Verbindung setzen werde. Innes hatte ihr gestern schon dazu geraten, aber da hat sie es natürlich noch nicht getan. Ich muss diesen Anwalt so bald wie möglich erreichen, denn er muss ihr bei der gerichtlichen Untersuchung, die am Montagvormittag stattfindet, unbedingt schon zur Seite stehen. Prue erinnerte sich an seinen Namen – anscheinend heißt er Borrodale – und auch daran, dass er in Putney wohnt. Also ist uns jetzt der Spaß vergönnt, seine Nummer mühevoll aus dem Telefonbuch herauszusuchen.«